高高山頂立　深深海底行
gaogaosky.com

纳尼亚传奇 Ⅲ
黎明行者号

〔英〕刘易斯　著

闫泰友　译

作家出版社

图书在版编目（CIP）数据

纳尼亚传奇. Ⅲ, 黎明行者号 / （英）C.S.刘易斯著；
闫泰友译. -- 北京：作家出版社，2018.3
ISBN 978-7-5063-9962-3

Ⅰ.①纳… Ⅱ.①C… ②闫… Ⅲ.①儿童小说—长篇
小说—英国—现代 Ⅳ.①I561.84

中国版本图书馆CIP数据核字（2018）第051334号

纳尼亚传奇Ⅲ：黎明行者号

著　　者：［英］C.S.刘易斯
译　　者：闫泰友
责任编辑：杨兵兵　李　夏
装帧设计：高高国际
出版发行：作家出版社有限公司
社　　址：北京农展馆南里10号　　　邮　　编：100125
电话传真：86-10-65067186（发行中心及邮购部）
　　　　　86-10-65004079（总编室）
E-mail:zuojia@zuojia.net.cn
http://www.zuojiachubanshe.com
印　　刷：三河市兴博印务有限公司
成品尺寸：146×210
字　　数：177千
印　　张：9.75
版　　次：2020年2月第1版
印　　次：2020年2月第1次印刷
ISBN 978-7-5063-9962-3
定　　价：29.80元

种好处女地

——"小书虫读经典"总序

梅子涵

　　儿童并不知道什么叫经典。在很多儿童的阅读眼睛里，你口口声声说的经典也许还没有路边黑黑的店里买的那些下烂的漫画好看。现在多少儿童的书包里都是那下烂漫画，还有那些迅速瞎编出来的故事。那些迅速瞎编的人都在当富豪了，他们招摇过市、继续瞎编、继续下烂，扩大着自己的富豪工国。很多人都担心呢！我也担心。我们都担心什么呢？我们担心，这是不是会使得我们的很多孩子成为一个个阅读的小瘪三？什么叫瘪三，大概的解释就是：口袋里瘪瘪的，一分钱也没有，衣服破烂，脸上有污垢，在马路上荡来荡去。那么什么叫阅读瘪三呢？大概的解释就是：没有读到过什么好的文学，你让他讲个故事给你听听，他一开口就很认真地讲了一个下烂，他讲的时候还兴奋地笑个不停，脸上也有光彩。可是你仔细看看，那个光彩不是金黄的，不是碧绿的，不是鲜红的。那么那是什么的呢？你去看看那是什么的吧，仔细地看看，我不描述了，总之我也描述不好。

所以我们要想办法。很多很多年来，人类一直在想办法，让儿童们阅读到他们应该阅读的书，阅读那些可以给他们的记忆留下美丽印象、久远温暖、善良智慧、生命道理的书。那些等他们长大以后，留恋地想到、说起，而且同时心里和神情都很体面的书。是的，体面，这个词很要紧。它不是指涂脂抹粉再出门，当然，需的脂粉也应该；它不是指穿着昂价衣服上街、会客，当然，买得起昂价也不错，买不起，那就穿得合身、干干净净。我现在说的体面是指另一种体面。哪一种呢？我想也不用我来解释吧，也许你的解释会比我的更恰当。

生命的童年是无比美妙的，也是必须栽培的。如果不把"经典"往这美妙里栽培，这美妙的童年长着长着就弯弯曲曲、怪里怪气了。这个世界实在是不应当有许多怪里怪气、内心可恶的成年人的。这个世界所有的让生命活得危险、活得可怜、活得很多条道路都不通罗马的原因，几乎都可以从这些坏人的脚印、手印，乃至屁股印里找到证据。让他们全部死去、不再降生的根本方法究竟是什么，我们目前无法说得清楚，可是我们肯定应该相信，种好"处女地"，把真正的良种栽入童年这块干净土地，是幼小生命可以长好、并且可以优质成长的一个关键、大前提，一个每个大人都可以试一试的好处方，甚至是一个经典处方。否则人类这么多年来四面八方的国家都喊着"经典阅读"简直就是瞎喊了。你觉得这会是瞎喊吗？我觉得不会！当然不会！

我在丹麦的时候，曾经在安徒生的铜像前站过。他为儿童写过最好的故事，但是他没有成为富豪。铜像的头转向左前方，安徒生的目光童话般软和、缥缈，那时他当然不会是在想怎么成为一个富豪！陪同的人说，因为左前方是那时人类的第一个儿童乐园，安徒生的眼睛是看着那个乐园里的孩子们。他是看着那处女地。他是不是在想，他写的那些美好、善良的诗和故事究竟能栽种出些什么呢？他好像能肯定，又不能完全确定。但是他对自己说，我还是要继续栽种，因为我是一个种处女地的人！

安徒生铜像软和、缥缈的目光也是哥本哈根大街上的一个童话。

我是一个种处女地的人。所有的为孩子们出版他们最应该阅读的书的人也都是种处女地的人。我们每个人都应当好好种，孩子们也应当好好读。真正的富豪，不是那些瞎编、瞎出下烂书籍的人，而应当是好孩子，是我们。只不过这里所说的富豪不是指拥有很多钱，而是指生命里的优良、体面、高贵的情怀，是指孩子们长大后，怎么看都是一个像样的人，从里到外充满经典气味！这不是很容易达到。但是，阅读经典长大的人会渴望自己达到。这种渴望，已经很经典了！

PACEM

献给：杰弗里·巴菲尔德

The Voyage of the Dawn Treader

目 录

1. 卧室里的画

有一个男孩子，他的名字叫作尤斯塔斯·卡拉伦斯·斯克拉伯。这样的叫法，对于他来说是理所当然的。他的父亲和母亲叫他尤斯塔斯·卡拉伦斯。他的老师们叫他斯克拉伯。我不可能告诉你他的朋友们怎样来称呼他，因为他根本就没有什么朋友。他对他的爸爸和妈妈不是叫"爸爸"和"妈妈"，而是叫哈罗德和艾伯塔。尤斯塔斯的爸爸和妈妈，都是跟得上时代步伐的、思想先进的人物。他们也都是素食者，不吸烟，不喝酒，穿着那种非常特别的内衣。在他们的房子里，只有一些相当少的家具，几件相当少的衣服，这些衣服就放在床上。他们家的窗子，始终是敞开着的。

尤斯塔斯·卡拉伦斯非常喜欢动物，特别是昆虫。如果这些昆虫死去了，他就把它们用别针别在硬纸板上。他非常喜欢书，只要这些书是资料类的书，书中有图画，画着乡间的谷仓，或者是有一个胖胖的外国孩子，在模特学校里正在训练的图画。

尤斯塔斯·卡拉伦斯不喜欢帕文西家族的他的那四位表兄弟姐妹，他们是皮特、苏珊、埃德蒙和露西。不过，当他听说埃德蒙和露西要来到他家中的时候，倒是相当高兴。这是因为，在他的内心深处，从里往外真的喜欢称王称霸，恃强凌弱。他心里当然非常清楚，在所有的这些人当中，他是年龄最小的一个。要是真的打起架来，他甚至连露西也打不过，就更不用说埃德蒙了。不过，他当然也非常清楚，毕竟这是在自己的家里，而他们毕竟是客人，自己可以在任何时候，通过任何方式占他们的便宜，让他们哑巴吃黄连——有苦说不出。当然了，他们的感觉会相当不舒服。

实际上，埃德蒙和露西也根本不打算到他的家里和舅舅哈罗德和舅妈艾伯塔待在一起。不过，除此之外，也真的没有别的什么好办法，这确实是一件不可避免的事情。爸爸找到了一份工作，在这个夏天里，要到美国去讲学十六个星期，妈妈也要跟着爸爸一起去，因为妈妈已经有十年的时间没有度过真正的假日了。皮特正在家里努力，准备迎接考试，这个假期他被打发到那位老教授柯克的家里，接受老教授的辅导。很早以前的战争年代里，在老教授的那座乡间房子里，他们兄妹四人曾经进行过非常美妙的探险活动。如果教授现在依旧住在那所乡下的大房子里，那么，他肯定会让他们四个孩子全部待在那个地方。不过，让人莫名奇妙的是，在他晚年时，他突然变得贫穷起来了，现在仅仅住在一间相当小的房子里，那个地方只有一间备用的卧室。另外，如果爸爸和妈妈打算把除了皮特之外的另外三个孩子都带到美国去的话，就得花上相当多的钱。这样一来，也就只能有一个人，这个人就是苏珊，跟着他们到美国去了。

大人们以为，苏珊是他们家庭中要带到美国去的最合适的人选。她在学校的学习并不是十分出色（当然，在她这个年龄，在另外的一些方面倒是显得相当成熟）。妈妈说，她"到美国去，可以比另外的两个小一点儿的孩子有更大的收获"。埃德蒙和露西并不是嫉妒苏珊的幸运，他们只是非常不愿意在舅舅家过暑假。埃德蒙说："不管怎么说，毕竟你至少还有一间完全属于你自己的屋子。可是我就没有那么幸运了，不得不和那个创纪录的恶臭蛋住在一间屋子里，那个可恶的尤斯塔斯。"

这个故事就开始于这一天的下午。埃德蒙和露西获得了相当珍贵的能够单独待在一起的时光。毫无意外，他们理所当然地谈到了纳尼亚。纳尼亚是他们私下里自己命名的、完全属于他们自己的一个世界。我猜，我们当中的大多数人，都会有一个完全属于我们自己的秘密世界。不过，我们当中大多数人的这个秘密世界，只不过是一个想象中的地方。埃德蒙和露西两个人在这方面和其他的人比起来，情况就完全不一样了，他们是地地道道的幸运者。他们的那个秘密的神秘的世界，是真的。他们甚至已经身临其境，到达了那个秘密的世界，并且已经光顾了两次。这种光顾，不是在游戏中，也不是在美梦中，而是在实实在在的现实生活中。当然了，他们光顾他们的那个秘密世界，完全是靠着魔法——这是到达纳尼亚的唯一途径。曾经有一个承诺，或者也可以说近似承诺，这个承诺是他们在纳尼亚的时候就已经说好了的，这个承诺曾经使他们进入了纳尼亚，这个承诺还会让他们在某一天重新回到纳尼亚。完全可以想象，他们一旦有了属于自己的机会，能不把纳尼亚的故事说个够吗？

这个时候，他们在露西的房间里，坐在露西的床边上。大家现在正在看着对面墙上的一幅画。这是这座房子里他们唯一喜欢的一幅画。舅妈艾伯塔根本就不喜欢这幅画，这就是这幅画为什么被挂在这个地方的原因。这个地方，不过是楼上背面的一间相当小的屋子。不过，艾伯塔还是不能完全把它收起来，而是必须挂在一个什么地方。因为这幅画原本是人家送给她的结婚礼物，她不想由此引起她和朋友之间的不愉快。

那幅画上，画着一艘船——在人们看着这艘船的时候，这艘船就朝着你直接航行过来了。这艘船的船头，是镀金装饰起来的，形状像龙头，龙嘴大张。这艘船，只有一根桅杆和一面巨大的、方形的帆。帆面是那种富丽堂皇的紫色，这种紫色正是那种名扬四海的皇家标志。在这条船的一边——就是你现在可以看到的这一边，正是那条已经装饰起来的龙的翅膀的边缘——完全是绿色的。这条船，正在追逐一波宏大的蓝色海浪的波峰，高速航行。那个汹涌澎湃的、巨大的、倾斜着的海浪的坡，正朝着你泰山压顶一样倾泻下来。在这个巨大的蓝色海洋涌浪斜坡的上面，还有海浪的斑驳陆离的波纹和海水的柔软如絮的泡沫。这艘船，正在迎着壮丽的风浪，快速行进。它的左舷窗，微微地有些倾斜（顺便说一下，要是你打算把这个故事读完，或者是，你还根本不知道船是怎么回事，那么，你最好是在你的脑海里先装上一个船的概念，在你正面对着船看的时候，船的左侧，是船的左舷，船的右侧，是船的右舷）。现在这条船上所有的阳光，从船的右舷照到了船的上面。在船的那一边，水完全是绿色和紫色的。在船的这一边，就是对着你的这一边，是船的暗蓝色的影子。

"问题就在这个地方，"埃德蒙说，"看着这条纳尼亚大船，你又不能登上它，岂不是让人心里变得更难受了？"

"就是仅仅看着它，也比什么都没有好得多，"露西说，"它正是那种货真价实的纳尼亚的大船。"

"还在玩你们的老把戏？"尤斯塔斯·卡拉伦斯插话说，他刚才已经在门外听到了他们之间的交谈，现在，他正在咧着嘴，嬉皮笑脸地走到屋里来。在过去的一年，当和帕文西家的兄弟姐妹四人在一起的时候，他就曾经听到过，他们讲起纳尼亚的故事。不过，对于纳尼亚，他总是嗤之以鼻，不屑一顾，并且一直总是喜欢嘲弄他们的这些什么纳尼亚的事情。当然了，他也一直打心里认为，这些故事完全是他们自己胡编乱造出来的，完全是根本就不存在的天方夜谭、胡说八道。与此同时，他也感觉到，自己实在是太笨了，竟然什么故事也编造不出来。但尽管如此，他还是不认可别人编造出来的任何什么东西。

"你根本用不着到这个地方来，听这些有趣的故事。"埃德蒙十分生气地说。

"我正在试着构思一首五行滑稽诗，"尤斯塔斯自讨没趣地说，"这首诗是这样的：

几个孩子，玩着游戏叫作纳尼亚，

变得越来越疯疯癫癫，越来越

古古怪怪——"

"好了，纳尼亚和古怪根本就不押韵，这才刚刚开个头，就根本不对路。"露西说。

"这不过是半个韵。"尤斯塔斯在狡辩说。

"你就不要去问他什么是什么喽，"埃德蒙说，"他就是想找个碴儿，多问点儿什么。别再跟他说什么这个那个的了，不要搭理他，也许他马上就会走开了。"

大多数的男孩子，遇到如此待遇的时候，不是迅速离开，就是马上大发雷霆。不过，尤斯塔斯既没有迅速离开，也没有大发雷霆。他依旧在那个地方，咧开嘴来继续笑着，并且紧接着又一次开口说话了。

"你们真的喜欢这幅画吗？"他问道。

"天性如此，别再让他谈什么美术了，啰啰唆唆的。"埃德蒙反反复复地说。不过，露西可不是这样，她诚心诚意地说："是的，没错儿，我非常喜欢这幅画。"

"这是一幅不怎么样的图画。"尤斯塔斯说。

"既然不怎么样，要是你到外面去，你就看不到它了。"埃德蒙冷冷地说。

"可是，你为什么喜欢这幅画呢？"尤斯塔斯没有理睬埃德蒙，对露西说道。

"嗯，"露西说，"我喜欢这幅画是因为，画上的这条船，看上去仿佛真的在动。那些海中的波涛，就像真的湿漉漉的海水，在一起一伏。"

当然了，关于这些，尤斯塔斯有相当多的话，可以作为回答，不过，现在的他，却什么都没说。因为就在这个时候，他所见到的那幅画上的海浪，完全变得像真的一样，正在一起一伏，开始运动了起来。实际上，他仅仅登上过一次真正的船（仅仅航行到威特岛），并且相当辛苦地晕了船。这一次，看到画面中的海洋开始涌动起来，他就又一次回到了那个让他感到惊心动魄，又令他讳莫如深的晕船之中。这样一来，不能不又一次使他感到相当难受。于是，他马上开始变得胆怯起来，尽管如此，他还是想继续看上那幅画一眼。紧接着，三个孩子不约而同，惊讶得大张开了他们的嘴。

在你读到这个地方的时候，他们所见到的东西，也许你会感到难以置信，不过，要是你当时真的在现场的话，看到这件事情就活生生地发生在你面前的时候，你肯定就会更加不敢相信了。事实上，就是这样，画面上所有的东西，不仅是海水，而是所有的东西，都已经完全开始运动起来了。正在活生生地运动着的这些东西和你在电影院里看到的那些电影完全不一样。画面上的那些色彩和光线实在是相当清楚，非常真实，活灵活现，栩栩如生，几乎和窗子外面的大自然一模一样。此时此刻，那条大船的头，已经扎进了大海的浪里面去，然后，又从海水中重新浮到了水面上来，带着巨大的轰轰隆隆哗啦哗啦的震动，向前冲击着。在这条大船的身后，留下的是那些一朵一朵巨大的浪花。随即，船的尾部和船的甲板，开始第一次变得清晰和明朗。在接下来的第二个浪向它涌来的时候，这条船仿佛弓了一下腰，从浪中又一次浮升了起来，在这之后，又开始变得模模糊糊，时隐时现。就在这同时，原来放在床上埃德蒙旁边的那本练习册，就像长了翅膀一样，朝着他们后面的墙，飞了过去。露西觉得，仿佛在大风天里一样，那些风正卷在了她的脸上。不过，现在朝着他们扑面而来的风，却不是来自一个大风天里，而是从那幅画里面吹出来的。突然之间，伴随着这些风，又出现了声音——这是那种你曾经听到过的海浪的声音，海浪拍打在船上的声音，还有空气和海水混合在一起的巨大的呼啸和轰鸣的声音。伴随这些声音的，还有一种味道，这是那种大自然中的，浩瀚无垠的大海中的咸咸的味道。这个时候的露西，早就已经确信，这根本不是在什么梦中，这完全是一种现实。

"行了，住手，赶快住手！"这是尤斯塔斯的声音。这个声音相当尖厉，相当刺耳，差不多已经声嘶力竭。他一半是在害怕，一半是在发脾气。"你们两个，耍的是愚蠢的花招。赶快都给我住手。我要马上告诉艾伯塔——啊！"

埃德蒙和露西早就习惯了探险活动。就在尤斯塔斯·克拉伦斯"啊"的同时，这两位也喊起了"啊"。这是因为，就在这个时候，那种相当冰冷的、带着浓重的海水咸味的水浪，从那幅画的框子里，飞溅了出来。他们在这种咸咸的味道中，屏住了呼吸，浑身几乎湿透了。

"我要打碎这个让人讨厌的东西。"尤斯塔斯大声喊道。与此同时，许多奇妙的事情一幕接着一幕地出现了。尤斯塔斯急急忙忙地朝着那幅画冲了过去。埃德蒙心里当然已经预料到：这是魔法在开始发挥作用了。埃德蒙在尤斯塔斯喊叫之后，马上跳了起来，试图把他拦住，警告他千万要当心，不要乱冒傻气。露西在一边，一把抓住了他，不想不但没有抓住，反倒被拖在他的后面，不得不朝着前面走去。到了这个时候，不是这几个孩子变得越来越小了，而是那幅画变得越来越变大了。尤斯塔斯跳起来，试图把这幅画从墙上拉下来，却发现自己反倒被挂在了画框上。在他的面前，根本不是原来的什么玻璃，而是真真切切的大海。海上的水和海中的浪，正在对着画的框子，奔涌过来，仿佛它们在撞击着岩石一样。尤斯塔斯顷刻之间变得惊慌失措，抓住了身边正在跳起来的另外那两位。紧接着，出现了他们的第二次挣扎和呐喊。正当他们以为自己已经站稳了的时候，一个巨大的、翻卷着的海浪，把他们团团地围了起来，波涛涌动着，使他们的脚彻底离开了地面。在十分短暂的慌张和忙乱之中，他们已经完全被海水卷到了浪花翻卷的大海之中。在那些大海的水灌到嘴里的时候，尤斯塔斯绝望的哭泣和喊叫声戛然而止。

露西真是感谢自己的好运气，就是在上个学期，她在游泳上下了那么大的功夫，现在看来，真是一点儿都没白费力气。有一点倒是千真万确的，在现在这个时候，要是她轻轻慢慢地伸出手去简单地划一下水，情况就会大为改观，变得好多了。令人不爽的只是那海水给人的感觉，比它仅仅在画上的时候人们看到的样子，可是冰冷得多了。不管怎么样，自始至终，露西都在保持着十分清醒的头脑。在海水中，她悄悄地脱掉了穿在脚上的鞋子，正像一个人穿着衣服掉进了深深的水里的时候应该做的一样。她始终闭着嘴，睁着眼睛。他们已经能够看见那艘大船，此时，这艘船距离他们已经相当近了。露西看到了大船绿色的侧舷就在他们的头顶上，高高地耸立了起来。甲板上的人们，正在朝着下面，看着他们。和人们猜想的几乎一模一样，一点儿也没有出乎意料，尤斯塔斯在万分恐慌之中，紧紧地抓住了露西。这样一来，他们两个人就一起沉到了水中去。

当他们又一次浮到水面的时候，露西看到了一个白色的人影，正从船边跳了下来，然后，落到了海里。埃德蒙一直紧紧地挨在她的身边，踩着水，抓着正在苦苦哀号着的那恶臭蛋尤斯塔斯的两只胳膊。一会儿，另外的一个人模模糊糊的，又非常熟悉的脸，出现在了她的面前。这个人从另一边，在水的下面，向她悄悄地伸出了一只胳膊，拖住了她。船的上面，传来了一片杂乱无章的喊叫声。许许多多的人头，集聚在船舷上，一些绳子，从船上抛到了海里。埃德蒙和那位陌生人，用绳子牢牢地把她缠了起来。之后的一段时间里，仿佛有一阵相当长的间歇，露西的脸已经改变了颜色，她的上下牙齿敲得咯咯响。实际上，这段时间并不算长，大家是在等着绳索可以稳定住，在她可以登上船的那一刻，不至于磕着碰着。尽管人们已经尽了最大的努力，可是，当露西在甲板上站起身来的时候，还是弄青了一只膝盖。她站在那个地方，身体从上到下在滴着水，在一直不停地打着战。在露西之后上船的，是埃德蒙，然后，是那个十分不幸的家伙尤斯塔斯。最后登上甲板的，就是那个陌生人——这是一位满头金发的男孩子，这个男孩子，要比露西大上几岁。

"凯——凯——凯斯普！"在露西的呼吸刚一平静下来之后，就上气不接下气地说。这个人正是凯斯普。凯斯普是纳尼亚一位年轻的君王，在上一次的旅行中，露西和埃德蒙他们共同出力，打败了他篡位的叔叔马尔扎兹，帮助他登上了君王的宝座。埃德蒙也马上认出了是他。他们三个人紧紧地握起了手，非常高兴地相互拍着肩和背。

"你们的这位朋友，是谁？"凯斯普马上问道，他把他的那张带着友好和热情的脸，转向了尤斯塔斯。不过，尤斯塔斯现在正哭得相当厉害，像他这样的男孩子，没有什么比弄得浑身上下到处都湿遍了更糟糕的了。在这种情况下，哭是理所当然的，不过，任何一个人也哭不出来他的这种模样，谁也哭不到他的这个水平。他在一直不停地大喊大叫："让我走，让我回去！我根本就不喜欢这些。"

"让你走？"凯斯普说，"可是，你要到什么地方去呢？"

这个时候，尤斯塔斯不顾一切地冲到了船边，仿佛他要找到那个悬挂在大海之上的画框，在这个地方，也许会看到露西卧室的一角。不过，他所能够看到的，只是那蓝色的海浪，海浪的上面，翻动着白色的水花，还有微微发蓝的天空。广阔的天空和茫茫的大海，一起向着远方延伸开去，一起到达了地平线，根本没有分开。要是他的心情非常痛苦的话，我们也许不应该责怪他，他确实相当不舒服。

"喂，拉依奈夫，"凯斯普对一位水手说，"给这几位陛下拿一些加香料的酒来。在你们刚从海里上来的时候，你们需要用上一些像这样的东西，来暖和一下身子。"他称埃德蒙和露西他们为"陛下"，这是因为，他们在和皮特、苏珊上一次光顾这里的时候，在凯斯普即位之前，就已经是纳尼亚的君王和女王。纳尼亚的时间流逝，和我们这个世界根本不一样。假如你在纳尼亚度过了上百年的时间，又回到我们的世界，那么，时间依旧是在你启程的那一天的那个时刻。然后，假如你在我们这个世界度过了一个星期，或者只一天，或者只不过是一个非常短暂的片刻，或者根本就没有消耗时间，在这之后，重新返回了纳尼亚，那么，你就会发现，在纳尼亚，数千年的时间，已经过去了。不过，你没有到那里去过，你是绝对不会弄明白这究竟是怎么回事。所以，当帕文西家族的四个孩子在上次，也就是第二次光顾纳尼亚之后，这一次又返回纳尼亚，这就像（说的是纳尼亚）人们传颂的，早就应该回来的亚瑟王，重新回到了大不列颠，完全是一回事。按照我的说法，应该是越快越好。

拉依奈夫回来了，他拿来了香气四溢、热气腾腾的酒。这酒是装在一只有把手的细颈的瓶子里的。他还拿来了四只银制的杯子，这正是这几个刚刚在海水中浸泡过的人所需要的。露西和埃德蒙把这酒一小口一小口抿下去的时候，他们觉得有一股暖流，从头顶流到了脚指头上。不过，尤斯塔斯苦苦地把脸抽了起来，噗的一声把那些酒喷了出去，紧接着又呕吐了起来，之后又开始放声大哭。他问他们是不是有梨树牌的、加了维生素的、营养神经又提神，并且能够制止呕吐的、吃的东西，再混合一些蒸馏水调和一下。不管怎么样，他一直坚定不移地强烈要求，在下一站，一定要把他送到岸上去。

"这是你们为我们，带来的一位非常优秀的船员，兄弟。"凯斯普悄悄地对埃德蒙说，一边说着，一边悄悄地咧开嘴来暗笑着。在凯斯普还没有来得及说些别的什么的时候，尤斯塔斯又突然开始大喊大叫了起来。

"哎，哎哟！这到底是个什么东西！把他给我赶走！这个讨厌的家伙。"

这一次，他倒真的是有理有据地受到了一些小小的惊吓。有一个非常奇妙的东西，从船尾楼的内舱里走了出来，到了甲板上，正在缓慢地朝着他们接近。你完全可以说他是——实际上也真的是——一只老鼠。不过，这只老鼠是在用他的两条后腿走路，站起来差不多有两英尺那么高。一条薄薄的金色的带子，缠在他的头上，这条带子，从一只耳朵绕过了另一只耳朵。在这条带子上，插着一根长长的鲜红色的羽毛（这只老鼠皮毛的颜色，是相当暗的，几乎就是黑色的，所以，这些装饰的效果，就相当逼真，相当鲜亮，非常引人注意）。他的爪子，放在了挎在腰间的剑柄上，这把剑，差不多和他的尾巴一样长。在他迈着方步，沿着那不停摆动的甲板走过来的时候，步伐十分稳健。他的举止和风度，也显得相当文雅和高贵。露西和埃德蒙，一下子就认出了他——里佩直甫，纳尼亚会说话的动物中，最勇敢的一位，老鼠们的首领。在比露那的第二场决战中，他赢得了永恒的荣誉。露西原本早就渴望见到他，像往常一样，把里佩直甫抱到怀中，紧紧地拥抱着他。不过，这一次，她心里非常清楚，尽管自己非常愿意，却绝对不能这样做。这是因为，这样会深深地伤害他的感情和尊严，甚至会激怒他。露西终究没有那样做，她只是弓下一只膝盖来和他说话。

里佩直甫向前伸出了他的左腿，把右腿撤到了后面去，鞠了一个躬，吻了吻露西的手。做完了这些之后，他直立起了腰板，转动着他的胡须，用他那尖声尖气的嗓子开口了：

"卑职参拜女王陛下。参拜君王埃德蒙（说到这个地方，他又鞠了一躬）。除了在座的几位陛下的莅临，这一次如此辉煌壮丽的冒险行动，什么都不缺了。"

"啊，快把他给我赶走，"尤斯塔斯又大声喊了起来，"我讨厌老鼠。我绝对不能忍受这样的动物，令人作呕的表演。他们都是些蠢货，一些粗俗无礼的下贱东西——自作多情。"

"我可就是真的想弄清楚，"在他紧紧地盯着尤斯塔斯看了许久之后，里佩直甫对着露西说，"这难道不是一个在陛下的麾下，受保护的少有的不礼貌的人？这是因为，要不然——"

就在这个时候，露西和埃德蒙两个人打了个喷嚏。

"你看我有多笨，竟一直让你们湿漉漉地站在那里，"凯斯普说，"来吧，到下面去，更换一下衣服。当然了，露西，我可以把我的船舱让给你，不过，在船上，我恐怕没有女士用的衣服。你不得不用我的了。带好路，里佩直甫，像一个好伙伴那样。"

"请便吧，夫人，"里佩直甫说，"就连最重要的荣誉的问题，也不得不让步了——至少是在这个时候——"他的目光，还在恶狠狠地盯着尤斯塔斯。不过，凯斯普把他们两个推开了。没过多久，露西发现，自己走过了一道舱门，不知不觉中进入了船尾的一个舱室。刚一进来，露西就马上喜欢上了这个地方——三个方方的窗子，可以看到船尾外面蓝蓝的、翻卷着浪花的海水。低低的铺着垫子的凳子，围在一张桌子的三面。头上是一只摇晃着的银质的灯（凭着优美细致的做工，露西马上知道，这是矮神们的手艺）。狮子阿斯兰的金色平面画像，悬挂在前面门的上方墙壁上。屋子里的这些东西，在她的面前只是一闪而过。这是因为，就在这个时候，凯斯普打开了位于船的右舷的门。"这间屋子将来就属于你了，露西。我来顺便为我自己找一些干的衣服。"他在一个带着锁的橱柜里翻了起来，一边翻着，一边说道，"然后，你就自己一个人，留在这里换衣服吧。要是你把那些湿的衣服扔到门外去，我会叫人把它们带到厨房去烘干。"

露西觉得，就好像她已经在凯斯普的船舱里待了几个星期似的，这大概和待在自己的家里差不多。船的摇晃不会给她带来任何什么麻烦，这是因为，在往昔的岁月里，当她还是纳尼亚的女王的时候，曾经参加过大量的航海活动。现在的这间船舱的面积相当小，不过，倒是相当明亮，周围的装饰嵌板上画着许多画（这些画是鸟儿、四脚的动物、鲜红色的龙，还有一些植物、藤蔓之类）。这些画干净整洁，一尘不染，非常生

17

动，非常活泼。凯斯普的衣服对于她来说，实在是有点儿太大了，不过，这没关系，她会弄得相当合适的。凯斯普的鞋子、拖鞋以及海员用的长筒防水靴子，都太大了，根本就不能穿，不过，同样没关系，她根本不介意赤着脚走在甲板上。换好了衣服之后，她透过窗子朝着外面望去。她看到了翻卷着的大海，海浪朝着船的后方涌去，她深深地吸了一口气。她坚定不移地相信，他们又开始了一段美妙无比、灿烂辉煌的岁月。

2. 在黎明行者号上

"啊，你来了，露西，"凯斯普说，"我们正等着你呢。这是我的船长，查尼亚阁下。"

这是一位满头黑发的男子，他单膝跪地，吻了吻露西的手。在场的只有里佩直甫和埃德蒙。

"尤斯塔斯到什么地方去了？"露西问道。

"在睡觉，"埃德蒙说，"我想，我们不能为他做更多的什么事情了。要是你想对他好一点儿，帮他做点儿什么的话，只能让他变得更加糟糕。"

"现在，"凯斯普说，"我们来谈一谈往事吧。"

"正合我意，让我们来好好地叙叙旧，尽情地说一说吧，"埃德蒙说，"首先，我们来说一说时间。按照我们那里的时间，就在你举行加冕典礼之后，我们离开了纳尼亚，在我们世界的时间里，到现在刚好是一年。在纳尼亚，过去了多长时间呢？"

"确切地说，是三年。"凯斯普说。

"一切都顺利吗?"埃德蒙问道。

"你是想象不到的，要不是一切都很顺利，我是不会到海上来航行的。"这位君王回答说，"不过，还不能说是最好。在这些台尔马尔人，还有那些矮神、会说话的动物、农牧神和其他人当中已经没有什么麻烦了。我不过是在边界上处理了一些令人感到似乎非常顺畅的事情。上一个夏天，我们对边界上找麻烦的那些巨人进行了一个相当大规模的沉重打击，现在，他们已经表示臣服，开始向我们进贡了。在我从凯尔帕拉威尔离开的时候，我留下了一位最优秀和最卓越的人才来摄政——查普肯，就是那位矮神。你们还记得他吗?"

"可爱的查普肯，"露西说道，"当然了，我当然记得。你不会有比这更好的选择了。"

"忠诚可靠得像一只獾子、一个家庭主妇，勇敢得像一只——老鼠。"查尼亚说。他原本想说"像一头狮子"，不过，当他发现里佩直甫的眼睛一直在目不转睛、一眨也不眨地紧紧地盯着他就改了口。

"现在，船在驶向什么地方?"埃德蒙问道。

"嗯，"凯斯普说，"这是一个相当长的故事，也许你还记得。我还是个孩子的时候，我的篡位的叔父马尔扎兹，发配了我爸爸的七位朋友（也许他们已经站在了我的一边），打发他们到孤独岛那一边，无人知晓的大东海去进行探险。"

"是的，"露西说，"没有一个人再回来过。"

"一点儿不错。嗯，就在我加冕典礼的那一天，承蒙阿斯兰坚强有力的支持，我已经庄严发誓，假如我一旦在纳尼亚建立了和平，我将亲自出马，远航东方，年复一年，日复一日，坚持不懈地去寻找我父亲的朋友。要义无反顾地搞清楚，他们究竟是已经死了还是仍然活着。要是我能够做到的话，我要为他们申冤雪恨。他们的名字是：莱威廉阁下、巴尔恩阁下、阿尔戛兹阁下、马伍拉门阁下、奥克台西亚阁下、拉斯台马尔阁下，——哦，另一个人的名字，相当难记。"

"娄伯阁下，陛下。"查尼亚说。

"娄伯阁下，娄伯阁下。一点儿不错，正是他。"凯斯普说，"这就是我这次航行最主要的目的。不过，里佩直甫在这里，他的心目中有着更高的抱负。"每个人的目光，都唰的一下子转向了那位老鼠。

"就这样，我的抱负和我的灵魂一样高远，"里佩直甫说道，"尽管也许我的身材相当矮小。难道我们就不能够到达东方，那个世界的尽头？难道我们就不可能发现它吗？更重要的是，我还非常希望能够发现阿斯兰的故乡。那位伟大的狮子，每一次到我们这里来，总是从东方出发，穿过浩瀚的大海。"

"我说，这可真是个相当不错的主意。"埃德蒙说。他的声音中，夹杂着几分敬畏的气息。

"不过，你想过吗?"露西说，"阿斯兰的故乡，应该是那种——我的意思是，你能够航行得那么远，历尽千辛万苦，到达那个地方吗?"

"我还真的还不知道，夫人，"里佩直甫说，"不过，事情是这样。当我还在摇篮里的时候，一位森林之神在我的面前朗诵过一首诗:

> 水天相连的地方，
> 浪花变得甜蜜芳香，
> 毫无疑问，正是里佩直甫，
> 你会发现，你要寻觅的一切，
> 那里正是世界的尽头、东部的边疆。

"我还不能完全清楚，这首诗的全部意思。不过，它的魔力，已经占据了我的一切，占据了我的一生。"

一个短暂的沉默之后，露西问道:"现在，我们是在什么地方，凯斯普?"

"船长会告诉你，他会比我说得要更加清楚。"凯斯普说，于是查尼亚取出了航海图，在桌子上把它摊开。

"这就是我们现在的位置，"他指着海图说，"现在正是今天的中午。从凯尔帕拉威尔出发的时候，我们恰好遇到了相当顺利的风，我们的方向，多少有点偏北，朝着戛尔马，第二天，我们就到达了戛尔马。在戛尔马的港口，我们逗留了大约一个星期的时间。戛尔马的公爵为他的陛下，准备了一个盛大的马上比武大会。在那个盛大的马上比武大会上，公爵的许多骑士都纷纷落马了——"

"我自己也有好多次相当不利索地落了马，查尼亚。现在还有许多瘀伤呢。"凯斯普插话说。

"落马了许多骑士，"查尼亚一边重复着，一边咧开嘴笑着，"我们以为，公爵感到最快意的事情，就是君王陛下能够和他的女儿结婚。可令人感到非常可惜的是，这件事情却没有什么结果——"

"那个姑娘的眼睛有些斜视，脸上还有一些雀斑。"凯斯普说。

"噢，一个多么可怜的姑娘。"露西说。

"在这之后，我们又从戛尔马继续启航，"查尼亚接着说，"然后，我们凑巧遇上了最精彩的两天，海面上非常平静，我们不得不划起桨来，之后又开始起风了。在我们离开戛尔马四天以后，我们也没能进入台勒滨萨。台勒滨萨的君王传来消息，警告我们不要去那个地方登陆，那里正在流行疾病。我们急速转过那个海角，驶进了一个相当小的海湾。这个小海湾离城市相当远，在那个地方，我们添加了一些淡水。因为情况非常特殊，我们只得在那里滞留了三天。到了后来，东南风起来了，我们继续扬起风帆，驶向七群岛。第三天，我们遇见了海盗（从他们的装饰看，应该是台勒滨萨人），他们紧紧地盯上了我们。不过，在他们发现我们武装得相当完备的时候，双方射了一场箭。在这之后，他们躲开了——"

"我们本应该追上他们，杀上他们的船，绞死这帮混蛋。"里佩直甫说。

"在五天后多一点儿的时候，我们已经看到了梅尔岛。这座岛屿你应该知道，这是七群岛中最靠近西部的一座。然后，我们用桨划，通过了一些海峡，大约在太阳西落的时候，进入了布里恩岛上的瑞德港。在那个地方，我们享受了相当丰盛的宴会，按照事先的预想，补充了食物和淡水。离开瑞德港之后，在不到六天的时间里，我们的航行达到了不可思议的好速度。这样一来，我们现在指望的，是能够大约在后天，找到孤独岛。总的情况就是这样。到目前为止，我们已经在海上航行了大约三十天。我们的航行，从纳尼亚算起，已经差不多有四百多海里。"

"到了孤独岛之后呢？"露西问道。

"没有人知道，陛下，"查尼亚回答说，"除非那些孤独岛上的人自己能够告诉我们。"

“他们那些人，和我们根本不能同日而语。”埃德蒙说。

“那么，”里佩直甫说，“到了孤独岛之后，才是我们真正探险的刚刚开始。”

凯斯普以为，在晚餐开始之前，大家可能会非常愿意参观一下这艘船。不过，露西的同情心一直在提醒着她，于是，她说：“我想，我真的应该去看一下尤斯塔斯。你们知道，晕船是一件相当痛苦的事。要是我带着我的生命琼浆就好了，我可以为他进行治疗。”

“你完全能够做到，”凯斯普说，“我真是早就把它给忘得干干净净了。在你把它留给我的时候，我一直以为它可能是皇室家族的无价之宝，所以，我无论走到什么地方都一直把它带在身边——如果你现在认为，它可以用来治疗晕船，我就可以把它拿出来。”

“只需要一滴就可以了。”露西说。

凯斯普打开一个锁着的工作台，从下面取出了那只非常精致的、小小的、镶着宝石的长颈瓶，这正是露西记忆中的那一只。“你自己拿着它吧，女王。”他说。然后，大家从船舱中走出来，进入了一片明亮的阳光里。

在船的甲板上，有两道相当大相当长的舱门。这两道舱门，一道是在桅杆的前面，一道是在桅杆的后面，两道舱门都是打开着的。天气一直暖和的时候，大家就会让阳光和空气充分流通到船舱内。凯斯普领着他们走下了梯子，进入了后面的那道舱门。下来之后，大家发现，这个地方是一些划桨的工作台。这些工作台，整整齐齐地排列在船的两舷，从一边排到了另一边，两边的数量一样多。船后面的阳光，从船桨伸出去的洞子中，照到了船舱的里面来，然后，又反射到了船的舱顶上。当然了，凯斯普的船不是那种非常糟糕的家伙，那种完全靠着苦工或者奴隶划的帆船。这条大船的划桨只有在风停止的时候，或者是进入一个港湾的时候，或者是从一个港湾刚刚出发的时候，才需要相当多的人（当然了，里佩直甫是除外的，他的腿实在是太短了）轮番划桨。船的每一边的工作台的下面，都是空着的，这是为划桨水手们准备的放脚的地方。在船中央的下面，是一个深深地凹下去的地方，这个地方，一直朝着下面，延伸到船的骨架。在这凹下去的地方，装满了许许多多的、各种各样的东西——一些面粉的袋子、装水和啤酒用的桶。还有大量的猪肉、装着蜂蜜的广口瓶、皮革做的瓶子、被叫作皮囊的东西装的白酒。还有许许多多其他吃的东西：苹果、坚果、干酪、饼干、萝卜、大头菜、菜头。除了这些，还有一些腌制的猪的脊肋肉。在船舱的屋顶——这个地方，正是船甲板的下面——挂着一些火腿和用绳子穿起来的圆葱。有一些人，值班完了以后，正躺在他们的吊床上休息。凯斯普领着他们大家，朝着船的尾部走去。他们走过了一个工作台又一个工作台。到了后来，有一个什么东西挡在了他们的路上，凯斯普跨了一步，露西也跨了一步，里佩直甫可就不一样了，他跨了大大的一步。在这条路上，他们来到一个地方，一道门把这个地方和另一个地方隔离了起来。凯斯普打开了门，领着他们来到了另外的一间船舱里。这个地方是在船的最后面，船甲板下的一间屋子。不用说，这个地方不是非常让人满意的。这个船舱相当小、相当低，上面宽，下面窄，两边从上到下，倾斜到了一起。在他们走进这间屋里的时候，这个地方好像根本就没有什么地板。这里有的是凳子，窗子上装着的是厚厚的玻璃。不过，这窗子是绝对打不开的，这里面完全是在海洋水平面的下面。事实上，就在一天中的这个时刻，当这艘船上下起浮、前后涌动的时候，间隔交错、忽明忽暗、金灿灿的太阳的光，还有那些模模糊糊、朦朦胧胧、四平八稳的海水的光，就在这个地方不断地融合在了一起。

"你和我就在这个地方住宿，埃德蒙，"凯斯普说，"床铺留给你另外的那一位男性亲属，那些吊起来的床就是我们两个人的了。"

"我请求陛下——"查尼亚说。

"不，不，我们大家现在就是同船的伙伴，"凯斯普说，"这个问题我们早就争论过了。你和莱茵斯（莱茵斯是一位大副），在我们大家互相轮着唱歌讲故事的时候，你们还务必历尽辛苦，驾驶着这艘船航行几个晚上，所以，你们必须到甲板上面的船的左边舷舱。君王埃德蒙和我就躺在这温暖、舒服的下面。不过，这位陌生人，该怎么样了？"

尤斯塔斯的脸色看上去相当不好。他在皱着眉，问是不是有一些暴风雨会变得小一点儿的迹象。不过，凯斯普说："什么暴风雨？"这个时候，查尼亚突然大笑了起来。

"暴风雨，什么暴风雨！年轻的主人！"他在喊着，"这是一个人们非常希望得到的、十分难得的好天气。"

"这个人是谁？"尤斯塔斯气愤地说，"打发他走。他的声音简直击穿了我的脑袋。"

"我给你带来了一点儿东西，这东西会让你感觉好一些的，尤斯塔斯。"露西说。

"啊，你们走吧，让我一个人待在这个地方。"尤斯塔斯吼了起来。不过，他还是从那只小瓶子中弄出了一滴。尽管他说这东西有一股刺鼻子的味道（在露西打开这只小瓶子的时候，船舱中充满了令人迷醉的、美味可口的芳香），不过，在尤斯塔斯把这一滴吞下去之后不久，他的脸色可是地地道道地变得好起来了。他的感觉同样肯定变得好起来了。他不再哀叹那个什么暴风雨和他的头晕了。他在询问什么时候上岸，并声称，在第一个港口，他将"提交诉状"给大不列颠的总领事，来控告他们。不过，当里佩直甫问他，是个什么样的诉状，怎么样进行提交的时候（里佩直甫以为，这正是安排一场战斗的新机会），尤斯塔斯只是回答说："相当有趣，连这么简单的事情都不知道。"到了后来，他们成功地说服尤斯塔斯了，说大家已经准备好，正以最快的速度航行到他们所知道的最近的一块大陆靠岸。不过，他们还没有足够的力量安排他回到剑桥大学——那正是哈罗德舅舅和艾伯塔舅妈居住的地方——这大概比把他送到月亮上去还要难。在这之后，他还是不怎么高兴地答应了，穿起了那些专门为他准备的新衣服，来到了甲板上。

现在，凯斯普领着他们继续参观全船。当然了，实际上，大部分的地方已经参观过了。他们登上了船首楼，看到了那位负责瞭望的水手正站在船头镶金的龙脖子旁一个小小的架子上通过龙头张开的嘴向前搜索着海面。在船首楼的里面，是一间相当小的屋子（这个地方，可能就是船的厨房），这间屋子里住着水手长、掌帆长、船匠、厨师和弓箭手的头儿。船的厨房在船的前头，听起来似乎是相当奇怪的，实际上一点儿都不奇怪。假如那些做饭用的烟和味道是从船头的烟囱里冒出来，顺着船飘回去，刚好从整个的船上飘过。你把这船当成轮船了，因为轮船总是逆水航行的，你的判断一点儿都没错，情况确实如此。可是，在帆船上，事情则大相径庭。在帆船航行的时候，风往往总是从船的后面过来的，把帆鼓起来，推着船往前面走，这样一来，船上的味道和做饭用的烟，常常都被吹到船的前边去了。他们登上了船桅杆上最高处的观测台，非常重要的是，这个地方令人恐惧地摇晃着，往下面看去的时候，甲板显得相当小，也相当远。你在自己的心中肯定会揣摩，假如你莫名其妙地摔到下面去了，你肯定宁愿掉进海里，也别摔在甲板上。这是因为，那个地方和海水比起来实在是太硬了。接着，他们又来到了船的尾部，在这个地方，莱茵斯正在和另外的一个人值班，他们在操作着一只巨大的舵柄。在这只舵的后面，就是那条龙的尾巴。这条尾巴，正高高地扬起来，尾巴的表面，同样也是镶着金子。环绕在这条尾巴内部的，是一排相当小的工作台。这条船的名字叫作"黎明行者号"。和我们的轮船比起来，它只是显得略小一点儿。这条船和最高君王皮特领导下露西和埃德蒙统治时期的纳尼亚的那些不十分大的船比起来，也是显得小了一点儿。那个时候的纳尼亚，曾经拥有过大型快速帆船、武装商船、宽身帆船、西班牙大帆船。船之所以小了一点儿，是因为在凯斯普先人的统治时代，航海术就差不多绝迹了。在凯斯普的叔父马尔扎兹篡权时期，被发配的那七位贵族，他们买的是戛尔马的船，雇用的是戛尔马的水手。不过，现在，凯斯普已经开始重新训练纳尼亚人，使他们再一次成为远洋航海的一族。黎明行者号可是他造得最好的一艘船。这条船的桅杆的前面实在是太小了，中心舱门之间几乎根本就没有甲板的位置，一边是救生小艇，一边是个鸡笼（露西喂了那些鸡）。这条船是相当漂亮的，这正像那些水手说的一样，是一位"美妇人"。船的线条相当流畅，它的每一根帆柱、每一条绳索和每一颗铆钉制作得都是最惹人喜爱的。当然了，尤斯塔斯对这条船的每一样东西，无论是什么，当然丝毫兴趣都没有。他一直在喋喋不休地炫耀着那些什么定期轮船，那些什么摩托快艇，还有什么飞机呀、小潜水艇呀（"就好像他什么都知道似的。"埃德蒙在唠叨着）。不过，和尤斯塔斯一同来的那另外的两位，倒是被这条船给迷上了。参观结束之后，他们重新返回到船的后面去，准备进入船舱里面享用晚餐。当他们看到整个的西方的天空，浩瀚无边的鲜红色的落日余晖，感受着在海洋中上下起伏的船，想象着远在东方的、不知道名字的世界边缘的陆地的时候，露西高兴得几乎连话也说不出来了。

那么，尤斯塔斯到底是怎么想的呢？我们还是用他自己的话来说，这是再好也不过的了。在第二天早晨，他们取回自己那些已经干了的衣服的时候，他马上取出了他的那本小小的黑色笔记本和一支铅笔，开始继续记他的日记。他始终把这笔记本带在自己的身边，把他的所见所闻记在上面。由于他本人的某种原因，他根本不关心任何一门功课，不过，他对任何的奇闻趣事倒是相当感兴趣。他总是喜欢经常对人们说："我已经记了许多。你们都记了些什么？"尽管他看上去对黎明行者号并没有什么太大的兴致，可他还是开始继续记起了他的日记。下面就是他的最新的记载。

"8月7日。到现在，假如这不是梦的话，我已经在这条糟糕透顶的船上度过了整整二十四个钟头。在这期间，可怕的海浪，一直在猛烈地涌动（谢天谢地，我没有晕船）。巨大的海浪在前方上下起伏，船，一会儿上升起来，一会儿又跌落下去。我早就已经明白，这条船仿佛每时每刻都有钻到海水下面去的危险。所有的那帮家伙，都在装着根本就没有这回事。他们甚至还在虚张声势，摆臭架子，夸夸其谈，说着大话。哈罗德曾经说过，对那些平平常常的人干的那种懦夫之类的蠢事，只能闭上眼睛，面朝着他们的脸，若无其事。乘着像这样一个小小的、糟透了的小东西在海上，实际上是一件极端疯狂、愚蠢至极的事情。这家伙还赶不上一只小救生艇那么大。我说的一点儿都不会错。在船上的这些小小的屋子里，完全是那种上古时期的原始生活。船的上面根本没有什么像样的酒店，没有像样的大厅，连收音机都没有，同样没有洗澡间，更不要说供旅人使用的甲板椅子了。昨天黄昏，我被他们硬拉着在这条船上绕了一周。在听到凯斯普夸耀他的这艘可笑的、小小的玩具船一样的家伙的时候，无论任何一个人，都会感到恶心的。那个家伙，口若悬河，喋喋不休，就好像这条船就是"玛丽女王"号。在我试图告诉他，真正的船该是个什么样子的时候，他显得相当地愚钝，一点儿反应都没有，就好像我说的东西根本就没有那么回事。E（埃德蒙）和L（露西）对我不理不睬，装作没听见，一点儿也不支持我。我一点儿也没有说谎。我想L简直就像一个小孩子一样，根本不知道深浅，和E一道，当着大家的面，就厚着脸皮对C（凯斯普）甜言蜜语，阿谀奉承，极尽献媚取宠之能事。他们厚颜无耻地把那个乳臭未干的家伙称为君王。我说，我是个共和制的拥护者，根本不知道什么是君王，可是，这家伙竟然对共和制一无所知，他还问我这是什么意思！实际上，不仅仅是对共和制，他对任何一件什么事情，都一片苍白。不用说，我被放进了这条船的一间最糟糕的船舱里，这个地方简直就是一座地牢。甲板上面的一间整个单独的屋子，给了露西，她自己一个人用。和这条船上别的地方比较起来，露西用的差不多就是一间最好的屋子了。C说，这是因为，露西是一位姑娘。我试图让他明白，艾伯塔曾经说过，像这样的事情，完全是对女士们的轻慢和贬低。不过，和他说起这些，大概就和对着驴子弹钢琴差不多，他依旧是什么也不懂。我差不多总是在这样想，要是我一直被关在这座洞子里的话，C可能会看到，我会病倒的。E说，我们不应该再斤斤计较了，为了L，C自己也和我们一起住在同一间屋子里，就好像这样说，我们就不拥挤了，事情也就不那么糟糕了。对了，还有一件事情，忘了说了，这个地方，还有一个非常不是东西的东西，一只穷凶极恶、目空一切、不可一世的老鼠。他对每一个人都是一副盛气凌人、傲慢无礼的面孔。不过，这里所有的人，都在忍受着这个家伙，也许他们相当喜欢他。可是，要是他试图对我也那个样子的话，我会马上抓起他的那条长长的大尾巴。这条船上的伙食，已经糟糕得简直不值得一提了。"

尤斯塔斯和里佩直甫之间的麻烦比人们预想的来得早。第二天的晚饭前，正在大家围在桌子边，坐在那里等候的时候（在海上，每个人都有相当不错的胃口），尤斯塔斯突然冲到了屋子的里面来，他在揉搓着他的手，大声喊道：

"那个小畜生差一点儿杀了我。我强烈要求管住他。我要采取行动来反对你，凯斯普。我要命令你，让他老实一点儿。"

差不多就在同一时刻，里佩直甫也出现在了大家的面前。他的手中提着剑。他的胡须看上去十分恼火，不过，他还是和以往一样，自命不凡，高贵优雅。

"我十分明确地请求你们各位能够对我作出诚实的谅解，"

他不动声色地说道，"特别是女王陛下。要是我知道他会到这个地方来避难，我会非常耐心地等到另外的合适的场合和时间，来对他进行惩罚。"

"这到底是怎么回事？"埃德蒙问道。

是的，这到底是怎么回事呢？事情原来是这样的：里佩直甫从来也没有感觉出这条船开得有多么地快，他总是喜欢坐在船的前面，那颗远远探出去的龙头的一边，遥望着东面远方的地平线。在船头的这个风光无限的位置上，一边瞭望着，一边用他的那种音量相当小的音色相当尖的嗓音，吱吱啦啦地唱着森林之神为他编的歌。站在这么高的一个地方，他根本用不着抓住什么东西，不管这条船怎么样起伏波动，他都胜似闲庭信步，完全可以相当轻松、相当愉快地保持着自己的平衡。这种完美无瑕的平衡能力，还有这种闲庭信步的优雅风度，十有八九都要归功于他的尾巴所发挥的作用，他的那条长长的尾巴，现在正垂到船舷边甲板上。船上所有的人，都非常熟悉，也非常习惯他的这个脾气。里佩直甫的这一习惯，水手们当然也非常喜欢，这是因为，只要有一个人在瞭望值班，别的人就可以去休息聊天了。至于尤斯塔斯为什么不顾在甲板上走起来的时候，那么多的跳跳蹦蹦，磕磕碰碰，歪歪斜斜（到这个时候，他已经不再晕船，可以在船上自由自在地活动了），非得到前面的船首楼上去，我还真弄不清楚。也许他是想在那个地方，看一看前方是不是能够发现一片陆地；也许是他要到船上的厨房里去逛上一逛，看一看是不是能够发现点什么新鲜的可以吃的东西。不管怎么说吧，当他一看到那条长长的尾巴垂在那里的时候——也许这东西对他来说，太有诱惑力了——他以为，抓住这家伙的尾巴，上上下下地抡上那么一两圈，然后就迅速跑掉，好好嘲笑他一番，肯定是一个相当不错的主意。起初，他的计划完成得不错，出色得很。这只老鼠，实际上还没有一只大猫那么重。顷刻之间，老鼠的两只脚就离开了地面，被悬挂在了空中。尤斯塔斯抓住他的尾巴抡起来的时候，他的那副模样真是又可笑，又愚蠢（这是尤斯塔斯想的）。这家伙的四肢，在空中胡乱地挣扎着，他的嘴大大地张开着，胡须已经没有工夫转了。可是，不幸的里佩直甫，不知道有多少次为自己的生命而拼搏了，他每时每刻都在保持着清醒的头脑。更不要多说他的技术了。当一个人被人家扯着尾巴在空中抡起来的时候，要拔出他自己的剑，可不是一件容易的事，但里佩直甫就能做到。后来的事情是，尤斯塔斯觉得有一种钻心的刺痛出现在了他的手上。这种刺痛使得他不得不松开了那条大尾巴，于是，那老鼠重新爬了起来，像一只球一样跳跃在甲板上。尤斯塔斯面对的是一只可怕的、长长的、闪着亮光的尖尖的东西，这东西就像是烤肉的叉子，飞快地在他的面前上下左右地挥舞着。这东西大概距离他的胸口至多也就一英寸左右

（这样的进攻，对于纳尼亚的老鼠们来说，不能算低到了腰带以下，谁也不会担心他们会攻击得更高）。

"赶快住手，"尤斯塔斯气急败坏地说，"走开。把那个东西放下。这相当不安全。听到了吗？住手。赶快住手！要不然，我要马上去告诉凯斯普。我要把你的鼻子和嘴戴上罩子，把你给捆起来。"

"为什么你不拔出你的剑，懦夫！"这是那种老鼠们的唧唧啾啾的尖叫声，"拔出你的剑来，咱们决斗，公平较量，我会打得你鼻青脸肿，屁滚尿流。"

"我没带剑，"尤斯塔斯说，"我是个反战主义者。我不相信战争。"

"我当然明白了，"里佩直甫说，相当快地收起了他的那把剑，表情非常严肃，"难道你不能给我一个满意的答复吗？"

"我不明白你这是什么意思，"尤斯塔斯说，还在揉搓着他的手，"要是你根本不知道什么是开玩笑的话，我就再也用不着对你伤脑筋了。"

"收起你的那一套吧，"里佩直甫说，"那么——我来教给你什么是礼貌——怎样来尊重一位骑士———只老鼠，还有老鼠的尾巴。"他每说出一个字来，都要用他的那把剑的平面来敲打一下尤斯塔斯。这把剑相当微小，相当漂亮，是钢制的，完全是矮神们的手艺。这把剑，像一根桦木条子一样地柔软，有弹性，又有实战性。尤斯塔斯（他就是这样）在学校的时候，没有任何一个人对他进行过个人的体罚，所以，这样的情形对他来说是相当地新鲜。这就是为什么这个时候，尤斯塔斯已经顾不上他根本不能熟练地在船上活动的那一套了，差不多一分钟的工夫，他就逃离了前甲板的船首楼，跑过了甲板，一头冲进了这间用来吃饭的船舱的门——后面是里佩直甫愤怒的追踪。实际上，对于尤斯塔斯来说，那把剑和这追踪一样地愤怒。在他的感觉中，可能会更加地愤怒。

平息他们之间的这场纠纷不会是一件怎么困难的事。尤斯塔斯以为，大家对待决斗问题的态度是严肃认真的，凯斯普已经提出借给他一把剑。不过，查尼亚和埃德蒙商量认为，不管怎么说，尤斯塔斯在体魄和力量方面都要比里佩直甫强人得多，这样一来，尤斯塔斯就是失礼的。是不是可以通过一种方式来抵消他们之间的不平等？最好的办法，就是尤斯塔斯能够向里佩直甫赔个不是。除此之外，差不多没有更好的办法了。这样一来，尤斯塔斯只得硬着头皮，带着愠怒，向里佩直甫道了歉，并和露西一起离开了这间餐厅船舱，洗了手，把手上受伤的地方包扎了起来，然后，回到了他自己的床铺上。他小心翼翼地侧着身子，躺在了那个地方。

3. 孤独岛

"已经看见陆地了。"船头的人在大喊道。

露西正在和莱茵斯在船尾楼上交谈，听到这个喊声，他们赶紧啪嗒啪嗒地走下了梯子，往船头跑去。在路上，他们遇到了埃德蒙。这个时候，大家发现凯斯普、查尼亚和里佩直甫已经在船首楼上了。这是一个微微有点凉意的早晨，天空微微地泛着白色的光，大海依旧是暗暗的蓝色，有一些白色的水沫星星点点地浮在海面上。船头右舷的不远处，就是离孤独岛最近的一个地方。那个地方，是弗尔马斯岛。这座岛屿像一座矮矮的、绿绿的小山一样，漂浮在海面上。在它的后面稍微远一点儿的地方，灰蒙蒙的、倾斜着的是它的姊妹岛，道尔门。

"还是过去的弗尔马斯！还是过去的道尔门！"露西边说边挥着手，"噢——埃德蒙，你和我最后一次见到它们，离现在有多长时间了？"

"我从来也不明白，为什么它们属于纳尼亚，"凯斯普说，"是最高君王皮特征服了它们吗？"

"嗯，不是的，"埃德蒙说，"它们属于纳尼亚是在我们的时代之前——是在无血女巫时期。"

（顺便说一下，我到现在为止还从来也没听说过有这么个极其遥远偏僻的群岛已经归属于纳尼亚的王权，要是我知道，并且这个故事非常有趣的话，我可能会把它写进别的书里面。）

"我们在这个地方进港吗，陛下？"查尼亚问道。

"我想，在弗尔马斯上岸并不是一个最好的选择，那个地方没有非常理想的靠岸地点，"埃德蒙说，"在我们那个时期，这里几乎就没有人居住，现在看上去和那个时候也差不多。人们大部分都居住在道尔门岛，相当少的一些住在阿威拉——那是第三座岛屿，现在这个时候，你还看不见它。在弗尔马斯岛上，人们只是在养羊。"

"那么，我们就不得不进入那个海峡，我是在想，"查尼亚说，"在道尔门岛登陆。也就是说，我们得用桨划到那座岛上去。"

"真是相当遗憾，我们不能在弗尔马斯岛上岸，"露西说，"我多么希望能够再一次到那个地方去散一散步。那真是太荒凉，太寂静了——那是一种令人惬意的荒凉和寂静。那个地方有那么多的草，特别是那些三叶草，还有轻柔的海水。一切的一切，都是那样地让人赏心悦目。"

"我也非常想好好地伸一伸我的腿，"凯斯普说，"我告诉你该怎么办吧。我们为什么不可以乘坐小艇去上岸，然后，再把它打发回到船上去，我们徒步穿过弗尔马斯岛，让黎明行者号在另一边接应我们？"

假如凯斯普能够像经过这次航海以后那样变得有经验的话，那么，他是肯定不会提出这样的建议的。不过，在这个时刻，这好像是一个相当优秀的主意。"噢，就让我们这样吧。"露西说。

"你也得去，是不是？"凯斯普对尤斯塔斯说。尤斯塔斯一直待在船的甲板上，他的手还在包扎着。

"无论到什么地方去，都比待在这条该死的船上强。"尤斯塔斯说。

"该死的船？"查尼亚说，"你这是什么意思？"

"在一个文明的国家里，就像我来的那个地方，"尤斯塔斯说，"那船是相当大的，你待在船的里面，根本就感觉不出来你是在海上。"

"实际上，你一直待在岸上也无妨，"凯斯普说，"你告诉他们放下小艇了吗，查尼亚？"

君王、老鼠，还有那两位帕文西家的孩子和尤斯塔斯，进入了小艇里，划到了弗尔马斯的岸边。在那只小艇离开他们划回去的时候，这几位站在那里四处张望着。这个时候，他们十分惊奇地发现，在这个位置，他们看到的黎明行者号实在是太小了。

一点儿不错，露西一直是赤着脚的，当她刚一从画中掉到海的里面开始游泳的时候，就已经把鞋子给踢掉了。不过，一个人光着脚走在柔软的草地上，并不是什么麻烦的事。又一次踏上陆地，闻着土地和花草的芳香，大家感觉相当愉快。不过，这块陆地最初给人的感觉和人们在海上的时候的感觉相差不多。脚刚一踏上这片陆地，给人的感觉是一起一伏的，和在船上几乎一模一样，在海上的时候，就时不时地出现这样的情形。不过，这个地方和船上比较起来，真是暖和得多了。露西赤着双脚从沙子上走过的时候，别提有多么高兴了。在那个地方，还有一只百灵鸟在放声歌唱。

他们已经完全走进了内陆，登上了一座相当陡峭但又非常低矮的山。在这座山的顶上，他们回过头去张望，他们的黎明行者号像是一只相当大的、闪烁着灿烂光芒的昆虫。这只昆虫正在朝着西北方向慢慢地爬行。从船的里面伸展出来的、正在外面划动着的桨，就和那些昆虫的四肢和爪子相差无几。到了后来，大家走过了那道山脊，从这个地方开始，就再也见不到他们的船了。

道尔门岛现在就坐落在他们的面前，把弗尔马斯和道尔门岛分开的，是一条大约一英里宽的海峡。在道尔门岛的后面，靠近左侧的那一边是阿威拉岛。大家站在现在的这个地方，道尔门岛上的那座相当秀气的白色袖珍小城奈寮海文，毫不费力地就能够看得到了。

"喂！这是什么？"埃德蒙突然喊出。

他们走进一个绿色河谷之后，发现有六七个模样相当粗犷的人正坐在一棵树的下面，而且每个人身上都带着武器。

"千万不能告诉他们我们是什么人，一定不能暴露我们的身份。"凯斯普说。

"请问，陛下，为什么我们要这样做呢？"里佩直甫说。现在，他已经得到允许，正骑在露西的肩头上。

"我正好想起来了，"凯斯普回答说，"这个地方的人们在相当久远以前就已经没有听说过纳尼亚了。这就完全有可能，直到现在，他们也不会承认我们的贵族身份。所以说，要是让他们知道了我就是君王，就可能会相当不安全。"

"你得知道，我们大家都带着剑呢，陛下。"里佩直甫说。

"是的，里佩，我当然知道我们大家都带着剑呢，"凯斯普说，"假如我们这次是来重新征服这三座岛屿的话，那么，我宁愿重新返回去，带来一支相当精锐的军队。"

这时，纳尼亚的一行人离那几位陌生人已经相当近了。弗尔马斯岛上的一伙当中的一个人——那是一位个头相当高大的、黑头发的家伙——大声地朝着他们喊道："早上好，各位。"

"早上好，各位，"凯斯普回答说，"这个地方依旧还是孤独岛总督的领地吗？"

"一点儿也没说错，这个地方正是，"那个人说，"有一个总督，名字叫作古姆帕斯。他的酒足饭饱的宝座是在奈寮海文城里。不过，你们可以在这个地方待上一会儿，和我们一起喝上点什么。"

凯斯普向那个人表示了谢意，尽管他和他的伙伴们都不怎么喜欢这几位新面孔，大家还是都坐了下来。可是，就在他们的杯子几乎还没有举到自己的嘴唇上的时候，随着那个高个子黑头发家伙向他的伙伴们点了点头，如同一道闪电那样快，这五个来访者发现，他们已经被强大的武装包围了起来。一个相当短暂的挣扎之后，优势明显地转到了另一边去。仅仅是非常短暂的一段时间，他们就被全部解除了武装，反绑了起来——只有里佩直甫除外。在这场短暂的战斗当中，里佩直甫已经进入他的捕捉者的夹子一样的控制中。这个时候，他正在死命地乱蹬乱踢，疯狂地到处胡乱咬着。

"对那个动物要万分小心，塔克斯，"那个头儿说，"别把他的皮毛弄破了。我会用这个东西赚到一笔相当不错的好价钱。一点儿都不错。"

"胆小鬼！懦夫！"里佩直甫在尖声尖气地大喊大叫着，"要是你们有胆量的话，把我的剑还给我，赶快松开我的爪子！"

"嘘！"那位奴隶贩子说（他现在干的正是这一行），"这家伙还会说话！我可从来也没看见过。这下子可真的要发大财了，我起码能在它身上赚到两百个新月。"卡罗尔门的新月是这个地区的最主要的硬币，每一块新月大约价值三分之一英镑。

"原来你们是这样的人，"凯斯普说，"绑架者和奴隶贩子。我想，你们一定是相当得意了吧。"

"好了，好了，好了，好了。"奴隶贩子说，"别再多嘴多舌的了。你们大家都不要紧张，一切都会变得好起来的，明白了吗？我做这些事情，可不是在跟你们开玩笑。我这可是动真格的，也请各位能够多多理解，我这只不过是为了谋个生计而已，和别的人干的那些事情完全是一样的。"

"你们要把我们带到什么地方去？"露西问道，这句话从她嘴里说出来，仿佛每一个字都非常困难。

"到那边去，到奈寮海文，"奴隶贩子说，"市场开市的日子是在明天。"

"英国领事在这个地方吗？"尤斯塔斯问道。

"你说什么东西，在这儿？"一个人问道。

　　还没等尤斯塔斯来得及做详细的解释，那个奴隶贩子就粗鲁地说："算了吧，这些莫名其妙的话，我听得已经不知道有多少了，已经够了。老鼠嘛，应该得到公平对待。不过，这一位怎么说起话来没完没了？启程，现在就走吧，伙计们。"

　　之后，沦为俘虏的四个人被用绳索捆在了一起，捆得还不能说特别粗野，不过却相当结实，想挣脱是根本不可能的。成为俘虏的四个人排成一路纵队朝着岸边走去。里佩直甫被这一伙抱在了怀中。人家已经威胁要把他的嘴捆起来，所以，他不敢再使劲地咬了。不过，他可是有说也说不完的话，嘴巴一时一刻也没有停下来。露西真是感到十分惊奇，这只老鼠对那些奴隶贩子所说的话那么难听，差不多是任何一个人都忍受不了的。不过，抱着他的那个奴隶贩子仿佛一点儿也不在乎，他只是在说："说得好，接着来。"只要里佩直甫停下来喘上一口气的时候，他就会偶尔加上那么一两句："这完全是个货真价实的玩物。"或者是："我的天哪，他说的这些还真是有品有味哩！"要么是："你们当中，是哪一位把他训练成这个样子？"这样一来，又把里佩直甫进一步地激怒了。到头来，他那么多的想说也说不完的话，反倒使得他什么也说不出来了，所以，他只能什么也不说了。

　　他们走下了岸边，这个地方的前面正好对着道尔门岛。在这个地方，他们见到了一座非常小的村庄。一只帆船上面附载着的大艇停泊在岸边。在离这条大艇不是很远的一个地方，是一条样子破烂不堪的大船，这条大船正停泊在那个地方。

"好了，几位年轻人，"奴隶贩子说，"让我们少一点儿麻烦，你们大家谁也不要再乱嚷嚷。大家一起都上船。"

在这个时候，一个模样相当不错的、留着胡子的男人从这个地方的一间房子里面走了出来（这间房子，是一个相当小的旅店，我认为）说道：

"嗨，帕哥。比平常弄得多了吧？"

这位奴隶贩子的名字看来就是帕哥了，他慢慢地鞠了一个躬，用那种令人肉麻的、甜蜜的、相当有诱骗力的声音说："一点儿也没错，这当然是要托阁下您的福。"

"这个男孩子，你给开个什么价？"带着大胡子的那个人，指着凯斯普问道。

"嗯，"帕哥说，"我早就知道，阁下总是会挑上一个最好的。我一直都没有加过价，我不会设圈套让你钻的，阁下。那个男孩子，哎，怎么说呢，我自己也是从心里往外，早就已经喜欢上他了。说实在的吧，我真是想把他留下来自己使用的。可是，你知道，我可是个软心肠的人，本来，这样的营生根本就不适合我来干。另外，特别是，遇到像阁下这样的顾客——"

"行啦，不要再啰里啰唆了，告诉我，你的价格到底是多

少吧，吃烂肉的下贱痞子，"那位阁下冷硬无情地说，"你以
为，我愿意听你的那些买卖人的、让人恶心的胡言乱语吗？"

"三百个新月，一点儿不含糊。我的亲爱的阁下，这是只
有对待您的无比高贵的贵族身份，我才能够这样讲，不过，要
是轮到另外的一个什么人——"

"我只能给你一百五十个新月。"

"啊，请原谅，请多多原谅，"露西脱口而出，"只要别把
我们大家分开，怎么办都可以。你们根本就不知道——"说到
这个地方，她马上又不说了。这是因为，这个时候她刚好看到
了凯斯普，马上明白了，现在他依旧不想让她暴露他们的真实
身份。

"那么好吧，就一百五十个新月。不过，"那位贵族说，
"至于你嘛，小姑娘，我非常抱歉，我不能把你们大家统统买
下来。把我的这个孩子解开，帕哥。当心——这几位在你手中
的时候，你必须好好地对待他们，要不然没你的好处，我肯定
会找你算账。"

"哎哟！"帕哥说，"你可真是的，你听说过干我们这行的
哪一位有身份的先生对待他的货物比我还好？嗯？不是早就已
经说过了吗？我对待他们完全像对待我自己亲生的孩子一样。"

"这倒是有点儿像真的。"留着胡子的男人在旁边阴森森
地说。

最可怕的时刻似乎已经来到了。凯斯普被松了绑，他的那位新主人对他说："这边走，小伙子。"听到那位贵族的这句话，露西的眼泪唰的一下子涌了出来。这个时候的埃德蒙看上去一片茫然，有点儿不知所措。不过，凯斯普只是回过头来说："别着急，振作起精神来。到头来，一切都会变得相当好的。再见。"

"好了，小姑娘，"帕哥说，"别再继续伤心了，你可千万不要把你的这副模样带到明天的市场上去。你是个相当不错的好孩子，你没有什么值得哭哭啼啼的了，明白了吗？"

在这之后，那些人贩子荡起桨来，把这只大艇划到了那条贩卖奴隶的大船边。他们被带进了船的底舱去，这里是一个相当低矮的、很长很长的、相当黑暗的地方，这里一点儿都不干净。在这个地方，他们发现，还有许许多多的不幸的被俘者。事实已经充分证明，帕哥是个地地道道的海盗，一个货真价实的奴隶贩子。他始终在孤独岛的这几座岛屿之间来回转悠，绕来绕去，捕获一些他的新猎物，这就是他能够做到的。在这个地方，孩子们没见到一个他们所认识的人。这些被俘获的人，几乎全都是夏尔马人和台勒滨萨人。接下来，剩下的纳尼亚的几位俘虏坐在了稻草里，大家心里在琢磨，那个买走凯斯普的贵族是个什么人，凯斯普到底会遇到些什么。他们不想让尤斯塔斯再说些什么，到了这种地步，无论说什么都是毫无用处的。大家还莫名其妙地感觉，除了尤斯塔斯之外，仿佛别的人都应该受到责备似的。

就在这段时间里，凯斯普进入了一个非常有趣的时刻，他过得倒是相当愉快。刚才把他买下的那个人领着他走进了这座村庄的里面，进入两座房子之间的一个相当小的巷道之中。然后又从这个地方出来，走到了村庄后面的一个相当开阔的地方。在这之后，那个买下凯斯普的男人转过身来，面对着他。

"你用不着害怕我，孩子，"那个带着胡子的男人说，"我会好好地对待你的。我把你买下来，这是因为你的长相。就是你的长相，让我想起了一个人。"

"我是不是可以问一下你说的是谁，阁下？"凯斯普说。

"你让我想起了我的主公，纳尼亚的君王凯斯普。"

凯斯普决定冒一切风险，来弄明白这件事情的究竟。

"阁下，"凯斯普说，"我真的是你的主公，我就是纳尼亚的君王，凯斯普。"

"你倒是说得轻巧，"那个男人说，"可是，我怎么才能知道你说的这些都是真的呢？"

"首先，靠的是我的面孔，也就是你所说的长相，这是一点儿疑问也没有的，"凯斯普说，"其次，我只要猜上六次之内，就可以肯定你是什么人。就是说，我现在已经猜到了，包括还有另外的六个人在内的你们，都是什么人。你是被我的叔父马尔扎兹打发到海外去的七位贵族当中的一位。这七位贵族，正是我现在正在寻找的人。他们是：阿尔戛兹阁下，巴尔恩、奥克台西亚、拉斯台马尔、马伍拉门阁下，嗯——嗯——另外两位的名字，我记不起来了。最后，要是阁下能给我一把剑的话，我可以在光明正大的公平战斗中干脆利落地证明，我就是凯斯普，纳尼亚的合法君王，凯尔帕拉威尔的领主，孤独岛的皇帝，老君王凯斯普的儿子。"

"感谢老天，"那个男人惊讶地喊道，"这正是他父亲的嗓音，也正是他父亲说话的语气。我的君王——陛下——我是巴尔恩。"在这光天化日的田野里，他说着就当场跪下来了，吻着君王的手。

"你赎买我们使用的钱，可以在我们自己的金库中进行赔偿。"凯斯普说。

"那些钱还没有揣到帕哥的口袋里，陛下，"巴尔恩阁下说——此人正是巴尔恩，"我真心实意地希望，在我们这个地方，永远也不要再贩卖奴隶了。我早就向总督建议过不知道有多少次了，要坚决废除这种邪恶的贩卖人的肉体的交易。"

"我亲爱的巴尔恩，"凯斯普说，"我们务必得来谈一谈我们的这些岛屿的情况了。不过，先说说你自己在这个地方是怎么度过的，可以吗？"

"简单一点儿说吧，陛下，"巴尔恩说，"我和我的伙伴们一起来到了这个遥远的地方。我爱上了这座岛上的一位姑娘，在过去，我的心里只有大海，只有大海，这就已经足够了。在陛下的叔父掌握大权时期，我们几乎已经没有任何希望能够重新返回纳尼亚。于是，我就结了婚，在这个地方生活了下来。"

"这里的总督怎么样，我说的是古姆帕斯，是个怎么样的人？他是不是还在继续承认纳尼亚的君王是他的主子？"

"总的来说，是这样的。他现在所做的一切仍然都是依着纳尼亚君王的名义，包括立法、行政，更重要的是税收。不过，他绝对不会希望一个真正的、精力充沛的纳尼亚君王过来，凌驾于他的自由自在的统治之上。假如陛下单独一个人出现在他的面前，赤手空拳，没有带任何武器——那么，是的，他不会全然否认他的忠诚，不过，他会装作不相信你。陛下您的生命将会处于非常危险的境地之中。我还不知道陛下在这一片水域的随行是一种什么样的情况？"

"在那一边，绕过海面的地方，停泊在那里的正是我的船，"凯斯普说，"要是遇到战斗的话，我们大约有三十把剑。现在，我就把我的那条船调动过来，向帕哥发起攻击，解救出我的那些正在做他俘虏的朋友，怎么样？"

"我的劝告一定非常重要，"巴尔恩说，"一旦战斗打响，就会有两到三艘船从奈寮海文驶出来，增援上来，解救帕哥。陛下要想征服他们，必须靠着聪明才智，运筹帷幄，要想一些办法。我们必须向他们显示你的力量，这种力量完全是我们制造出来的，比你实际上拥有的要显得更加强大。与此同时，要靠着无往而不胜、至高无上的君王名义，打出君王的旗号。现在的这种情况下，根本不能靠简单的战斗来解决问题。古姆帕斯是个胆子相当小的家伙，在强大的威慑力面前，他肯定会屈服的。"

　　凯斯普和巴尔恩，又接着悄悄地讨论了一小会儿。在这之后，他们徒步走到了村庄略微往西一点儿的海岸边。在这个地方，凯斯普吹响了他的号角（这不是女王苏珊所拥有的那只有着巨大魔法力量的纳尼亚的号角，那只号角，他已经留给了正在家中摄政的查普肯，以备在君王不在位时急需之用）。查尼亚正在瞭望台上寻找信号。他马上辨认出这是王家的号角。得到了信号，黎明行者号就开始靠岸。船上的小艇已经放了下来，没用多大工夫，凯斯普和巴尔恩来到了甲板上。他们把当下的形势向查尼亚作了说明。查尼亚和凯斯普的想法几乎完全一样，要马上把黎明行者号靠在那条奴隶贩子船的旁边，然后冲到那条船上去。巴尔恩照样表示反对。

　　"操舵一直朝着前面走，进入这道海峡，船长，"巴尔恩说，"然后，从这个地方，再绕到阿威拉岛的那一边，那个地方，正是我们自己的势力范围。重要的是，挑起君王的旗帜，拉出所有的标志盾牌，把所有的能出动的人都打发到桅杆上面的观测台上。在船头左舷到达开阔的海面，离岸大约五箭地的位置，在船头发出一些信号。"

"发什么信号？发给什么人？"查尼亚说。

"我说得很清楚，发给那些纳尼亚的别的船呀，我们现在统领的是一支纳尼亚的船队呀。不过，那些另外的船是我们根本没有的，也就是说，是根本不存在的。兵不厌诈，我们这样做就是要虚张声势，震慑他们，让他们根本摸不清底细。不过，这样一来，古姆帕斯会以为我们真的有一支相当不小的队伍。"

"噢，我已经听明白了，"查尼亚说，他在搓着他的手，"他们完全能够读懂我们的信号。在信号中，该怎么说呢？全船队绕到阿威拉的南面来，集合，朝着——"

"波恩斯地德，"巴尔恩说，"那是一条绝妙的航线。在那个地方，整个航线上——要是那里真的有什么船只的话——在奈寮海文港，根本就什么也看不见。"

对于依旧滞留在帕哥贩卖奴隶的那条船上的其他的人，凯斯普在心里深深地感到遗憾。不过，他也免不了会想到，在另外的一个时刻，肯定会发生一个令人愉快的结局。在这天下午的晚些时候（他们的船，已经不得不完全靠着划桨前进了），他们向右转舵，绕过了道尔门岛最北面的尽头，然后又左转舵，绕过了阿威拉岛的海角，进入了阿威拉岛南岸的一个相当不错的港湾。这个地方是完全属于巴尔恩的。这是一片令人愉快的、充满着温暖的、生机勃勃的土地。这片土地朝着下面倾斜着，延伸到了海水的边缘。他们已经看到许多巴尔恩的人在田野中劳动，他们都是一些自由人。这个地方也是一片幸福的、祥和的、繁荣的领地。在这个地方，大家上了岸。在一个不是十分高的、装着廊柱的、可俯视海湾的房子里举行了盛大的宴会。巴尔恩和他美丽温柔的妻子，还有他们的漂亮的女儿们，对大家招待得非常周到。在天开始暗下来之后，巴尔恩打发信使，让他们乘坐小船去道尔门岛，为下一天的事情做准备（他没有完全说明事情的真实情况）。

4. 凯斯普的所作所为

第二天早晨，巴尔恩很早就把他的客人们叫起来了。用过了早餐之后，他请凯斯普命令他所有的人都披挂上盔甲。"最重要的是，"他又加上了一句，"让整个的队伍看上去整齐庄严，威武雄壮，兵锋锐利，就好像在两个高贵的君王之间要进行的一场重大战略决战。这是早晨的第一场战斗，全世界所有的人都是旁观者。"一切准备工作就绪之后，凯斯普和他的人，巴尔恩带着他的一些人，乘坐三艘长艇，开始向奈寮海文城进发。君王的旗帜在他们的船尾迎风招展，高高飘扬。那些鼓乐手也一同前往。

在他们到达奈寮海文城码头的时候，凯斯普发现，有另外的一支宏大壮观的队伍正在岸边迎接他们。"这就是我昨天晚上派人送信去的结果，"巴尔恩说，"他们都是我的真正的朋友，完全都是一些忠诚可靠的人。"凯斯普刚一登上岸，这支迎接的队伍顷刻之间就变得人声鼎沸，欢呼雀跃："纳尼亚！纳尼亚！君王万岁，君王万岁！"与此同时——这当然也是巴尔恩派遣信使的成果——城中所有地方的所有的钟都开始摇响起来。就在这个时候，凯斯普高高地竖起了他自己君王的旗帜，把这面旗帜作为先导。他的鼓乐手们也开始卖力演奏，奏起了嘹亮的乐章。每一个人，都抽出明晃晃的剑，将剑刃挺立在胸前。大家的表情庄严肃穆，又欢欣鼓舞。这个团队雄赳赳、气昂昂地行进在奈寮海文城的大街上。大街也似乎已经跟着震动起来了。队伍里的甲胄在明亮的晨光中，闪烁着灿烂的光芒（这是一个阳光明媚的早晨），这样的情形使得每一个旁观的人有一种眼花缭乱的感觉。

最初，人们的欢欣鼓舞是因为巴尔恩的信使已经向他们传递消息。这些消息使得他们的心得到了温暖，事先他们就已经知道该发生些什么事情，并且知道他们要达到什么样的目的。不过，看吧，所有的孩子都加入到这个行列中来了，他们喜欢这样盛大辉煌的队伍。他们见到这样大队伍的机会是相当少的。看吧，所有的学校里面的学生都到这支队伍中来了，他们也同样喜欢这样盛大辉煌的队伍。这支队伍的巨大的欢呼声，还有威武庄严的人头攒动，在任何的一个学校的任何一个早晨，都是相当少见的。看吧，所有的老太婆都把她们的头从门的里面、从窗户的中间兴高采烈地伸了出来，她们在热情洋溢地鼓着掌，她们发自内心地在欢呼。她们见到的是纳尼亚的自己的君王，她们非常想知道，君王和总督比较起来，究竟会是一个什么样子？看吧，所有的年轻姑娘都走进了这支队伍里，除了和那些老太婆同样的原因之外，还因为凯斯普、查尼亚等人都长得特别英俊、潇洒，每一个人都仪表堂堂。看吧，所有的年轻小伙子都已经出来了，他们一心想弄明白的是那些年轻姑娘的心里都在想着一些什么。总之，当凯斯普来到城堡门前的时候，几乎全城都沸腾了起来。此时此刻，总督古姆帕斯正坐在这座城堡里，茫然无措、心烦意乱地摆弄着他的那些什么账目表格、规章制度。实际上，他早就听到了外面的那种震耳欲聋的声音。

在这座城堡的门口，凯斯普的鼓乐手们开始更加有力地大吹大擂起来，人们在大声呼喊："纳尼亚的君王！纳尼亚的君王已经驾临！为君王打开大门，君王要视察他的无比忠诚的、无比信赖的、无比端正的仆人，孤独岛总督的执政情况。"在那个年代，群岛上一切的事情，在相当长的岁月里，都是一种散散漫漫、没精打采的样子。这座城堡，现在的这个时刻，只有一个小便门是开着的。听到城里的惊天动地的声音，从城堡里走出来一个家伙。这个家伙衣着不整、边幅不修、蓬头垢面。他的脑袋上根本没有戴什么头盔，而是戴着一顶相当肮脏、相当破旧的帽子。他的手中握着一根生了锈的长矛。面对着一个一个的、闪烁着光芒的人，他在不停地眨着眼睛。"古——能——旱——掌甜，"他在唠唠叨叨地说（他说的话就是这个味，"不能见长官"），"除了每个月的……第二个星期六的……下午九点……到十点之间，其他时间，没有预约，不能见。"

"面对高贵的纳尼亚君王，要脱帽敬礼，你这头蠢猪。"巴尔恩震雷似的喊道，用他那戴着金属防护长手套的手，在那人的脑袋上拍了一下，把那人的帽子从他的脑袋上拍得飞到了一边去。

"嗯，你们这是要干什么？"那个看门人又开始开口说话了，不过，根本没有人去理睬他。凯斯普队伍中的两个人从开着的这道小便门走进了院子里。在一阵吱吱嘎嘎的打开门栓的声音之后（这里一切的一切都是生锈的，呆板、僵化、死气沉沉），两扇大门被拉到了一边去，城堡的门已经完全打开了。君王和他的随从们大踏步地进入了城堡的天井之中。这个时候，有几个总督的警卫正在院子里懒洋洋地闲逛着。还有另外的一些（他们的大部分，都在擦着嘴），慌里慌张、匆匆忙忙地从一些门廊里走了出来。尽管这些人都处于丢盔卸甲的状态，不过，假如他们当中要是有什么人带个头，或者他们已经知道了这是怎么一回事，他们完全可能动起武来。所以，现在这个时候实际上是一个相当危险的时刻。凯斯普根本就没有给他们任何思考的时间。

"你们的头儿在什么地方?"他问道。

"或多或少就是我。不知道,你是不是明白我的意思?"一个懒懒洋洋的、打扮得像花花公子一样的年轻人说。这个人根本没有披挂盔甲。

"我们真诚地希望,"凯斯普说,"君臣相遇,理所当然应该共度快乐时光。这是我们王室对我们的领土孤独岛地区的视察,当然,也许这件事情相当偶然。不过,不要害怕我们的忠诚的统治,更不要引起不必要的恐慌。要不是为了我们的相当少的机会,我肯定会说到你的这些人的盔甲和武器。实际上,你已经得到了宽恕。马上下达命令,把那些酒桶打开,你的人,可能会喝上一杯。不过,到明天正午,我希望在这座院子的里面再一次见到我们的时候,他们看上去应该像一个个的武士,而不是像一个一个的流浪汉。看到他们这副样子,真是让我们感到非常痛苦,几乎已经无地自容。"

听到凯斯普的这些话,总督卫队的头儿开始变得张口结舌、哑口无言、狼狈不堪。就在这个时候,巴尔恩马上高声喊道:"为纳尼亚的君王三声欢呼。"在以往的日子里,那些士兵除了酒桶几乎别的什么也不知道。不过,现在这个时候,在听到巴尔恩的喊声之后,他们似乎已经明白了现在的酒桶是怎么一回事。于是,就大声地喊叫了起来。凯斯普命令他的大部分人留在了院子的里面，他和巴尔恩、查尼亚和另外的四个人进入了行政大厅。

这个时候，总督正坐在他的宝座上。他的宝座的位置在大厅的一头，一张桌子的后面。此时此刻，围在周围的是他的那些方方面面的秘书。孤独岛的总督古姆帕斯看上去就是一位天生胆汁过多、忧愁郁闷、忧然不悦的人。他的头发过去可能是红色的，不过，现在已经完全变得灰白了。在这些陌生人走进他的屋子的时候，他把头抬了起来，朝着这些人瞥了一眼，然后，又低下头来继续看着他桌子上放着的那些纸，非常机械地、几乎毫无意识地说："除了第二个星期六的下午九点到十点，没有预约，不能接见。"

看到古姆帕斯的这副样子，凯斯普对着巴尔恩点了点头，然后，站到了一边去。巴尔恩和查尼亚往前走了几步，站在了桌子的两边。他们先是把这张桌子抬了起来，然后，抛到了大厅的一边去。这张桌子在那里滚了一个圈，桌子上的东西，像小瀑布一样倾泻到了地面上。那是些书信、案卷、文件、墨水瓶、笔、火漆，还有一些乱七八糟的东西。接着，不是非常粗野，倒是相当坚定，巴尔恩和查尼亚的手就像铁钳子一样把古姆帕斯从他的座位上提了起来，把他放在了他的座位的前面大约四步远的地方。凯斯普马上坐在了总督的那把椅子里，把他的那把明晃晃的剑交叉着放在了两只膝盖中间。

"我的爱卿，"凯斯普说，他的目光在紧紧地盯着古姆帕斯，"你们没有给我们一个令人满意的迎接仪式，像我们期待的那样。我们是纳尼亚的王室，是纳尼亚的最尊贵的统治者。"

"没有任何的一个信件中说到这件事情，"那位总督说，"备忘录中根本就没有。我们也没有接到任何的通知。这样的情况根本不合规矩，一切都太突然了，一点儿准备都没有。非常愿意接受您的任何吩咐——"

"我们到这个地方来，是要调查一下你们在这里执行政务、履行职责的情况，"凯斯普接着说，"重要的有两点，需要你对我们作出特殊的解释。第一点，在王室的记录中，纳尼亚王国大约有一百五十年没有收到这个群岛应该交付的贡品了。"

"这件事情应该作为一个问题，在下一个月的议事会议上提出来，"古姆帕斯说，"要是有人挪用了，可以组成一个调查委员会，在下一年的第一次会议上做一个关于群岛财政历史的报告，在这个报告中说明当时为什么——"

"我同样知道你说的那些处理这件事情的程序，并且非常清楚，它不是早就写在了我们的法律当中吗？"凯斯普接着说，"要是那些贡品没有完全交付的话，由此而形成的整个的债务，必须由孤独岛的总督本人自掏腰包来进行偿还。"

说到这一点的时候，古姆帕斯倒是真的认真起来了。"噢，你那可真是说到题外去了，这么说确实有点儿太远了，"他处心积虑地说道，"那是个经济上的问题，完全根本不可能——哦——陛下，肯定是在开玩笑吧。"

在他自己的心里面，正在搜肠刮肚地算计着能够找到一个什么样的好办法来摆脱这些不受欢迎的来访者。要是他知道凯斯普只有一条船，只有一条船的伙伴，他可能会说上一些非常好听的话，把眼前的这一段麻烦先搪塞过去。然后，等到晚上的时候，再把他们统统地包围起来，彻底消灭。不过，昨天，他已经看到了这条战船驶进了这道海峡，并且看到了从战船上发出的信号。他以为那些信号是发给这些人的同伙的。不过，那个时候，他还不知道这就是君王凯斯普的船。当时还没有足够的风能够把君王的旗帜完全伸展开来，让上面金色的狮子全部显露出来。于是，那个时候，他就在悄悄地等待着事态的发展。现在，他是在自己的心里想象着，凯斯普在波恩斯地德有着一支相当完整的舰队。一支只有不到五十个人的队伍步行着进入了奈寮海文城，轻而易举地就征服了这座群岛，这是古姆帕斯绝对没有想到的。类似这样的事情，对于他这个家伙来说，别说让他干了，就是连想也是根本不可能的。

"第二点，"凯斯普接着说，"我还想知道，你怎么能够允许这种惨无人道的罪恶——丧尽天良的贩卖奴隶的交易在这个地方滋生蔓延，用我们自己国家神圣的领土败坏了历史久远的古老风俗。"

"这件事情是必须的，我们务必得这样做，这也是根本不可避免的，"总督狡辩说，"这是群岛经济发展不可缺少的一个重要组成部分，我完全可以向你作出保证。我们岛现在的繁荣和昌盛正是靠着这些。"

"那你需要奴隶来干什么？"

"这不是显而易见吗？用于出口，赚取外汇，陛下。大部分情况下是把他们卖到卡罗尔门，我们也有别的市场。我们这个地方是最大的贸易中心。"

"根本不是这么回事，换句话说，"凯斯普说，"你根本不需要他们。告诉我，你们这么干，除了能把钱揣到像帕哥这样的人的腰包之外，还有什么目的？"

"陛下还相当年轻，"古姆帕斯说，他的脸上带着那种像老父亲一样的苦苦冷笑，"可能将来有一天你会明白的，经济问题是多么复杂，不可思议，要把它做好是多么地辛苦艰难。我这里有记录，我这里有统计，我这里有图表，我这里有——"

"还相当年轻，像我这样的年纪，可能是吧，"凯斯普说，"我相信，我完全明白，奴隶贸易的根源就在你这个地方。我对奴隶贸易实质的理解，一点儿也不比阁下逊色。我根本就没看见这样做能够给这座群岛带来肉类、面包、啤酒、白酒、木材、卷心菜、书籍、乐器，或者是马匹、盔甲，或者别的什么有价值的东西。无论它是有用，还是没有用像这样的事情，务必得立即停止。”

“可是，要是这样的话，这难道不是倒退了吗?!”那位总督脖子粗脸红，喘着粗气说，“你有什么更好的办法能够使这里的经济更加繁荣？你还不知道怎样才能够让这座群岛不断地进步和发展呢！”

“你现在说的这两个问题，我相当小的时候就已经明白了，”凯斯普说，“在纳尼亚，你说的那一套，我们把它叫作‘腐败’。无论如何，贩奴贸易必须立即停止下来，完全没有讨论的余地。”

“我本人不能对这些事情负任何的责任。”古姆帕斯说。

“说得一点儿不错，那好吧，”凯斯普回答说，“我敢肯定，我完全知道你应该负什么样的责任，现在，立即解除你孤独岛总督的职务。我的爱卿，巴尔恩。请到这边来。”还没等古姆帕斯来得及弄明白这究竟是怎么回事，巴尔恩已经跪在了那个地方，把他的两只手放在了君王的一双手中间。依照纳尼亚古老的风俗、习惯、法体和惯用的方式进行了作为孤独岛新统治者的宣言。凯斯普说：“我相信，我们将会有一位相当优秀的总督。”说完之后，正式封赐巴尔恩为公爵，孤独岛的公爵。

“至于你嘛，古姆帕斯，我的爱卿，”凯斯普对古姆帕斯说，“我已经宽恕了你，免除你所拖欠下来的债务，这是作为对你的犒劳。不过，在明天中午到来以前，你和你的所有的人必须离开这座城堡。现在这个时刻，这座城堡就已经完全属于公爵阁下了。"

"听我说，听我说，这一切都相当不错，"古姆帕斯的秘书当中有一个人在说，"建议各位先生，不要再像这样地演戏了，这样下去没什么意思。我们还是来点儿实惠的，做一点儿相当小的交易。摆在我们面前的问题，正是——"

"真正的问题是，"巴尔恩公爵说，"你，还有你们，这一帮乱七八糟的乌合之众，不用客气，赶快说，是痛痛快快地离开这个地方，还是要痛痛快快地挨上一顿鞭子再走？非常随便，非常自由，你们自己完全可以自主选择，马上说话，你们最喜欢的是什么？"

在这个地方的一切都已经得到令人满意的处理之后，凯斯普命令弄来几匹马。城堡中的马并不是相当多，饲养得也不怎么样。他和巴尔恩、查尼亚，还有另外的几个人，骑着马来到城中，直接走向了奴隶交易市场。这个地方是一个相当长相当低的建筑，就在奈寮海文海湾的附近。他们进入市场以后，发现这个地方贩卖奴隶的交易正在如火如荼地进行。贩卖奴隶交易的场景和拍卖别的任何一种东西几乎完全是一样的。也就是说，这个地方有相当多的一群人在那里，帕哥这个时候正站在台子上，用他那刺耳沙哑的声音声嘶力竭地喊叫着。

"听好了，听好了，先生们，现在是二十三号货物。这是一些上好的台勒滨萨务农的劳工,非常适合去开矿,也更适合去航海。年龄肯定在二十五岁以下。他们当中的任何一个,哪一个的嘴里也没有坏的牙齿。有一个算一个,一个保一个,个个都是响当当的、结结实实、健壮得吓人的家伙。赶快,把他们的衬衫统统都给我脱下来,塔克斯,让那位先生好好地看一看。你看到的难道不全是肌肉,还有别的吗?你再仔细看看,他的胸膛有多么厚呀,结实得不得了。那位先生开价了,十个新月,角上的那位先生。你肯定是在开玩笑吧,先生。别拿穷人开心了。噢,十五个!十八个!二十三号,一共开价十八个。十八个,还有没有再加价的了,各位?二十一个。谢谢了,先生,二十一个出价——"

说到这个地方,帕哥突然收住了他的话语,呆呆地张开大嘴,在那里张望着。他看到了几位穿着盔甲的人稀里哗啦地来到了台子上。

"纳尼亚的君王已经驾临!在场的所有的人,朝着纳尼亚的君王,跪下。"公爵巴尔恩高声说道。就在刚才,早有一些人已经听到了外面叮叮当当的马铃声,还有踢踢踏踏的马蹄声。另外还有一些人已经听到了在城堡里的上层社会中发生事情的传说。大部分的人都服从了公爵的命令。有一些还没有跪下的人,也被他们邻近的人拉着跪了下来。一些人竟然开始欢呼起来。

"帕哥，听好了，你的生意已经被没收了。这首先是因为，你昨天已经伤害了我们纳尼亚王室的人，"凯斯普说，"不过，由于你自己本人并不知道，所以，这件事情也就算了，你可以得到宽恕。重要的是，贩奴贸易在一刻钟之前已经完全叫停，在我们纳尼亚所有的领土上已经彻底被明令禁止了。现在，我宣布，在这个市场上所有被贩卖的奴隶，你们彻底地获得了自由。"

这个时候，凯斯普举起手来，示意那些奴隶停止他们的欢呼。然后接着说："我的朋友们在什么地方？"

"你说的是那位漂亮的小姑娘，还有那位英俊的年轻先生？"帕哥说道，他带着那种厚颜无耻的阿谀奉承，肉麻之至的向人讨好的微笑，"哎呀，他们很快就被人家抢购一空——"

"我们在这里，我们在这个地方，凯斯普。"露西和埃德蒙一起喊道。"感谢你的帮助，陛下。"里佩直甫在另外的一个角落里，相当伤心地说。他们已经被人家卖掉了，只是买他们的那位先生还等在这里，要接着买另外的奴隶，这样一来，他们就还没有被带走。看到这种情形，人群中马上闪出一条路来，让他们三位走了出去。凯斯普和他们三位互相之间热情地一一握手并且问候。这个时候，两个卡罗尔门的商人马上走了过来。卡罗尔门人生着黑黢黢的脸膛，长长的胡子。他们穿着漂亮的袍子，头上包着橘黄色的头巾。他们每个人都属于那种聪明绝顶，极其富有，非常懂得礼节又非常残忍的古老民族。他们相当礼貌地对凯斯普鞠了躬，长时间、没完没了地对着凯斯普称赞、恭维、道贺。他们说的那些话就仿佛一个精明能干、深谋远虑的园丁正在用那充盈丰满的泉水精心地浇灌着生长着多种果树的、节俭和道德的花园——事情大概就和这差不多。当然了，真正的东西隐藏在这件事情的后面，那就是他们的本意是要弄回他们已经支付出去的那些购买奴隶的钱。

"请大家放心，一切都会得到公平对待的，先生们，"凯斯普说，"今天，每一个在这个地方买到奴隶的人花的钱，都会退还给你们的。帕哥，把你今天所有的钱统统都拿出来，一直到最后一个米内姆。"（一个米内姆是一个新月的四十分之一。）

"我的好陛下，难道你真的要让我倾家荡产吗？"帕哥在悲哀地抱怨着。

"你是靠着出卖别人的肉体，伤害别人的心灵，来过自己的舒服日子，"凯斯普说，"要是你自己真的变得贫穷起来了，成为一个乞丐，总还是比成为一个奴隶让人家卖来买去要强得多。好了，我们的另一位朋友在什么地方？"

"哦，你说的是他？"帕哥说，"哼，赶快把他带走，再也没有比这更让人高兴的事了。能把他从我的手中甩出去真是我的一大幸事。我这一辈子也没在市场上遇见过像他这样的货。到头来，价钱已经开到五个新月了，也还是没人要他。把他和别的搭配一块卖，随便给点儿小钱儿就行，也还是没人要。你摸他也不行，看他也不行。塔克斯，赶快把那个气鼓鼓的伙计带过来。"

于是，尤斯塔斯出现了，他的确是一副气鼓鼓的样子。没有哪个人希望自己成为一个奴隶被人卖掉，不过，作为一个被人养着又卖不出去的奴隶，大概更是一件让人相当烦恼的事情。尤斯塔斯走到了凯斯普的面前，说道："我明白了。像往常一样，我们大伙受苦受难成为囚徒的时候，你自己一个人单独溜走，不知道去了什么地方，在那里寻欢作乐。我是在想，你根本就没有找什么英吉利领事。你肯定没有。"

那天晚上，他们在奈寥海文的城堡里举行了盛大的宴会。宴会结束之后，里佩直甫说："明天才是真正的探险的开始！"他对着大家鞠了一个躬，然后上床休息去了。不过，这样的事情不能是在明天，明天连开始都做不到。现在，他们计划把他们所了解的所有的陆地和海面统统都丢在后面，去远方进行新的探索。这样一来，他们就务必得做一个最完全的准备。黎明行者号的储备已经空空如也了，大家用八匹马拉船，通过一些滚轴，使它靠到了岸边来。这条船的每一个部分，哪怕是最小的地方，也都被那些技术娴熟的船匠检查了一遍。在这之后，这条船重新下到了水里。船已经尽了它的最大的储藏能力，放进了充足的食物和淡水——也就是说，这些东西可以用上二十八天。尽管如此，埃德蒙还是预料，这些储备只能让他们向着东方航行不超过两个星期的时间，然后，就不得不放弃他们的继续探险。这是因为，继续挺进东方，他们所面对的是一个未知的世界，在航行到第十四天时，要是在那里没有见到陆地或者岛屿，船中的储备就刚好可以折返。想到这一点，他有些悲观和失望。

在这所有的准备工作进行期间，凯斯普抓住一切可能的机会，在那寮海文城中，尽可能地寻找那些年长的、有相当资格的船长，向他们虚心地请教，试图弄清楚有关遥远的东方的信息，哪怕是一些传说，也是非常值得的。凯斯普不知道已经倒空了多少只细颈瓶子，那里面装着的是麦酒，送给那些经验丰富饱经风霜的，有着短短的胡子和清澈透明眼睛的老人。凯斯普所能得到的回报，就是那些各种各样的高谈阔论和动人心弦的美丽传说。只是，这些老船长看上去能够做到的仅仅是相当的真挚和坦诚。他们告诉君王，在孤独岛东方的那一边，根本没有什么陆地。有的人认为，要是朝着东方航行得太远，就可能进入那些离陆地相当远的远海，那个地方大浪汹涌奔腾，大概就是世界的边缘。在那个地方，有着纷纷乱乱的、令人眩晕的漩涡，那些可怕的海浪漩涡就在那里不间断、无期限、永恒地旋转，紧紧地环绕着世界的边缘。

"就这样，我可以断定，那里就是陛下的朋友们进入海底的地方。"另外的一些人说的，只是些不知道有没有根据的、荒诞离奇的传说。他们声称，在那一边，一些岛是有人居住的，那里的人们处于一种无政府的状态。一些岛是在海面上不停地漂流着。还有一些岛周围环绕着可怕的龙卷风和沿着水面不停燃烧着的火焰。听到这些，恐怕只有一个人的说法让里佩直甫感到非常高兴，他说："在东方大海的那一边，就是阿斯兰的家乡。不过，那是在世界尽头的另一边，你根本到达不了那个地方。"当人家问那个人这到底是怎么回事的时候，他只是说，他是从他的父亲那里听来的。

巴尔恩能告诉他们的仅仅是他确实看到了他的那另外的六位伙伴远航去了东方。不过，他们一去不复返，从此音信皆无。他的这番话，是他和凯斯普站在阿威拉的最高点，向下俯视着东方的大海的时候说的。"我经常在早晨到这个地方来，"公爵说道，"看着太阳从海面上慢慢地一点儿一点儿升起来，有些时候，看上去只不过是在仅仅两英里远的地方。我在认认真真地冥思苦想，我的朋友们到底是在什么地方？我也同样在认认真真地冥思苦想，在那条笔直展开的地平线的后面，将是一种什么样的情景。什么都没有，什么都没有，差不多也许就是这样吧。我还常常感到相当地窘迫，我怎么竟然会留在了后方，没有跟着他们继续朝着东方去远航。不过，尽管如此，无论怎么说，我都非常真诚地希望君王陛下不要到那么遥远的地方去探险。在这个地方，我们非常需要陛下你的帮助。现在，这个地方已经关闭了奴隶市场，我们要在这里建设一个祥和、繁荣、幸福的新世界。同卡罗尔门之间的战争已经在我的预料之中了。我的君王，请你好好地再想一想吧。"

"我早立下了誓言，我的公爵，"凯斯普说，"但是，我得怎样对里佩直甫解释呢？"

5. 暴风雨及其余波

　　凯斯普一行登陆近三个星期之后，黎明行者号被拖出了奈寮海文港湾。庄严神圣的告别已经宣布开始，相当多的人集聚在一起来观看黎明行者号的启航。当凯斯普向孤独岛的人们讲出告别的最后话语，与公爵和他的家人依依惜别的时候，有欢呼，也有泪水。不过，当那条船的紫色的帆在轻风中微微地摆动着，船被拖船牵引着渐渐地远离海岸，凯斯普的喇叭声从船的尾部模模糊糊地穿过水面时，每个人都变得鸦雀无声了。然后，黎明行者号驶入了风中。船帆已经鼓起来了，拖船已经和大船相互分离，朝着港湾划了回来。第一个真正的海浪，涌到了黎明行者号的船头下，它又变成一艘充满生机和活力的船。不值班的人员都已经进入到了船的底舱，查尼亚首先在船尾楼值第一班。然后，黎明行者号调转船头，绕过了阿威拉岛的南面，鼓满风帆，朝着东方进发。

最初几天的航行真是让人感到分外地高兴。每天早晨露西醒来的时候，总是能够看得到海面上跳跃着的太阳的光反射到她住的船舱的天花板上，在那个地方摇上摇下，忽起忽落，闪来闪去。这个时候，露西望着她在孤独岛收获的那些好东西——海靴、短统靴、斗篷、女性背心、围巾的时候，她认为自己是世界上最幸运的一个女孩子。然后，她会来到甲板上，从船首楼上向着大海瞭望。每天早晨，海水总是那样地鲜亮、蔚蓝，空气总是那样地甜美、清新。天气已经一天比一天变得温暖起来。然后就是早晨那样的好胃口，这样的好胃口，恐怕只有航行在海上的人才会有。

　　露西大多数时间坐在船尾的小小的工作台上，和里佩直甫玩着象棋。里佩直甫举起棋子的样子相当有趣，这棋子对于他来说实在是太大了。要是他走出的一步接近棋盘中央的时候，他就会用两只爪子把棋子捧在手中举起来，然后再踮着脚尖站立起来。里佩直甫是一位相当出色的棋手，只要他没有忘记他在做什么的时候，通常他总是获胜者。不过，时不时地，露西也常常有获胜的时候，这是因为执棋博弈的过程中，那只老鼠总是做一些十分荒谬可笑的事，比如打发一位骑士进入一个女王和城堡联合的险境。出现这种场面是因为里佩直甫在那一刻忘了自己是在下棋的游戏之中，他所想到的完全是在真正的战斗中作为一个骑士应该怎么办，应该把自己放在什么样的位置上。他的脑子里装着一个孤零零的希望，不是进地狱就是上天堂，勇猛地冲锋，坚持到最后，义无反顾，无怨无悔。

不过，像这样令人格外高兴的时光并没有一直坚持下去。这个时候已经进入黄昏了，露西无所事事地注视着船的尾部。后面的海面上像犁地一样犁出一道长长的深沟，深沟的两面是翻卷着的船的航行的尾波。除了这条尾波之外，海面上还有别的多种多样形状的波纹。所有这些都是黎明行者号在行进的过程中留下的痕迹。就在这个时候，她看到了在天空的西方，云彩正在以它惊人的速度飞快地建造起了一个巨大的架梁。随后，这个由云构建成的架梁裂开了，出现了一道缝。橘黄色的阳光从那条缝中渗透了出来。所有留在船后面的海浪都呈现出了和平常完全不同的形状。海水的颜色是褐色或者是微微的浅蓝色，像一张涂了一层土的、不怎么干净的画布。空气开始变得冷了起来。此时此刻，船的行进是焦躁不安的，仿佛有什么危险正紧紧地追逐在它的后面。船的帆一阵子是松松垮垮的，接下来又猛然之间忽的一下子鼓胀了起来，似乎要撕裂开来一样。现在这个时候的露西，在小心翼翼地、仔仔细细地观察这一切。一边观察着，一边揣摩着由风的声音所带来的相当微妙的不祥之兆。就在这个时候，船长查尼亚高声地喊道："全体总动员，各就各位，准备迎接暴风雨。"顷刻之间，船上所有的人都进入了一片异常的忙乱之中。船的舱门已经用板条顶牢，船的厨房中的火被完全熄灭了，已经有人在把船帆卷起来。在船上的这些工作还没有完成的时候，暴风雨就开始袭击他们了。在露西看来，仿佛先是在海面上出现了一个巨大的峡谷，这个峡谷在船头的前面壁立起来，张开了它的巨大的嘴。紧接着，船一头栽进了这道深深的峡谷之中。船在大海中能够栽得这么深，是露西万万没有想到的。在大海的谷底，船的两边昏黑的由海水组成的山头，比他们的桅杆还要高。片刻之间，两面的山头就在这船的上面相遇了，重重地撞击在了一起。一刹那，两个山头轰然粉身碎骨，同归于尽。这样的情形给人的感觉，仿佛黎明行者号的人们马上就要沉入海底，到另外的一个世界去了。紧跟在后面的，又一个刹那之间，那昏黑的海水仿佛成了巨大的手臂，把他们高高地举了起来，重新推到了山的顶端。船开始旋转，海水的瀑布激烈地倾泻到了甲板上。龙尾一样的船尾楼和龙头一样的船首楼像两个相当小的、孤立的岛，怒火万丈的海水就奔涌在这两个小岛的中间。船桅的上面，水手们已经把全身的重量压在了桅杆的横木上，试图在希望相当渺茫的情况下控制住船帆。那些已经破损了的绳索，在暴风雨中从船的中间伸展到两边去，笔直的僵硬的，像一根一根的烧火棍。

　　"到下面去，女士。"查尼亚高声地大喊着。露西明白了，那些在陆上维持生活和工作的男人——还有那些在陆上维持生活和工作的女人——对于船上的海员和其他水手来说，当暴风雨来临的时候，都是些让人非常讨厌的累赘。于是，她什么都没说，只有服从。不过，这并不是一件非常容易的事。黎明行者号的平衡早就被破坏，这个时候船开始向右舷严重倾斜，甲板的坡度像房子的屋脊一样陡峭。露西不得不慢慢地攀爬着，绕着弯到了一条梯子的上端，抓住了梯子的横杆。她站在了那个地方支撑了一下，这个时候正有两个人向着上面爬。然后，露西尽她最大的努力，拿出来她最高的技巧朝着下面爬去。她的双手又一次紧紧地抓住梯子的横杆，这个动作确确实实正是时候。就在这个时刻，一个巨大无比的浪怒吼着，横亘着沉重地撞击在了船的甲板上。海水扫过了她的肩头，喷溅的海浪和倾泻的雨水让她的身体全部湿透了，不仅如此，这一次撞击的海水比以往显得更加冰冷，真是一点儿情面也不讲。在这之后，她又遭到了一个猛烈的撞跌，摔到了一个船舱的门口。她飞速地钻了进去，把舱门紧紧地关上。就在这一瞬间，船用一种令人毛骨悚然的、惊人的速度，撞入了一片黑暗之中。不过，这种极端可怕的景象，已经被完全关在了门的外面。这样的情形，仅仅只有非常短暂的一个片刻。尽管可怕的景象已经完全看不见了，可是，耳边依然存在着那种让人感到特别可怕的船的危难时刻的声音。这些声音多种多样：乱纷纷的、吱吱嘎嘎的碾轧声，受到折磨的叹息声，噼噼啪啪的折断声，哗哗啦啦的水波声，轰轰隆隆的震响声，深深沉沉的闷雷声。重要的是，这声音更加具有警告性，更加使人变得惊慌失措。这声音更加沉重，更加郁闷。这声音至少比最初发生在船尾的声音更加使人感到惊心动魄。

在这之后的一段时光，黎明行者号的处境日复一日，天天如此，直到人们几乎已经把之前的平静日子完全忘掉了。在这同时，人们几乎也已经忘记了这样的情形究竟是从什么时候开始，究竟是从哪一天开始的。船上始终有三个人在操着舵，如果没有三个人，在暴风雨中，这舵肯定是驾驭不了的。同时，自始至终，必须有人用水泵往船的外面抽水。每一个人，根本没有时间去休息一下。船上没有任何的炊烟，没有任何东西是干的。十分不幸的是，有一个水手落到了无边无沿的大海里去。从暴风雨暴发的那一天起，人们就再也没见到太阳。

在这一段时光过去之后，尤斯塔斯把这所有的一切写进了他的日记中：

"九月三日。好久了，这是我第一天能够写日记。面对着穷凶极恶的狂风暴雨，我们已经在海上整整颠簸了十三个日日夜夜。我知道这些，是因为我进行了仔细认真的计算。可是，另外那些人却说仅仅是十二天，来到船上和那些连数都数不清的人去进行冒险的航海，真是一件非常令人感到奇妙的事！在这闻所未闻的暴风骤雨之中，我度过了一段相当可怕的时光，刻骨铭心，永志难忘的十三个日日夜夜。凶暴的海浪上下起伏，一阵接着一阵，连续不断，常常湿到了骨子里。风暴连试图给我们适当地吃上一餐的时间都没有。更不要提无线电和火箭了，所以，向外面发信号求救的机会就根本没有了。这样可怕的悲惨遭遇已经完全证明了我一直在劝告他们的，不要用糟透了的像个浴盆一样的东西来出海远航，是多么正确。纵令一个人和一个正人君子在一起出海，而不是和一个人模人样的恶魔在一起出海，在这样的一艘船上，同样会是一件相当令人遗憾的事。凯斯普和埃德蒙，非常简单又粗暴地对待我。桅杆折断的那天晚上，我们先去看了我们的船帆（到现在这个时候，曾经是船帆的那个地方，剩下的只有一根柱子），尽管我的状态并不是特别好，可他们还是逼迫我必须到甲板上，然后，要求我像奴隶那样地干活。露西还插嘴说，里佩直甫一直留在原来的那个地方，这是因为，他实在是太小了。我一直在琢磨，露西根本不明白，那个小畜生所做的一切只不过是为了炫耀而已。尽管在她这个年纪，也本来早就应该有一个正确的判断力。到了今天，这条可恶又可笑的船，终于还是平静了下来，太阳也终于还是露出了脸来。大家已经喋喋不休地说起了我们该怎么办。我们饱饱地吃上了一顿，在这一餐中，每个人真是狼吞虎咽。这是因为，这些食物足够十六天用的了，当然了，大部分是些相当难吃的东西。（船上的那些飞禽，个个都痛痛快快地洗了个好澡，然后，就都落到了大海里面去。即使那些没有落到海中的，暴风雨也耽误了它们的产卵期。）一个最现实的问题就是淡水。那两只盛淡水的桶已经在暴风雨中被摔打漏了，水差不多很快就要喝完了，桶差不多就要变得空空的了（这就是所谓的纳尼亚的工作效率）。凭着剩下的数量相当少的一点儿水，船上已经开始实行定量供应，每人每天半品脱。按照这样的定量，我们的水足够用上十二天（船上还储备有不少甜酒和葡萄酒，不过，这些人以为这东西饮用之后会让他们变得更加口渴）。

"要是我们能够的话，千真万确，最明智的选择就是马上调转船头，朝着西方驶回孤独岛。不过，到达这个地方，船载着我们已经跑了十八天的时间，就像发了疯一样，暴风骤雨在后面紧追不舍。当然，要是我们能遇到东风的话，可能会让大家更希望能够返回去。不过，现在几乎连一点儿东风的迹象都没有——实际上，除了东风没有，其他的风也不见踪影；实际上，根本就没有风。至于

要用桨划回去，那恐怕是一种痴心妄想，白日做梦，实在
是太遥远了，根本没有这种可能。凯斯普说，人们靠着每
天半品脱的水是根本划不回去的。我完全可以断定，这
是个地地道道的错误。我试图跟他解释，流汗真的会让
人们冷却下来，所以，在人们工作着的时候是用不了太
多的水的。对于这些，他根本不屑一顾，一点儿都没有
放在心上。在他不想回答别人问题的时候，他就一直是
这副样子。另外的那些人，一直都在把希望寄托在能够
找到一片陆地上。我一直有一种感觉，我自己有着重要
的、不可推卸的责任，我应该及时地向他们提出，我们根
本就不知道在我们的前头有还是没有什么陆地。我试图让
他们明白，最大的危险就是来源于过高的期望，有多大的
期望就会有多大的遗憾。他们不是去制定一个优秀完整的
计划，而是鲁莽无礼地对待我，问我的目的到底是什么。
于是，我就耐心、沉着、冷静地和他们解释，我是被拐
卖了，被人家绑架了，根本就没经过我本人的同意，就
被带到了这个愚蠢的、白痴般的海上航行之中。所以，要
想和他们争论明白一件事情，真是和对一头驴子弹一曲施
特劳斯的曲子一模一样。

"九月四日。一切依旧平静。晚餐只有相当少的一点
儿口粮，我得到的那一份比别人的更少。凯斯普分配得相

当聪明，相当巧妙，他得到的那一份相当不错，那家伙还以为我不知道！不知什么原因，露西试图对我献殷勤，要把她的那一份给我一点儿。不过，那个令人讨厌的埃德蒙干预了这件事情，不让她这么做。太阳格外地热。整个的夜晚，都是那样地难熬，口干舌燥。

"九月五日，一切依旧平静。天气格外热。一整天当中，我的感觉都相当糟糕。我断定，我一准就是在发烧。肯定一点儿不会错，他们根本不会有把温度计放在船上的远见。

"九月六日。这是相当麻烦的一天。在夜晚，我莫名其妙地醒来了。我明白，我已经在发烧了，我务必得喝一点儿水。我相信，任何的一个医生，都会这么说。老天知道，我是一个品德高尚的、不想占任何便宜的人。我想，对一个生病的人，他们怎么也会供应同样的一份水。事实上，我完全可以把别的人叫醒，让他们给我弄上一点儿来。不过，我还是认为，在这个时候叫醒别人，恐怕有点儿太自私了。于是，我就自己一个人起来了，拿起了我的杯子，踮着脚尖，走出了我睡着的这个黑洞。我的脚步非常轻，万分小心，我是怕妨碍了凯斯普和埃德蒙的睡觉。自从天变得热起来，开始缺水之后，他们睡得也相当糟糕。我对别人总是相当宽容，网开一面，为他们考虑得多，无论他们对我好还是不好。我从那个洞里走出来，进入了那个相当大的房间。这个地方有一些划船的工作台，还有一些行李，所以，你可以把它叫作是一个房间。水就放在这个房间的一头。一切进展得相当顺利，不过，就在我拿着我的满满的一杯水的时候，有一个人竟然发现了我。这个人就是那个小奸细里佩。我对他耐心地进行了解释，我说，我只不过是到甲板上来呼吸一些新鲜的空气（至于水的事，和他说什么都是没有用的），可是，他却问我，既然是来呼吸新鲜空气，那么，为什么手里拿着一只杯子。他在那个地方弄出来的声音把整个船上的人都给弄醒了。人们对待我相当不礼貌，认为我所做的事情相当自私、相当不体面。我问道，我是在想，我要问的，也正是别的人想要问的，为什么里佩直甫要在深更半夜到水桶这边来偷偷地行动。可是，他们说他太小了，所以在甲板上派不出什么用场，就这样，他每个晚上到水桶边来放哨，就能替出一个人来去睡觉。这不还是他们那老一套，令人烦恼的不公平。人们都非常相信他，你能不能揍他一顿呢？

"我万般无奈，不得不表示了我的歉意，要不然，那个危险的小畜生又会对着我要起他的那把剑来。然后，凯斯普出现了，露出了他狰狞可恶的本来面目。他像一个穷凶极恶的暴君那样大声地说，非常明显，他是要让每个人都能够听到，今后无论是任何一个人，如果发现'偷水''将会''得到两打'。我根本不明白这句话到底是什么意思。后来，还是埃德蒙向我做了解释，这意思是来自帕文西家族孩子们读的一些书中。

"在进行了这样一番卑鄙龌龊的恐吓之后，凯斯普完全改变了腔调，开始变得屈尊俯就。说明他对我表示相当抱歉。大家都已经感到自己正在发烧，现在应该做的就是必须尽力克服，等等，等等。这个家伙，装腔作势，自以为是，非常可恨，特别让人讨厌。这一整天，我都一直躺在床上。

"九月七日。今天有些风，不过，这风依旧是来自西方。剩下的一点儿残余的帆，把船又向着东方推进大约几英里。那残余的帆，查尼亚把它称作是应急帆——它实际上是船首的斜桅被直立了起来，捆（他们叫绑）在了真正的主桅柱上。仍然是难熬的口渴。

"九月八日。依旧在向着东方航行。现在，我一整天都待在自己的床铺上。除了露西，直到那两个恶魔上床，我再也没有见到别的什么人。露西把她的那一份分得的定额的水给了我一些。她说，女孩子不像男孩子那样容易口渴。我对此常念念不忘，不过，在海上生活，这应该更是一个众所周知的基本常识。

"九月九日。陆地开始出现在视野之中,那些高耸入云的大山隐隐约约地出现在遥远的东南方。

"九月十日。那些大山开始变得越来越大,越来越大,越来越清楚,越来越清楚。不过,尽管如此,依然还是那样地遥远。今天,海鸥又一次出现了,几天来,这差不多应该是第一次。实际上,见不到它们,我已经根本搞不清楚有多长时间了。

"九月十一日。船上的人抓到了一些鱼,并且把它们用在了伙食上。大约在下午七点钟,这艘船在群山环抱的一个水深三英寻的海湾抛了锚。那个白痴凯斯普没有允许我们上岸,这是因为天差不多已经黑了,他害怕野人,害怕那些相当凶猛的野生动物。今天晚上,额外得到了一份水的供应。"

究竟有一些什么样子的东西正在这座岛上等待着他们,这对于尤斯塔斯来说,实际比其他的任何人都显得更加重要。不过,所有这些并没有出现在他的日记中。在九月十一日之后,他把写日记这件事给完全忘记了,并且持续了相当长的一段时间。

在那片低矮、昏暗的天空中,早晨又一次来到了。不过,天气依旧还是相当地热。这几位探险家发现他们正身处一个被悬崖峭壁环抱着的海湾里，这个地方非常像挪威的断崖绝壁间那些非常狭长的海湾。在他们的面前的海湾前头，是一片树木茂密平坦的陆地。这些树一直朝着前面伸展，伸展到了那些气味温馨的香柏树的中间去。在那些香柏树之间，有一条湍急的小溪奔腾而出。这小溪的那一边是一处相当陡峭的斜坡，斜坡的顶端是一个锯齿一样的山梁。在这个斜坡的后面是一些令人茫茫然的、灰蒙蒙的大山，这些大山和那些颜色模糊的、扑朔迷离的云融合在了一起。这样一来，你就根本看不清楚山峰的样子。距离海湾两边最近的峭壁上，零零落落、东分西散的是一层层雪白的瀑布。尽管大家在相当远的地方，谁也没动，谁也没弄出一点儿声音，实际上，他们所待着的地方，真是静得不能再静了，这似乎是每一个人都晓得的。海湾中的水就像那些草一样地柔软、平滑和平静。海湾的水面上倒映着悬崖峭壁的每一个生动鲜活的细节。这个地方给你的感觉，像是一幅美妙绝伦、空前绝后的风景画，不过，你一定要清楚，这样的一幅风景画却存在于感觉沉闷、气氛浓重、咄咄逼人的现实生活之中。这个地方说起来，真是一个地地道道、货真价实的、根本就不欢迎任何一个外来光顾者的去处。

所有船员都乘着两艘登陆艇上了岸。大家在溪流中开怀畅饮一通，又美美地洗上了一顿，吃了一点儿东西，又好好地休息了一下。之后，凯斯普打发了四个人重新回到船上去守着那条船，这样一来，一天的工作就正式开始了。每一件事情都要认认真真地去做。那些桶，务必一个一个弄到岸上来，已经摔打坏了的，只要能够修理，都要尽可能地修理好，并且重新把这些桶一个一个地装满。那些树——主要是松树，要是可能的话——务必得把它们放倒，制成一根新的桅杆。那些船帆，同样是不修不行的。狩猎队得组织起来，去捕获一些这块土地上可能提供给他们的猎物。衣服当然得洗一下了，也得好好地重新缝一缝。船舷上的那些数也数不清的小的破损，更是要好好地把它们补好。就黎明行者号自己来说——大家在相当远的地方望着它的时候——谁也不会认为它依旧还是刚刚离开奈寮海文城的时候的那艘壮丽辉煌的船了。黎明行者号现在的模样，看上去是一艘破烂不堪、颜色斑驳的废船。无论是谁，见到它现在的这副模样，马上都会想到，肯定是发生了海难。它的高级雇员们，还有别的船员们，一个一个同样形象不佳——瘦骨嶙峋，颜面苍白，无精打采，并且由于缺乏足够的睡眠而眼睛通红。衣裳同样破烂不堪。

尤斯塔斯此时正躺在一棵树下听着他们的那些计划，心中感到无比地沉重。难道他们就不能好好地休息一下吗？现在看起来，仿佛连日来，在这个早就已经渴望登陆的第一天里的工作，似乎要比在海上的日子还要忙一样。这个地方一切的一切，鬼使神差地使他产生了一个非常美妙又奇特的想法。大家都忙得不可开交，没人注意他——那些家伙，有一个算一个，都在口若悬河、喋喋不休地讨论着他们的那条狼狈不堪的船，就好像他们真的相当喜欢那个非常令人讨厌的东西。为什么不干脆趁着这个机会溜走，到岛上的一些地方去逛一逛？他完全可以深入岛的内陆，漫步周游一番，神气活现地溜达溜达。在大山的那一边，找一块气候凉爽、空气清晰的地方，美美地睡上一大觉。等那帮家伙把一天的事情都忙活得差不多了，再回到他们宿营的那个地方去。不过，这毕竟是一个陌生的地方，他务必万分小心，谨慎行事，不能让这个海湾还有那艘令人讨厌的船离开他的视野。也就是说，他务必做到能够随时随地清楚知晓他重新返回去的路。在这样的地方，假如落在那些家伙的后面，可不是开玩笑，那可是一件地地道道的非常可怕的、糟糕透顶的事情。

他说干就干，马上把自己的想法付诸实施。他从他正在躺着的那个地方静静地站起身来，走到了树林里。他走得四平八稳，脚步非常慢，一副漫无目的、仅仅是在随随便便地走一走的样子。这样一来，如果有人看到他的话，都会以为他只不过是在伸伸胳膊和腿罢了。他非常惊奇地发现，那些咕咕哝哝的交谈声很快就在他的身后消失了。他还发现自己身后已经是一片相当寂静的、温暖的、暗绿色的树木。没过多久，他甚至开始感觉到自己的胆量也在渐渐地开始变得越来越大，逐步进入了那种具有冒险精神的、速度更快的、决心更大的、大踏步前进的状态。

这样一来，他根本没用太多的时间就非常快地从那片树林中走了出来。现在这个时候，展现在他面前的是一个刚刚开始起步的、相当陡峭的斜坡。坡上的那草干巴巴的，非常光滑，在这样的地方，要是他能手脚并用，这些东西也许并不是非常难对付的。尽管如此，在这样的情况下，他当然不得不气喘吁吁，并且总得不停地用力地擦着他自己的前额。不过，他始终劲头很足，没有泄气，在坚忍不拔地向前走着。顺便说一下尤斯塔斯来到海上的新生活，虽然他自己仍在怀疑，但已经或多或少地对他有所改变，同时也使他获益匪浅。如果依旧是原来的那个尤斯塔斯，那个哈罗德和艾伯塔的尤斯塔斯，在这样艰苦地攀登了一分钟之后，他肯定就会立即完全放弃如此麻烦的事情。

经过了不知道多少次的休息，他终于爬上了一座山梁之上。他原本指望着能在这个地方看到这个岛的中间是个什么样子。不过，空中的那些云已经变得相当低也相当近了。那些从海上飘过来的雾时展时舒，在缭绕着翻卷在他的周围。尤斯塔斯坐了下来，他回过头去，朝着刚才走过的路望去。他现在所在的这个位置是相当高的。黎明行者号停泊的那个海湾在他的下面，看上去已经相当微小。在这个地方，海面上几英里内都看得相当清楚。之后不久，那些从大山里翻涌出来的雾渐渐地向他靠拢过来，不一会儿，就把他紧紧地围抱了起来。这个时候，他身边的这些雾是相当厚密的，不过，一点儿也不凉。在这些厚密的雾的里面，他躺了下来，找到了一个让自己最舒服的姿势。在这个地方，他说要像模像样地享受一下。

实际上，他并没有得到他所想象的那种享受，至少享受的时光不是非常长，而是相当短暂。顺便说一下，尤斯塔斯从小到大，这差不多是他第一次感到什么是孤独。起初，他的这种感觉不是十分地显著，紧接着，他开始为时间担心起来。这个地方似乎连一点点的声息都没有。突然之间，这难耐的寂静使他想到，他大概是在这个地方已经躺了相当长的时间了。不知为什么，一个非常可怕的念头突然进入了他的脑海里：也许别的人已经走了，离开了这座岛屿！也许那帮家伙早就心怀叵测，让他随便地闲逛就是为了故意把他丢在后面。在惊慌失措中，他猛然跳了起来，开始朝着下面走了过去。

一开始，他有点儿过于急于求成了，手忙脚乱，一步一滑，走在了那深深的草丛中，滑出去了好几英尺远。这个时候，他已经开始想到，这一回，他偏离了自己心目中认为的正确方向，向左侧滑得可能是有点儿太远了——当他重新站起身来的时候，他发现面前出现了一道悬崖，这道悬崖似曾相识，就在那一边。那个地方，在他上山的时候，似乎曾经看见过。这样一来，他又一次爬了上来，竭尽全力去靠近他猜想中起身的那个地方，然后又开始朝着下面走去，这一次他尽量靠近右侧行走。这样一来，在他的感觉中，事情似乎有些好转。他在往下走的时候，依旧是那样地万分小心和谨慎，这是因为，在他的前头，几乎连一码远之外的地方也看不清楚。在他的周围，依旧是那死一般的寂静。任何人可能都会有这样的体会：当一个声音在你的内心深处喋喋不休，没完没了地诉说着"赶紧，赶紧，赶紧"，你一定不得不万分小心。这样的情形，可真是一件让人感到相当不快的事情。每时每刻，那个可怕的已经被人家丢弃在后面的念头都在变得越来越强烈，越来越强烈。要是他早就已经深入地理解了凯斯普和帕文西家族孩子们的话，他完全可能会非常清楚，他们根本不可能做出那种把他丢弃在后面的事情。可是，不知道是什么原因，他一直在自己的脑子中没完没了地告诫自己，那些家伙是完全靠不住的，不过是一些披着人皮的恶魔。

"总算可以了！"尤斯塔斯自言自语。他从一些松动的石头上（人们称呼这些石头是岩峭堆）滑了下来，发现自己来到了一处平坦的地方。"哎哟，那些树木到什么地方去了？前面完全是黑乎乎的。我相信那些浓雾正在开始慢慢地散去。"

真的是这个样子。这个地方的光亮每时每刻都在一点儿一点儿地增强，这个过程十分短暂，使得他不得不开始眨起了眼来。那些雾已经完全散去了。现在的尤斯塔斯正身处一道陌生的峡谷里。在这个地方，根本看不见大海。

6.尤斯塔斯的探险

尤斯塔斯出走时，其他人正在那条河中洗手洗脸，准备用点餐，然后再休息一下。几位最优秀的射手进入海湾北面的那些山中返回来的时候，真是满载而归，他们带回了一对野山羊。现在，这可口的野味已经放在了架起来的火上，正在那上面吱吱啦啦地烤着。凯斯普已经命令他的下属从黎明行者号上搬了一桶酒到岸上来。这桶酒是阿尔赤兰德的产品，劲儿非常大的那一种。在你开口喝之前，这种阿尔赤兰德的酒务必得勾兑上一些水，要不然你可能根本咽不下去。由于要兑上一些水，这种酒的数量就变得相当充足，完全可以满足大家的享用。现在，这里有烤得芳香四溢的羊肉，还有那种阿尔赤兰德风味的美酒，确实是一件相当不错的事情。再说，一天的工作到了现在这个时候已经进展得相当顺利，任何一个人的心中都是相当愉快的。没说的，这一顿饭是一顿地地道道的美餐。不过，在第二份野山羊肉用完了之后，埃德蒙终于还是发现了问题，说道："那个讨厌的尤斯塔斯到什么地方去了？"

与此同时，尤斯塔斯开始在这个不知名的峡谷中徘徊。这个地方相当狭窄又相当深，那些悬崖峭壁紧紧地环绕着这个地方。那些悬崖峭壁是相当陡峭的，几乎是垂直地立在那个地方，这使得这个地方看上去似乎是一个洞穴或是一道深沟。在这里，地面上尽是些杂草，当然也散落着数也数不清的杂乱无章的碎石。在这个地方，还星星点点地有一些黑色的似乎是燃烧过的斑痕，这些斑痕非常像你曾经见到过的干燥的夏季里的铁路两边的路基。从尤斯塔斯所在的这个地方算起，大约五十码远，是一个非常清澈的水塘。水塘平静无波。最主要的是，在这座峡谷中，除了巉岩和水塘，几乎别无所有。峡谷之中没有动物，没有鸟儿，没有昆虫，只有太阳释放出来的炎热在无情地摧残着这里的一切。那些狰狞恐怖的、尖塔一样的山，还有那些大山的顶峰，隐隐约约地显现在峡谷的尽头。

尤斯塔斯肯定以为自己是在云雾之中。他来到山梁的这一边，这个地方给他的感觉相当不对头。于是，他马上转过身来，想要看一看怎样才能够重新回去。不过，他刚刚一扫视完毕就震惊了。相当明显，凭着极大的运气，他只找到了在下方的仅有的一条可以走的路——这是一条长长的、绿绿的、延伸到海中的狭长陆地。这条路令人恐惧地陡峭、险峻和狭长。一些断崖耸立在这条路的两面。除了这条路，这个地方再也没有另外的可能返回的路。他该怎么办呢？现在他看到的这些究竟意味着什么呢？他开始绞尽脑汁，搜肠刮肚，冥思苦想，到底该怎么办才好。

他又向四面张望。他认为，不管怎么样，眼下最要紧的事情还是在那个水塘中好好地喝上一顿。不过，他刚一转过身来，还没等他朝峡谷中再前进一步，他听到在他的身后有一个声音。这不过是一个相当小相当小的声音，但是，在这极度寂静的地方却显得相当大。这个声音吓得他站在了那个地方，一动也不敢动，僵硬地站了好一阵子。然后，他转过身来，细细地看了起来。

在那个悬崖的下面，多少靠近一点儿尤斯塔斯的左手边，有一个相当低的、相当暗的洞——也许，这个地方会通向一个更大的山洞。从这个洞里，有两缕微微的青烟正在慢慢地冒出来。一些松动的石头在这昏暗的洞的下面轻轻地活动着（这正是尤斯塔斯听到的声音），这声音告诉尤斯塔斯，好像有什么东西在洞里爬行。

事实确是这样，真的有一个什么东西正在那里面慢慢地爬行。到了现在这个时候，情况正在变得更加惊奇，有一个什么东西已经从洞的里面爬了出来。这个东西是相当著名的，在这个东西刚一露面的时候，埃德蒙、露西或者是你，会马上认出这个家伙来，不过，关于这个东西，尤斯塔斯几乎一无所知。他根本没有读过正统的有关这方面的书，所以，脑子里是一片空白。这个时候，从洞的里面爬出来的这个东西是他根本想象不到的——这个家伙有一副长长的、浅灰色的嘴和鼻子，迟缓迟钝的、暗淡无光的、红红的眼睛，没有毛和羽毛、长长的、柔软的身体。此时此刻，这个家伙正在地上慢慢地蠕动着。这个家伙的腿关节像蜘蛛一样，在地面上高高地支起来，远远地高出了它的背和身体的其他部位。这个家伙的爪子相当锋利，凶暴又残忍。他的翅膀像蝙蝠的一样。就是这个家伙在石头上的爬行和摩擦弄出了一些响动，这就是尤斯塔斯听到的那个声音。它还有一条相当长的尾巴，这条尾巴足足有几码长。尤斯塔斯刚才看到的那两缕烟，正是从它的那两个大大的鼻孔中冒出来的。对于尤斯塔斯来说，在他的意识中，根本没有过关于龙的想法。要是他在意识中有这种想法的话，那么现在对他来说，恐怕真的是一点儿好处也没有。

也许，要是他知道了有关龙的什么知识的话，他可能会对眼下这条龙的表现或多或少地感到惊讶不已。和一般的正常的龙比较起来，眼前这条龙没有坐起来扇动它的翅膀，它的嘴中也没有喷出熊熊的火焰来，而它的鼻孔中冒出来的像火焰的那些青烟一样的东西也没有持续太长的时间。它本来应该有着非常锐利的眼睛，这个东西就不一样，看上去似乎没有注意到尤斯塔斯。它的这些反常表现本来应该引起人们的质疑，不过，令人遗憾的是，对于这些非常一般的常识，尤斯塔斯的脑子里面完全是一片空白。这条龙正在非常缓慢地朝着那个水塘边一点儿一点儿地蠕动着——蠕动得相当慢相当慢，还时不时地停下来休息一下。即使是在担心和恐惧之中，尤斯塔斯也根本没有把这条龙瞧在眼里，依然以为这个家伙是一个苍老的、懦弱的、不堪一击的老生灵。尤斯塔斯在心中琢磨着，自己是不是可以有猛然地冲到坡上的勇气。不过，要是他弄出一些声响的话，那东西会四处张望的，它也许会变得活跃起来。也许，它现在完全是装成这副样子。不管怎么样，企图爬到上面去从这个怪物的身边逃走，如果这是一个可能会飞的怪物，那么，又有什么用处呢？

现在，这个怪物已经来到了水塘边，把它那可怕的、令人讨厌的、粗粗拉拉的下巴慢慢地移过一些碎石，去喝池子里的水。不过，在它还没有喝到水的时候，它发出了一声巨大的哀嚎和一声粗大的叹息，在几次精疲力竭的蠕动和抽搐之后，它翻到了一边去，完全地躺在了那个地方，一只爪子无精打采地举到了空中去。一些颜色稍稍有些发暗的血从它那宽大的、张开的口中慢慢地涌了出来。它的鼻孔中冒出来的那些烟顷刻之间变得发黑了，渐渐地飘散开去。在这之后，一点儿动静也没有了。

在好长的一段时间里，尤斯塔斯就一直静静地站在那个地方，一动也不敢动。尤斯塔斯以为，也许这是这个怪物的某种伎俩，它是在装作死去，装死原本就是它引诱行路人送命的手段。不管怎么样，无论任何一个人都不可能会在像这样的一个地方永远地等下去。这样一来，尤斯塔斯还是壮起了胆子，朝着那个怪物迈近了一步，接着又迈近了第二步，之后又重新收住了脚步。那条龙依旧一动不动，同时，尤斯塔斯也注意到，那红色的火焰也在它的眼睛里完全消失了。最后，他终于走到了那条龙的跟前。到这个时候，他可以非常明确地确定，这家伙已经完全彻底地死去了。带着几分的担心和颤抖，尤斯塔斯在这个家伙的身上摸了一下，不过，这个家伙依旧是任何反应都没有。

龙的这种表现使得尤斯塔斯重新振作起精神，他开始感到相当地高兴，差一点儿大声地笑出来。他甚至开始觉得自己不仅看到了它的死，而完全是由于他的胆大英勇把它战死的或者是杀死的。于是，他从这条龙的身上跨了过去，到水塘边去喝水。这个地方的炎热简直令人无法忍受。在听到了这个地方惊雷的响声之后，他几乎连一点儿都没有感到惊奇。在雷声之后的相当短的时间里，太阳已经无影无踪了。他还没有喝完水，巨大的雨点就从天上接连不断地落了下来。

应该说明，这座岛的小气候是相当特殊的，是极为令人讨厌的。这样大的雨使尤斯塔斯不一会儿就已经从头湿到了脚。雨点相当巨大，从空中砸下来，简直使人睁不开眼睛。像这样的雨，在欧洲几乎没有什么人遇见过。只要这雨一直持续不停的话，那么，就不要去想从这道峡谷中爬出去这码事了。面对突如其来的倾盆大雨，尤斯塔斯毫不犹豫，立即逃进了他所能见到的、唯一的一处避难所——就是那条龙的洞穴。他躺在了洞穴里，想好好地喘上一口气。

我们当中的大多数人都应该非常清楚发现了龙的巢穴应该怎么办。不过，正像我前面说过的那样，尤斯塔斯基本没有龙的知识，过去曾经读过的都是那些不怎么对路的书。那些书多数说的都是些什么出口和进口、政府、政治，还有那些大概没有什么价值的东西，鲜有有关龙的常识。这就是为什么他躺在那个地方之后，会对地面上的那些东西感到那样地惊讶和奇怪了。这个时候，尤斯塔斯发觉地面上的东西有一些相当地突出，但肯定不是石头，有些东西相当硬，但肯定不是荆棘。这个地方仿佛有数也数不清的圆的、平的东西。在尤斯塔斯移动身体的时候，那些东西不停地发出咔啦咔啦的响声。在龙的洞穴口，有足够的光洒落在那个地方，通过这些光可以对这些东西好好地审视一下。一点儿都没错，尤斯塔斯所发现的，正是我们当中的任何一个人在探险中都会告诉他的——珍宝，货真价实的珍宝。这里是一些银币（这就是那些相当突出的东西）、金币、戒指、手镯、臂镯、金锭、银锭、金杯、银杯、金盘子、银盘子，还有数也数不清的宝石。

尤斯塔斯（他根本不像大多数的男孩子）从来也没想象过，自己竟然会邂逅这么多的珍宝。一点儿都不含糊，当他一见到这东西的时候，他马上想到的是，对于他这个在露西的卧室中被人们糊里糊涂地弄到这个新的世界中的人来说，这东西完全可能会有机会派上用场。"这个地方，根本不可能会有任何的税政，税收也就不是问题，"尤斯塔斯在自言自语，"你也根本不必把它们送到政府那里。这些东西中至少有一些可以让我在这个地方度过相当富足的时光——也许还会在卡罗尔门。这个国家听起来完全不像是一个虚构的，似乎是一个相当现实的地方。可是，我还是有点儿搞不明白，我到底能够带走多少呢？瞧那些手镯——镶在那上面的东西，十有八九就是钻石——我得把它戴在我自己的手腕子上。哦，太大了，不过没关系，我可以把它戴在我的胳膊肘的上面。接下来，再把我的口袋里面装满钻石——这可比装金子容易多了。真让人不明白，这该死的雨什么时候才能停下来呢？"他在这一大堆珍宝中选择了一个多少比别的地方更舒服一点儿的地方，这个地方放的大部分是钱币。他在这里安静了下来，静静地等待着雨能够停下来。事情实在是太糟糕了，尤斯塔斯在这一段短暂的探险结束之后，在大山中漫步了一阵子，那种格外特殊的、相当糟糕的感觉又一次追了上来了，这种感觉使你变得相当疲惫，一点儿也打不起精神来。没过多久，尤斯塔斯非常快地进入了梦乡。

在尤斯塔斯彻底地睡了过去打起鼾的时候，和他一同登陆的黎明行者号上的其他人已经用完了他们的晚餐，大家开始特别地挂念起他来了。他们开始喊了起来："尤斯塔斯！尤斯塔斯！呜——依！"一直喊到大家的嗓子有些嘶哑了。凯斯普甚至吹起了他的号角。

"他肯定就在附近，他肯定已经听到了号角声。"露西说，她的脸色已经开始变得相当不好看。

"这个讨厌的家伙，"埃德蒙说，"他为什么要像这样悄悄地溜走，这到底是为什么？"

"不管怎么说，我们务必得想点儿办法，"露西说，"他可能是迷了路，要么是掉进了哪个洞里，要么是被野人给抓住了。"

"再不就是被野兽吃了。"查尼亚说。

"要是真的那样的话，那可真是解脱了。"莱茵斯也唠唠叨叨地说。

"莱茵斯先生，"里佩直甫说，"你几乎连一句过分的话都不说，那是在以往。你现在说的大概和你的身份有点儿不大相称。你说的那个家伙不是我的朋友。不过，他确实倒是和女王露西一样的血脉。在他和我们大家是一伙的时候，他不见了踪影，找到他是事关我们大家荣誉的大事。要是他被害了，我们应该为他报仇雪恨。"

"当然了，我们务必得想办法找到他（要是我们能做到的话），"凯斯普相当厌倦地说，"这真是一件让人非常讨厌的事情。这就意味着我们必须有一个救援小组，这麻烦是没完没了的。尤斯塔斯真是能找麻烦。"

就在这个时候，尤斯塔斯正在睡觉，最后是一阵疼痛把他给弄醒了，让他从梦乡之中回到了现实生活。月亮依旧照在洞口，闪烁着朦胧的光芒。他的这张由珍宝组成的床现在变得更加地舒服了。实际上，他几乎已经完全感觉不到这张床的存在了。最初，他对自己手臂上的疼痛感到有点迷惑不解，不知道原因在什么地方。不过，没过多久，他就想到了那只他曾经戴在手上然后又推到了手臂上去的手镯，是这件东西箍得更紧了。他的手臂肯定是在他睡觉的时候变得肿胀了起来（那正是他的左胳膊）。

他移动了一下他的右边的手臂，以便和左边的手臂来对比一下。不过，在他还没有动上一英尺的时候，他又马上停止了。在一阵恐惧中，他紧紧地咬住了自己的嘴唇。这是因为，正是在他的前面，微微靠近他的右手边的洞穴的地面上，那个地方的月光格外地清晰和明朗，他看到了一个凶恶的、可怕的、令人讨厌的东西在移动。他完全清楚这个令人讨厌的东西是怎么回事：这就是那条龙的一只爪子。在他移动他的手的时候，那只爪子也在跟着动，他停住了移动他的手，那只龙的爪子也就不再动了。

"噢，我真是笨死了，"尤斯塔斯心里这样想，"一点儿都没错，那个生灵不是曾经在我的面前，它就躺在我的身边。"

在几分钟的时间里，尤斯塔斯根本一动也不敢动了。他看到了两缕稀薄的烟在他的眼前升腾。这烟是黑黑的，正对着皎洁的月光。这些烟和那条死去的龙在死去之前从鼻孔中冒着的烟完全是一样的。这简直太让人感到可怕。他紧紧地屏住了自己的呼吸，于是，那两缕青青的烟顿时消失了。不过，他不可能总是憋着一口气，于是，他悄悄地让他的那口气从他的鼻子中呼出去，与此同时，那两缕青青的烟又马上显现了出来，就在他的面前。不过，到现在这个时候，他依旧蒙在鼓里，不明白这究竟到底是怎么回事。

没过多久，他打算慢慢地活动一下他的左侧，他的这个举动相当小心谨慎。接下来，他又准备慢慢地不动声色地从这个洞中爬出来。也许，现在这个时候，那个生灵在睡觉——不管怎么样，这是他唯一的一个机会了。不过，事情依然如旧，在他还没有真正行动之前，他朝他的左边看了看。噢，太可怕了！在这一边，也有一只巨大的龙的爪子。

要是尤斯塔斯在这个时候流下泪来的话，肯定不会有人去责怪他的。事实真的是这样，他十分惊奇地发现，他自己的那么大的泪珠落在了他的面前那些数也数不尽的珠宝的上面，马上就湿了相当大的一片。那些泪珠看上去是那样地令人惊奇地发热，那些泪珠又是那样莫名其妙地从那些珠宝上蒸发掉了。

必须得说清楚，在这个时候，哭是一点儿用处也没有的，苍天不相信眼泪。现在事情的关键是他务必得千方百计想个办法从这可能的两条龙之间爬出去。于是，他开始着手伸动他的右胳膊。就在这同时，尤斯塔斯右边的那条龙的前腿和爪子也在十分精确地和他同步做着同样的动作。到了后来，尤斯塔斯以为他可以试一下他的左胳膊。可是，在左边的那条龙的手和足也同样地在同步开始移动。

天哪，这个地方确实真的有两条龙，左边有一条，右边也有一条，一边一条！这两个家伙在彻头彻尾地模仿着尤斯塔斯所做的动作！不过，现在这个时候，尤斯塔斯没有被这两条龙所吓倒，他毫不犹豫地闪电般地朝着洞口冲了出去。

紧跟着他的行动的是一片噼噼啪啪，稀里哗啦，吱吱嘎嘎的声响。这些声响中，有移动的金子的声音，也有摩擦着的宝石的声音。在尤斯塔斯冲出洞口的时候，他以为那两条龙在后面寸步不离地跟着他。情况紧急，危在旦夕，他根本没有时间回过头去看。他慌里慌张，不顾一切地冲到了那个水塘边。那条安安静静地死去的龙依旧静静地躺在月光中的水塘边。这种情形本来足以把任何的一个人吓得半死。不过，这个时候，尤斯塔斯根本没把那个家伙放在眼里，他现在要马上进入水中。

在尤斯塔斯到达那个水塘边之后，有两件事情使他感到相当奇异。第一件是在他走过来的时候，伴随着他的是震雷一样的什么东西拍打在地上的声音。他发现，他这次的走路使用的不是两条腿，竟然是自己的四肢，是用他自己的两只脚和一双手贴着在地上——一头雾水，莫名其妙，自己到底为什么会这么做呢？第二件是在他朝着那片水塘探下身子的时候，他犹豫了片刻，发现还有另外的一条龙正在从那片水塘的里面伸出头来注视着他。不过，几乎是在一刹那，他就已经完全明白了事情的真相。水塘中的那张龙的脸，完全是他自己的那张脸的反射！这是千真万确的，一点儿疑问都没有。他动的时候那条龙也在动，他张开了嘴那条龙也张开了嘴，他闭上了嘴那条龙也闭上了嘴。

实际上，还是在他睡觉的时候，他就已经彻底地变成了一条真正的龙。睡在龙的宝藏隐藏所里，强烈贪婪的龙的欲望已经完全渗透到了他的心中。现在，他已经真正地变成了一条龙。

所有的疑问已经一清二楚，烟消云散。事实上，在龙的洞穴里，根本不是有两条龙在他的身边。那右边的和左边的龙的爪子，原本就是变成龙以后，他自己的右边的和左边的爪子。那两缕青烟，也完全是从他自己的鼻孔中冒出来的。至于他的左胳膊上的疼痛（谁都会记得，他的左胳膊曾经做过什么），他凭着他左眼睛的斜视，现在已经看清楚究竟是怎么回事了。那只臂镯，戴在一个孩子的胳膊肘上，真是再适合不过的了，不过，这东西要是戴在一条龙的又粗又壮的手臂上，真是显得实在太小了。那只臂镯深深地箍进了他那许多鳞片的肌肉里，臂镯的两边已经高高地鼓胀起来，这是充血和红肿造成的结果，这个地方还在砰砰地直跳。尤斯塔斯试图用他自己的龙的牙齿把那只臂镯咬下来，不过，那东西却纹丝不动，他的这个企图一点儿用处都没有。

他根本管不了他的那些疼痛了。他的最重要的感觉是他自己现在已经完全地解脱了。再也没有什么能够让他感到害怕的了。他心里非常清楚，自己现在是一个相当可怕的东西。在当今的世界上，除了骑士（也不是所有的骑士）之外，没有什么人竟敢胆大包天向他发起攻击。现在，他甚至完全可以和凯斯普和埃德蒙——

不过，正当他想到这个地方的时候，他马上又明白了，他自己绝对不能这样做。现在的这个时刻，他需要的是友谊，这是他过去最缺乏的，他需要的是和他们还有别的那些人成为朋友。他对自己成为一条龙丝毫兴趣都没有。他要重新回到原本属于自己的人类中间去，他要和他们去交流，去大笑，去游戏，去探险，去享受人类所有的欢乐。他自己心里非常清楚，自己现在是一条龙，一个非常可怕的怪物，已经完全从人类中被分离出来了。一个令人非常沮丧、非常孤独的感觉涌上了他的心头。他开始以为其他的人根本不会成为他的朋友了。他开始反思，他过去是不是一个相当不错的人，就像他自己所期望的那样。他是多么渴望能够听到黎明行者号上人们的声音。他非常希望听到那些令人舒适愉快的，听起来相当亲切的话语。在这个时刻，哪怕是那个可恶的里佩直甫说点儿什么也无妨。

在他想到这些的时候，这条曾经是尤斯塔斯的可怜的龙开始放开喉咙，大声地哭了起来。体魄巨大、力大无比的龙的哭泣是惊天动地的。他的那双眼睛在月光下闪闪发光，在寂静的峡谷中成了一道亮丽的风景。他的哭声的响亮，简直无法想象。

到了后来，他认为还是要找到能够重新回到岸边的那条路。这个时候，不知为什么，他已经确信凯斯普绝不会把他留在这个地方起帆远航。他还莫名其妙地认为自己还完全能够使人们明白他是谁。

他用了相当长的时间在这里喝水，然后（我知道，你听到这些一定会感到十分震惊的，不过，当你仔细地想过了之后，你就会认为这算不了什么了），他把那条死去的龙几乎全部吃掉了。大约已经吃了一半的时候，他才明白自己在做些什么，你得明白，尽管他的头脑是尤斯塔斯的，他的胃口和他的消化能力却完全是一条龙的。实际上，一条龙最喜欢的食物就是另外的一条非常新鲜的龙。这也就是为什么你在同一个地方根本看不到两条龙的原因。

喝完了水用完了餐之后，他转过身来爬出了那道峡谷。他一边爬着，一边跳了起来，他刚一跳起就马上发现自己正在飞翔。实际上，在这之前，他几乎完全没有想到他的翅膀，不知道龙竟然会飞这码事。一个怪物竟然会飞翔，简直太美妙了，这使他感到万分地惊奇——这种最初的格外令人喜悦的惊奇持续了好长好长的时间。他从那道峡谷高高地上升到了天空中，看到了那么多数也数不尽的大山的山顶，这些山顶现在已经在他的脚下，在月光中绵延伸展。他看到了那个海湾像一片银制的厚板子，黎明行者号现在这个时候正停泊在那个地方。海湾边的森林里闪烁着营火的光芒。在高高的天空中，尤斯塔斯做出来一个非常单纯的滑翔动作，朝着下面，对着那个海湾飞了下去。

露西睡得正香甜，刚才她一直没有入睡，等待着那个搜寻小组返回来，希望能得到有关尤斯塔斯的好消息。那个搜寻小组是由凯斯普领导的，他们相当晚才返回来。大家都已经筋疲力尽烦躁不安。他们根本就没有找到任何有关尤斯塔斯的蛛丝马迹，不过，他们已经在峡谷中看见了那条死去的龙。大家已经尽了最大的努力，每一个人都指望别的人不要再发现更多的龙。现在发现的这条龙是在下午三点钟左右死去的（这也正是他们发现它的时候），在这以前的几个小时中，它伤人的可能性是相当小的。

"非常可能，就是那条龙吃了他。那个乳臭未干的小子，就死于那个家伙口中。可是，那条龙却没有想到，这个乳臭未干的小子可能会噎死任何一个东西。"莱茵斯说。不过，他说这话的时候声音相当低，所以根本没有人听到他说的这些话。

深夜，露西被他们惊醒了。她不动声色，蹑手蹑脚地靠近，发现她的所有伙伴都紧紧地围在一起，小声地嘀咕着什么。

"这是怎么了？"露西问道。

"我们大家务必得显示出我们足够的勇气，"凯斯普说道，"那条龙刚刚从树梢的什么地方飞过去，朝着海滨的那一边落了下去。是的，我们根本不希望它可能会落在我们的那条船和我们现在的营地之间。箭，对于那些龙来说好像一点儿用处都没有。对于火，它们根本也一点儿不害怕。"

"只要陛下一声命令——"里佩直甫开始开口了。

"这不行，里佩直甫，"君王非常坚定地说，"你根本不要去想和他单独格斗。在这场麻烦之中，要是你不服从我的命令，我会马上把你捆起来。我们务必紧密协作，一旦天亮了，我们就马上冲下海岸边进入战斗。我打头阵，君王埃德蒙在我的右翼，爱卿查尼亚在我的左侧，我们已经没有别的路可走。现在到天亮，大约还有两个钟头。一小时内，我们要准备好饭，剩下的那些酒就不要再喝了。我们所有的事情都必须静悄悄地进行，不能有任何的动静。"

"也许那条龙会走开的。"露西说道。

"要是那个家伙走了，那可就糟了，我们就弄不明白它到什么地方去了，"埃德蒙说，"现在我们已经知道这个家伙大致是在什么地方，可是，我们还不是确切地知道他到底是在什么地方。要是有一只大黄蜂在屋子里，我倒是无论如何想见一见它，弄清楚它的确切位置。"

这个夜晚余下的时光让人感到极端地厌倦。当饭准备好了的时候，尽管大家都明白应该吃点儿什么东西，可是多数的人还是觉得此时此刻他们的胃口实在是太糟糕了。不管怎么样，无边无沿的难熬时光终于还是消耗殆尽，黑暗开始渐渐地离开。小鸟儿开始在吱吱喳喳地到处乱跳，这里的一切和刚刚过去的夜晚比起来显得更加阴冷和潮湿。凯斯普说："好了，时候到了，朋友们。"

他们起身了。所有的人都抽出剑，排出一个阵型，把露西围在了中间，里佩直甫待在了她的肩上。这样的行动总比等在那个地方好了许多。每个人都觉得现在的自己和平常比起来，更加喜欢其他人。在这样的时刻，有别的人在你的身边，你会觉得很仗义，似乎有更多的勇气在环抱着你。没过多久，这支队伍开始朝着前沿进发了。在他们来到森林边缘的时候，天色开始变得更加明亮了。小团队已经可以清楚地看到沙滩上确有一个怪物，它的样子像是一条又粗又长的巨大的蜥蜴，也像是一条柔顺的、伸缩性相当强的鳄鱼，也像是一条狡猾的带着腿的蛇。实际上，趴在那个地方的是一条巨大的、极度可怕的肉滚滚的龙。

当这条龙看到这伙人的时候，他并没有转过身来抖起威风向他们发难，吹出它的那些火和烟。恰恰相反，这条龙竟然慢慢地退却了——你完全可以说，它是一副步履蹒跚、畏首畏尾的样子——他退到了浅浅的海湾里。

"它的头怎么会那样地摆动呢？"埃德蒙说。

"现在，它正在朝着我们点着头。"凯斯普说。

"有什么东西从那个家伙的眼睛中流出来了。"查尼亚说。

"嗯，你们还没看见吗，"露西说，"它是正在哭泣。流出来的那些东西是眼泪。"

"我可绝对不能相信这一套，夫人，"查尼亚说，"鳄鱼正是这么干的，在他们要吃人的时候，总是先流出一些眼泪。之所以这样做，它是为了让你放松警惕，变得麻痹起来。"

"在你说这些话的时候，他怎么竟然会在摇着它的头，"埃德蒙在评论说，"那意思好像在说你说的不对。瞧，这不是，它又来了。"

"难道你们没有想过，它能够听懂我们说的话吗？"露西问道。

听到露西的话，那条龙，在使劲地点着头。

这个时候，里佩直甫从露西的肩上跳了下来，跑到了那条龙的前面。

"龙，"里佩直甫用他那尖声尖气的嗓子说，"你能听明白我们说的是什么吗？"

那条龙，马上点了点头。

"那么，你自己能说话吗？"

那条龙，摇了摇头。

"那么，好吧，"里佩直甫说，"问你这些东西也不过是枉费心机，顶不了什么事。不过，要是你愿意和我们交朋友的话，那么，就把你的左面的前腿举到你的头上去。"

那条龙就照着这老鼠说的话做了。不过，这动作显得有些笨拙，不是很流畅，这是因为，它的这条腿正在隐隐作痛，现在，那个地方还戴着那只金臂镯。

"嗯，快看，"露西喊道，"它的腿上套着一个什么东西。可怜的家伙——也许，它就是因为这个才哭的吧。也许，他是希望我们帮他治疗一下，就像安德鲁克里斯^①和那头狮子。"

"千万当心，露西，"凯斯普说，"它是一条非常聪明的龙，不过，它也完全可能是个骗子。"

不管怎么说，露西已经朝着前面跑了过去，里佩直甫跟在她的身边，他的小短腿正是能跑多快就跑多快。当然没错，跟在他们后面的还有男孩子们和查尼亚。

"让我来看一看，你的那只可怜的受了伤的爪子，"露西说，"也许，我会把它治好的。"

这条曾经是尤斯塔斯的龙，伸出了他的那只疼痛的爪子。他还一直记得，在他还没有变成龙以前，露西曾经用她的那种生命琼浆为他治过晕船的事，那可是相当管用的。不过，这一次，他却觉得相当失望了。这些充满魔法的水使得那些肿胀变得轻微了，那些疼痛也少了许多。可是，却没有能够解脱箍在那里的那块金子。

这个时候，大家都一起走了过来，看着露西给这条龙进行治疗。突然，凯斯普大声喊了起来："快看！"他的眼睛正在盯着那只臂镯。

---

① 安德鲁克里斯是罗马传说中的奴仆，相传曾经为一只狮子取出腹中之剑，后被置于斗兽场。——译者注

7. 尤斯塔斯探险的结局

"看什么呀？"埃德蒙说。

"看，那金子上面的印记。"凯斯普说。

"一只小小的锤子，上面镶着一颗亮晶晶的宝石，看上去像一颗光闪闪的小星星，"查尼亚说，"一点儿不错，以前我曾经见到过这件东西。"

"你以为你曾经见到过这个东西！"凯斯普说，"千真万确，你肯定见到过这个东西。它是纳尼亚皇家宫殿的印记。这件东西不是手镯，正是领主奥克台西亚的臂镯。"

"你这个恶棍，"里佩直甫对这条龙说道，"是你吞了纳尼亚的一位领主吗？"不过，那条龙在拼命地摇着他的头。

"哦，也许吧，"露西说，"这就是领主奥克台西亚变成了一条龙——这是在魔法的指引下。你们得知道。"

"我们用不着说这些了，"埃德蒙说，"所有的龙都非常喜欢搜集金子。不过，我是在想，我们可以肯定地说，奥克台西亚不会走得比这座岛再远了。"

"你就是领主奥克台西亚吗？"露西对那条龙说。她的话语刚刚结束，那条龙便又使劲地摇起头来。"你是一个什么人，被魔法迷住了——我说的是，你是一个人吗？"

这条龙，使劲地点了点头。

接下来的事情，是人们后来在回忆起来的时候有争议的——大家弄不明白了，究竟是露西还是埃德蒙先开的口——"你是不是——是不是，凑巧是尤斯塔斯吧？"

尤斯塔斯疯狂地点起了他的那颗巨大的、可怕的龙的脑袋。他的那条长长的大尾巴，也在海水里面砰砰地摔了起来，激起了一团一团的巨大的浪花。站在他身边的所有的人马上都跳到了后面去（一些船员一边跳着，一边不由自主地发出了惊叫，这些详情我就不打算把它们写下来了），来逃避这个可怕的怪物。伤心和懊悔一下子涌到了尤斯塔斯的心头，那些滚滚的热泪从这条龙的眼睛中唰啦唰啦地流了下来。

露西毕竟是一个感情丰富的人，看到这番情形，心情非常复杂。她尽了最大的努力来尽量安慰尤斯塔斯，甚至鼓起了最大的勇气来吻那张大大的、粗粗拉拉的、充满鳞片的脸。差不多在场的所有的人都在说："这简直太倒霉了。"许多人都明确表示，要尤斯塔斯确信，他们一定会站在他的一边，不会抛弃他，也不会离开他。还有一些人表示，肯定会有一种什么办法把他从魔法的迷惑中解脱出来。人们一致认为，为了把他解救出来，在这个地方延期待上一两天，也不是什么要紧的事情。当然了，与此同时，每个人也都非常渴望能够好好地听上一听他的遭遇。可是，令人遗憾的是，这个时候他根本讲不出话来。在这以后的日子里，他不止一次试图把他的经历写在沙滩上，可是令人遗憾的是，这同样也不成功。问题的关键是，尤斯塔斯（从来也没有读过像埃德蒙读过的那样的书）根本没有一个好办法，能把这故事直截了当地讲述出来。就是这样，尽管他还根本不能够随心所欲地运用这龙爪子上的肌肉和神经去学着写字，可是，无论如何，他还是不得不用龙的爪子学着去写字。事情的结果是，在海水涨潮漫到沙滩上来之前，他还是没有完成他的工作。他写在沙滩上的那些东西差不多完全被海水冲刷掉了。剩下的仅仅是他用爪子踩住的那一些，还有他用尾巴甩出来的那一些。所有的这些东西大家都看见了。这些东西，看上去就像下面这样——斑斑点点、零零散散、模模糊糊。那些带省略号的地方已经被他弄得看不清楚了——

　　　　我那个时候正要睡……犬尤我的意思是龙，龙的洞穴，这是因为，龙已经死了，金子相当硬……醒来以后……褪到我的胳膊上……哎，苦恼……

留下来的就是这些。对于在场的每一个人来说，这似乎已经相当清楚了。变成了龙以后，尤斯塔斯的性格已经发生了相当大的变化，他非常希望能够为黎明行者号上的旅人们做点儿什么事情。他飞遍了整个的岛，发现这座岛上全部都是大山，居住在这个地方的动物只不过是一些山羊，还有那些成群的野猪。他带回来了许多的猎物，把它们作为船上的供应品。对于那些动物来说，他也是一个非常人性化的捕杀者，尽量减少动物们的痛苦。当然了，真正做到人性化也是有这个条件的。只要他猛然地一摆动他的力量非凡的那条大尾巴，他就可以轻而易举地处决那些四条腿的动物。实际上，由于速度太快，力量非常大，动物们自己还根本不知道（我们推测，它们依旧不知道）的时候就已经被夺去了生命。这样一来，动物们根本不会有疼痛和其他的痛苦。尤斯塔斯自己吃掉了一些，他在做这些事情的时候往往总是孤单单的一个人。他从来也不敢让另外的那些人看见他在那么一大堆凌乱污秽的食物面前进餐。有一天，他飞得非常慢，也相当疲惫，不过，他获得了巨大的成功。他带回来一棵巨大的、高高的松树。这棵树是他在一个遥远的峡谷中连树根一起拔下来的。这棵树完全可以做成黎明行者号上的那根船的主桅杆。在夜晚，有些时候，在一场大雨之后，天气会变得相当冰冷。他会使所有的人都变得暖暖和和、舒舒服服的。这个小团队的所有的人都会来到他的身边，坐在那里，用背靠着龙的热乎乎的身体，恢复他们的体温。他甚至还可以帮助人们弄干满身的湿漉漉的水汽。他有力的、火焰一样的气息只要一喷出来，就可以点燃任何一堆最难点燃的木柴。还有一些时候，他还会在这个小团队中选择一些人，让他们骑在自己的背上，然后载着这些人飞上天空。这样一来，人们就可以看见自己脚下的那些转动着的树木森林、悬崖峭壁、海湾水塘。还有那些绿绿的山坡，高高的岩石山丘，窄窄的陷阱一样的峡谷。在远处，目光可以越过大海，看见遥远的东方。在蓝蓝的地平线上，有一片暗绿色，那个地方，完全可能是另外一片陆地。

尤斯塔斯感觉自己已经相当受人喜欢（这种情形对于他来说是前所未有的，在他自己的感觉中相当新鲜，也相当快乐）。他和以前根本不一样了，发自内心地更加喜欢别的人。也就是说，他已经发生了相当大的心灵变化。这样的精神状态使得尤斯塔斯远离了忧愁、苦恼和失望。不过，怎样才能使尤斯塔斯始终保持信心倒成了一个相当严峻的问题。一个人变成了一条龙，毕竟是一件令人非常讨厌的和相当乏味的事。无论什么时候，每当他在山间的湖面上飞过，看见自己倒映在湖面上的影子，总是觉得自己的心在颤抖。他讨厌自己那一双巨大的蝙蝠一样的翅膀，还有他的脊背上的那些高高隆起的锯齿一样的鳞片。当然也有那些残忍的、弯弯曲曲、勾勾巴巴的大爪子。他非常害怕自己一个人孤孤单单地待在一个什么地方，与此同时，又羞于和别的伙伴们共处一处。在晚上，当人们不需要把他作为一个热水瓶用来取暖的时候，他会一个人悄悄地溜走，离开营地，像一条蛇一样在森林和水之间躺着，蜷曲起来。在这些遭遇非常特殊的场合中，最使他惊讶不已的，也是最使他心动的，就是里佩直甫。他竟然成了一位永恒不变的、忠诚的安慰者。这只高贵的老鼠从营地篝火边那欢乐的一圈中悄悄地离开，坐在龙的脑袋边。他往往要坐在顶风的那个方向，躲开尤斯塔斯的那种龙的冒烟一样的呼吸。里佩直甫对尤斯塔斯所讲述的，恰恰都是尤斯塔斯在那个苦难的时刻所最想知道的。这些故事对于尤斯塔斯来说，不仅相当迷人，还雪中送炭。里佩直甫认为，尤斯塔斯变成龙完全是一个人命运中的一次偶然的轮回。这种轮回完全可以为后人留下一个否极泰来、时来运转、逢凶化吉的例证。如果他能够把尤斯塔斯请到自己在纳尼亚的房子里（那是个地地道道的洞，根本不是什么房子，对于这条龙来说，不要说身子，就连头也钻不进去的）的话，他会举出至少一百个以上的例子。那些人个个非同小可，他们是皇帝、君王、公爵、骑士、诗人、情侣、天文学家、肤浅的哲学家，还有数也数不尽的魔法师。他们从巨大的成功和无比的辉煌之中一落千丈，陷入了无比的忧虑和极端的困惑的境遇里。但是，到了后来，他们当中的大多数都能够做到既来之则安之，心平气和，胸怀坦荡，最终从逆境中跋涉出来，过上了非常愉快和幸福的生活。在那个时候，这些例证对于尤斯塔斯来说，也许听起来并不是十分舒服的。不过，这是一种地地道道的真诚的善意，无可厚非，所有这些都会刻骨铭心，久远地留在尤斯塔斯的心灵深处，他是永远也不会忘记的。

当人们准备继续扬帆远航的时候，应该如何处理他们的这条龙的问题，就理所当然地像一片阴云一样笼罩在每个人的心中。当尤斯塔斯在场的时候，人们尽量不去谈论这个问题。可是，尤斯塔斯怎么也避免不了能悄悄地听到这些事情。比如："他自己可以顺着甲板待在一边吗？我们可以把所有的东西转移到船下面的另一边去，以保持平衡。"或者是："在船的后面拖着他走，到底是不是可行？"或者是："难道他不能跟着我们，继续往前飞吗？"还有（这是所有的人常常提到的）："可是，我们得怎样才能让他吃饱呢？"可怜的尤斯塔斯越来越认为，打从他上了这条船，他就全然地是一个纯粹的、十足的令人讨厌的家伙。在眼下这种情况下，他变得更加让人讨厌了，分明成了人们的累赘。他的这种想法入心入脑，就像那只臂镯深深地陷在了他的前腿上一样。与此同时，他自己也完全清楚，面对人们的忧虑，就像面对他的那个臂镯一样，在这个时刻，如果用他的那些巨大的牙齿去撕那只臂镯的话，只能把事情变得更加糟糕。不过，此时此刻，根本避免不了要这样做，无论如何，他还是要想这件事情，更不要说这是一个炎热的夜晚了。

　　他们在龙岛登陆大约六天以后，一天早晨，埃德蒙凑巧在这个早晨的相当早的时候醒来了。这个时候，天刚蒙蒙亮，你完全可以看得见大树的树干。不过，只要这些树必须是在你和海港之间，要是在另外的地方就不行了。当埃德蒙醒过来的时候，他以为他听到了什么东西在移动，于是，他用一只胳膊肘把自己支了起来，用目光在自己的周围搜索着。没过多久，他以为他看到了一个昏暗的影子在朝着森林边上靠着海的那一边移动着。这番景象使埃德蒙马上想到了一个问题："难道我们还不能断定这座岛上没有土著人吗？"之后，他又想到了这是凯斯普——这个身影的身型高矮恰好和凯斯普差不多——可是，他马上又想起来，凯斯普就睡在自己的身边，并且一动也没动。埃德蒙看到了他的剑，依旧放在原来的地方。于是，他爬起身来，打算去实地考察一下。

　　他蹑手蹑脚地来到了森林边上，发现那个昏暗的影子依旧在那个地方。这个时候，他注意到了这个影子和凯斯普比起来真是有点儿太小了，和露西比起来还是太大了。这个影子一点儿也没有逃避的意思。埃德蒙拉出了他的剑，他差不多就要向那个人发起挑战。这个时候，陌生人小声说话了："埃德蒙，是你吗?"

"是呀,你是谁呀?"埃德蒙说。

"你真的不认识我了吗?"那个人说,"是我呀——尤斯塔斯。"

"我的天哪,"埃德蒙说,"真的是你呀,我亲爱的伙计。"

"嘘——"尤斯塔斯说。他蹒蹒跚跚的,仿佛要摔倒的样子。

"你好!"埃德蒙说,他立即上前扶住了他,"这是怎么了?你生病了吗?"

相当长的时间,尤斯塔斯没有声息,埃德蒙还以为他是不是昏厥了。不过,到了后来,他终于还是开口说话了:"简直太可怕了。你根本不知道……好歹,现在一切都好了。我们能到别的地方走一走吗?现在我还不想去见别的人。"

"是的,好吧。只要你愿意,随便到什么地方都完全可以。"埃德蒙说,"我们可以到那边去,坐在那些石头上。我是说,我非常高兴又见到你了——哦——又一次见到你自己本人。你肯定度过了一段相当难熬的时光。"

他们来到了一些岩石边,在这个地方坐了下来。他们的目光穿过了海湾,整个的天空开始变得越来越微白。繁星已经差不多全都消失了,只有一颗,一颗相当大的、相当明亮的星低低地悬挂在天边,在地平线的上方。

"等我能够认出其他的人,一切都恢复正常的时候,我再告诉你，我是怎样变成一条——是一条龙，"尤斯塔斯说，"顺便说一句，直到那天早晨我出现在这个地方，听到你们说到那个问题的时候，我才知道那是一条龙。我想先告诉你，我是怎样不再是那个东西了，重新变成了一个人。"

"但说无妨。"埃德蒙说。

"嗯，昨天晚上，我比以往任何时候都觉得难受。那只可恶的臂镯，紧紧地箍在我的胳膊上，真是没法说了——"

"现在没事了吧？"

尤斯塔斯笑了——这个笑是埃德蒙以前从来没有见到过的，这是一个和以前的任何一个笑都截然不同的笑——尤斯塔斯一边笑着，一边轻而易举地把那只臂镯从他自己的胳膊上摘了下来。"嗯，就是这东西，"他说道，"谁要是喜欢他，我就可以把它送给他，对于我来说就是这样。哼，我是说，我当时相当清醒地躺在那个地方，在自己的心里琢磨着，到底我会变成个什么样子呢？就在这个时候——你听明白了吗？这可能完全是一个梦。我是真的弄不明白了。"

"接着说。"埃德蒙说，他的好奇心越来越强了。

"嗯，不管怎么说，我觉察到了，我是亲眼看到了，那是一件非常重要的事情。我猜那是一只巨大的狮子，它慢慢地、慢慢地向我走了过来。最令人惊奇的是，昨天晚上并没有月亮，可是，在狮子待着的那个地方，周围都是明亮的月光，狮子走到哪里，哪里就有一片光，那片光跟在它的身边。就这样，接下来，它走得离我越来越近，越来越近。那个时候，我简直害怕极了。你也许会以为，变成了一条龙，我可以轻而易举地干掉一只狮子。实际上，我并不是担心会打不过它。我也同样不是担心它会把我吃掉。我只是在担心——我不知道，你是不是明白我的意思。嗯，它已经和我靠得相当近，它的目光在一动也不动地盯着我的眼睛。于是，我紧闭双眼，不过，这几乎一点儿用处都没有。这是因为，它告诉我，跟着它走。"

"你的意思是说，它开口说话了？"

"我真的不知道。现在，你提到了这件事，我确实没有这样想过，真搞不清楚它是说了还是没说。就这样，它依然在告诉我，务必跟着它走。后来我终于还是明白了，这样一来，我不得不照着它告诉我的去做了。于是，我站起身来，跟在它的后面走了。就这样，它带着我走了相当长的路，来到了一处崇山峻岭之中。我们走过的所有的地方，狮子的周围都有明亮的月光一直都在跟随着，环绕着。终于，我们来到了一座山的顶峰，像这样的山顶，我以前从来也没有见到过。在这座山的顶上，有一座花园——花园的里面有树木，有水果，还有其他许多非常美好的东西。在这座花团院子的中间，有一泓清澈剔透的泉水。

"我说这是泉水，这是因为，在它的下面有一团一团的水在咕咕地往上冒。不过，它和大多数的山泉比起来，显得都要大——它简直像一个巨大的圆圆的澡盆——这个澡盆还有大理石的台阶。这个地方的水清得简直不能再清了，这不能不使我想到，要是我能下到这个泉水的里面好好地洗一下的话，也许会减轻我腿上的伤痛。可是，那狮子却在告诉我，必须先把我身上的衣服脱掉。你听到了吗？我真是一时怎么也弄不清楚，它是大声地把这些话说出来了呢，还是没有。

"那个时候，我正想说我没法脱去我的衣服，这是因为我的身上压根儿就没有什么衣服。这个时候，我猛然想起来，龙是和蛇差不多的东西，蛇是可以蜕掉它们的皮的。噢，一点儿都不错，想到这个地方，我明白了，那狮子的意思大概就是这些吧。所以，我自己就开始动手，往下蜕我的那些皮。就这样，我身上的那些鳞片开始一块一块地和我的身体分离了。然后，我又用了一些力让那些鳞片和我的身体分得更彻底一些。于是，那些鳞片就这一块那一块地从我的身体被撕开，和我的身体分离了。最后，所有的鳞片像一条长长的筒子一样，全部脱离了我的身体。这简直真是太好了，这种感觉就好像大病初愈。这个时候，我仿佛就是一根香蕉，皮已经剥得一干二净，瓤和皮已经彻底分离。一两分钟之后，我从这个空空的龙的鳞片中走了出来。我清楚地看到，我的那身龙的皮就静静地躺在我的身边，看上去真是令人作呕。这个时候，我心中的感觉真是再好不过了。接下来，我来到了泉水中，开始了我的洗浴。

"可是，当我把我的一双手伸到水中的时候，我却看到它们还是那样僵硬，那样粗糙。还有一些东西像鳞片一样，皱皱巴巴，仿佛和以前一样。噢，原来如此，我对我自己说，这是还有一层更深的里层的皮在里面，我务必也得把它们蜕下去。于是，我又开始连撕带拉地蜕起里层的皮来。最后，那些里层的皮也从我的身上完全地脱离了，我又从这里层皮中走了出来，把这里层皮丢在了那张外层皮的另一边。在这之后，我来到了那个山泉中，开始进行我的洗浴。

"嗯，的的确确，一模一样的情景又一次发生了。我自己在心里想，真是不知道到底有多少层皮需要我一层一层地把它们蜕下去呢？可是，因为我正一直急着要洗我的腿，这样一来，我就开始着手第三次来蜕我的皮，就像前两次一样，我还得再一次地从那一层一层的壳里走出来。不久之后，当我望着水中的自己的时候，我发现我所做的一切几乎丝毫用处都没有。

"就在这个时候，那只狮子又一次开始吩咐了——不过，我真是说不清楚，它是不是在开口说话——'你，不得不让我亲自来为你把这层皮蜕掉了。'说句实在话，我从心里往外真的害怕它的那些锋利的爪子，这些我完全可以告诉你。不过，到这个时候，我自己已经完全山穷水尽，疲惫不堪，丝毫的力气都没有了。于是，我就平躺在了那个地方，脸朝天，让狮子本人亲自来帮我做这件事情。

"它最初的撕扯就毫不留情，撕得非常深，我就是这样感觉的。毫不客气，狮子正在深深地撕到了我的心脏里。在他为我脱落这些皮的时候，我觉得相当疼痛，这种疼痛比任何一种疼痛都厉害，这是我确凿无疑的真实感受。痛苦不堪，万箭穿心。唯一能够让我忍受这些的就是我的那种把这些皮蜕去后非常愉悦的心情。你知道——你也许有过在你的伤痕上揭去那些痂的时候的那种感觉。那起初肯定是一种疼痛，中间夹杂着像有些发痒——不过，到了最后，当你看到它们都已经完全揭下去的时候，那是相当有意思的。"

"我完全明白你所说的意思了。"埃德蒙说。

"嗯，它把那些可恶的东西统统地除去了——这正像我所想象的一样，我已经单独地做了那样的事情三次，重要的是，那样做并没有痛苦——现在，这些东西都放在了那些草地上。那是相当厚相当厚的一堆，黑乎乎的，像一座小山一样，比我自己刚蜕去的那一些可是多得多了。现在这个时候，我变得相当光滑，相当柔软，和一根剥去了皮的柳枝差不多。又一次剥去了一层皮，在这之后，我比我刚才的那个时候可是小多了。接着，狮子把我抓了起来——我并不喜欢它这副样子，我现在实在是太嫩了，太虚弱了。我的身上大概根本就没有什么皮了——它把我抛到了水中。我觉得有点儿疼痛，不过，这样的时间并不长久，仿佛仅仅一分钟。到了后来，这一切都变得称心如意。没多大工夫，我就开始在这泓清泉中游起水来，溅起了一团又一团的清亮的水花。这个时候，我发现我的所有的伤痛从我的胳膊上已经消失得无影无踪。我明白了，我又一次变成了一个孩子。要是我告诉你我的胳膊给我自己的感觉是个什么样子的话，你肯定会认为我简直就是个骗子。我完全清楚，这胳膊和凯斯普的比起来根本就没有力量，完全是些废物。可是，当我见到它们又一次是属于我的时候，我真是高兴得不能再高兴了。

"过了一会儿，那狮子把我从水里弄了出来，给我穿上了衣服——"

"给你穿衣服，是用它的爪子？"

"嗯，我真是一点儿也记不起来这些了。可是，太莫名其妙了，真是不能让人理解：一身崭新的衣服——就是我现在正穿在身上的，一点儿都不会错的。没过多久，我就到这个地方来了，这就是为什么我认为这完全是一个梦。"

"不，不会的，这根本就不是一个梦。"埃德蒙说。

"为什么不是一个梦？"

"嗯，这是实实在在的衣服，这是第一。还有，你已经不是——嗯，不再是一条龙了，这是第二。"

"可是，你对这件事情该怎么看呢？"尤斯塔斯问道。

"我认为你是见到了阿斯兰，那只狮子肯定就是阿斯兰。"埃德蒙说。

"阿斯兰！"尤斯塔斯说，"当我参与了黎明行者号航行的时候，我已经不知道有多少次听到过这个名字。可是，我感觉——我也说不清这是为什么——那个时候，我憎恨它。非但如此，我也差不多憎恨所有的事情。我只是顺便说，我非常希望能够向大家表示我深深的歉意。我恐怕我那个时候变得相当令人讨厌了。"

"这就对了，"埃德蒙说，"你和我第一次来到纳尼亚时一样让人讨厌。你只不过是在步我的后尘，而我在那个时候却是个地地道道的叛徒。"

"好了，别再跟我说起那些了好不好？任何人，只要他认为自己有弱点与不足，那么只有经过重大的磨难才能获得洗心革面、脱胎换骨、重新做人的机会，"尤斯塔斯说，"不过，我就是想知道到底谁是阿斯兰？你真的认识他吗？"

"嗯——他确实认识我，"埃德蒙说，"他是一只非常伟大的狮子——远方海外皇帝的儿子，他挽救了我，也挽救了纳尼亚。我们大家都曾经见到过他。露西见到他的次数是最多的，几乎能够经常见到他。我们航行的目的地恐怕就是阿斯兰的故乡。"

之后，他们两个再也没有说什么。最后的那颗明亮的星已经完全消失在了地平线上。当然，现在，他们还没有见到太阳的初升，这是因为那些高大的山就耸立在他们的右方。不过，他们相信，太阳一定正在渐渐地升起。他们面对的头上的天空已经开始变得灰白，之后又很快变得橘红了。接下来，在他们的身后，一些大概和鹦鹉差不多的鸟儿开始在树林子中鸣叫起来，与此同时，你完全可以听得见它们在树丛中跳来跳去。到了后来，凯斯普的号角终于响了起来。整个的营地已经开始在新的一天里行动起来了。

埃德蒙和重新回来的尤斯塔斯走进围着营火用早餐的人群的时候，大家高兴得简直无以言表。事情就这样，在这个时候，每个人当然都不可避免地要听一听尤斯塔斯讲述的故事。差不多营地上的每一个人都在纳闷，是不是还有另外的一条龙在许多年之前杀死了领主奥克台西亚？是不是奥克台西亚就是那条已经死去的老龙？尤斯塔斯在龙的洞穴中装进自己的口袋里的那么多的数也数不尽的珠宝，连同曾经穿在他身上的那些衣服，早已变得无影无踪，不知道这些东西是到什么地方去了。不过，肯定没有人，特别是尤斯塔斯，有一丝一毫的重返那道山脊去寻觅龙洞中那些更多珠宝的念头。

几天以后，黎明行者号又重新竖起了桅杆，重新刷了油漆，重新储备了一些东西，准备开始新的航行。在他们上船之前，凯斯普叫人在海湾边光滑的悬崖上刻了一些字：

龙岛
　发现者
凯斯普，X.纳尼亚之君王等。
这是在他执政的
第四年
　在这个地方，我们推测
领主奥克台西亚
　过世

到现在这个时候，完全可以说，"从那个时候起，尤斯塔斯成了一个和以前大不相同的孩子"。这样说是恰到好处的，是公开的、公平的、公正的，差不多已经相当接近实情。进一步地、严格地、精确地说，从那个时候起，他开始好了。当然了，他也曾经出现过反复。在相当长的岁月里，他可能依旧让人讨厌，不过，所有这些我都不打算去评论。改变尤斯塔斯性格的时刻，毕竟已经开始了。

领主奥克台西亚的那只臂镯的命运是相当奇妙的。尤斯塔斯根本不打算保留它。他把这东西奉献给了凯斯普，凯斯普又把这东西奉献给了露西。露西对得到这东西根本不屑一顾。

"那么好吧，让它凭命由天吧。"凯斯普说着，把这只臂镯抛到了空中。这个时候，海滩上所有的人都站在那个地方，正在看凯斯普刻在悬崖上的铭文。那只臂镯飞到空中，闪烁在明丽的阳光中，在这之后，它像一只被抛得相当出色的套子，挂在了悬崖上一块突兀出来的石头上。这个地方实在是太有趣了，从上面根本不会有人爬下去取到它，同样，从下面也根本没有人能够爬上来取到它。据我所知，到目前为止，它依旧挂在那个地方。它会永远地挂在那里，可能会一直挂到这个世界的末日。

8. 两次惊险的逃脱

黎明行者号从龙岛的海滨重新起航的时候，大家的心里真是太高兴了。这条船刚一驶出海湾就非常幸运地遇到了相当好的风，第二天早晨，就到达了一座无名小岛。这座小岛是尤斯塔斯还是一条龙的时候，人们骑在他的身上，飞翔在空中的时候看到的许多小岛中的一个。这是一座低低的、矮矮的、绿色的小岛。岛上并没有人居住，只是有一些兔子、山羊。不过，在这个地方有一些废弃了的、用石头搭起来的小屋。从那些黑乎乎的用过火的地方看来，不久之前，这里还曾经有人活动过。这个地方还有一些骨头和破损了的武器。

"这是海盗们干的。"凯斯普说。

"也可能是那条龙干的。"埃德蒙说。

另外的一件相当重要的事情是，他们在这个地方发现了一只小小的皮筏子，或者说是一只轻便小舟，一只小船。这只小船就放置在沙滩上。它是用兽皮拉紧之后，绷在用柳条做成的框架上的。这是一只相当小的船，仅仅只有四英尺那么长，船桨依旧放在里面。船桨和船身的比例十分相称。大家认为这只小船要么是为孩子们专门制作的，要么就是还有另外的什么人，那些人可能就是矮神。在像这样的国度里，非常可能生活着一些矮神。里佩直甫提议把这只小船留下来，因为这只小船的尺寸差不多刚好适合于他。这样一来，这只小船就被装到了黎明行者号上。大家把这座岛叫作火烧岛。中午之前，黎明行者号就驶离了这个地方。

在这以后差不多五天的时间里，黎明行者号就靠着东风航行着。所有的陆地都已经不在他们的视野当中了，所有的鱼和海鸥也已经变得无影无踪。在这之后，他们遇到了一场大雨，这雨一直下到了午后。尤斯塔斯有两盘西洋棋输给了里佩直甫，这样一来，他又变得和过去的自己一样，脾气非常糟糕，相当不爽快。埃德蒙说，他希望他们能够到美国去，和苏珊待在一起。之后，正在从船舱的窗子朝外望着的露西说道：

"咦，我断定雨已经停了，瞧，那是什么？"

大家一窝蜂地到了船尾，朝着外面望着。他们注意到，外面的雨已经停了下来，查尼亚依旧在瞭望着，他在紧紧地盯着船的尾部的一个什么东西。或者可以说，这些东西看上去像是一个一个的、相当小的、圆圆的石头。这些石头组成了一长条。每块石头的间隔大约在四十英尺左右。

"不过，它们肯定不会是石头，"查尼亚说，"五分钟之前，这些东西还没有在那个地方。"

"那一个刚刚消失。"露西说。

"是的，另一个正在出现。"埃德蒙说。

"越来越近了。"尤斯塔斯说。

"该死的！"凯斯普说，"那个东西正在朝着我们这边移动过来。"

"它走得实在是太快了，完全超过了我们航行的速度，陛下，"查尼亚说，"它可能会在相当短的时间里赶上我们。"

就这样，每个人都紧紧地屏住了呼吸，因为不管是在陆地上还是在大海中，被一个不知名的什么东西跟踪且又完全可能被追上，总不能说是一件什么好事情。事实上确实如此，接下来出现的局面证明，情况比他们任何的一个人预想的还要糟糕。突然间，在左舷边大约离他们只不过一个板球场那样的距离，一颗令人毛骨悚然的不知道什么东西的头从海面上伸了出来。这颗头大体上看上去是绿色和朱红色相间，还带有一些粉红色的、相当大的斑点——这些斑点的上面，一些贝壳类的东西正附着在那里——这是一个形象相当鲜明的头，这颗头很像是一匹马的头，只是这头的正面并没有耳朵。这颗头上有着一双巨大的眼睛，这双眼睛非常适合紧紧地凝视着昏暗的、深不可测的海洋。这颗头的上面还有一张大大的张开的嘴，这张嘴中满满地生长着两排尖尖的像鲨鱼一样的牙齿。这颗头还在继续往上伸展着。实际上，不断向上伸展的应该是这个家伙的脖子。不过，每个人都知道，这越来越向上伸展着的，不仅仅是它的脖子，还有它的整个的身体。至少，你要是以为那个地方是脖子的话，那么它的全身就差不多已经都是脖子。由此可见，人们想要进一步看到它的身子的想法真是荒谬得不能再荒谬了——海蛇！这是一只巨大的海蛇。在那遥远的海面上，人们能够见到那条卷曲着的巨大的尾巴，海面把这条尾巴和那颗头隔离开了。这个时候，它的头还在高高地扬起，已经超过了桅杆。

所有的人都飞快地跑过去，抓起了他们的武器，不过，他们这样做几乎没有任何作用。那个巨大的怪物完全在他们可以攻击的范围之外。"放箭！放箭！"弓箭手头目喊道，他的命令得到了一些弓箭手的响应。不过，同样无济于事。那些箭都从蛇的身上弹了回来，仿佛那蛇的皮就是一块铁盘子似的。在这个最让人担心的时刻里，每个人都在紧紧盯着那条蛇的眼睛和嘴，看着它会向他们的什么地方发起攻击。

不过，这条巨大的海蛇并没有对他们的任何地方发起攻击。它只是把它的头进一步地、高高地扬了起来，伸向了船的上方，和船的桅杆保持在一码的距离以上。现在，它的这颗头在船的瞭望台的一边。这样一来，蛇的身体在不断地向前延伸、延伸，直到它的头超过了船的右舷的舷墙。在这之后，这条蛇的头开始向下伸去——不过，它没有伸向人群挤得相当密集的甲板，而是越过了船身，伸到了海水的里面去。这样一来，海蛇实际上是卷成了一个巨大的圈，这个圈露在海面上的是一个蛇的身体架构起来的拱形的门。于是，整个的黎明行者号就置身于一条巨大的海蛇弯成的拱形门的下方。就在这同时，这个拱形的门开始变得越来越小，事实上，在船的右舷，那条巨大的海蛇的身体几乎已经接触到了黎明行者号的船身上了。

就在这个迫在眉睫的时刻，尤斯塔斯（他早就已经试图使自己的举止能够端庄得体一些，只是那些不遂人愿的雨，还有那输掉的两盘棋，使他的心情并不是怎么好）做出了他的最初的富有勇气的事情，像这样的事情，他过去是从来没有做过的。他手提着一把剑，这把剑是凯斯普借给他的。当那条海蛇的身体刚一靠近船的右舷，他就跳上了船舷，用尽全力去砍那条蛇。事实是千真万确的，伴随着凯斯普的那把仅次于一流的最好的剑的叮当作响，他的所有努力毫无作用。不过，这并不是一件坏事，毕竟这是一个初学者开始了他最初的实践行动。

在这个时候，要不是里佩直甫喊了一声的话，别的人大概也会马上迅速投入这场生死攸关战斗的。里佩直甫大声喊道：

"不要再打了！赶快推！"在这个最危险的时刻，这位雄心勃勃的老鼠能提出这样的告诫，要大家不要继续动手，是非同寻常的。于是，每个人的目光都转移到了他的身上。这个时候，他已经跳到了船舷上，冲向了那条海蛇，用他那小小的、毛绒绒的脊背靠住了海蛇充满鳞片的、令人恐惧的、凶悍的身体，尽了他最大的力气，试图把这个可怕的家伙推开。看到这番情景，在场的许多人都马上明白了他的意图：里佩直甫是要把那条巨大的海蛇推到船的后面去。于是，人们开始在船的两边做起了同样的事情。片刻之后，那条海蛇的头又一次地出现了，这一次是出现在船的左舷，人们能够见到的是那条海蛇的背。这个时候，每个人的心里差不多都已经完全明白了这条海蛇的真正的目的究竟是什么。

这条巨大的怪物是要用它的像一条巨大的粗绳子一样的身体做一个圈，然后再用这个圈把黎明行者号套起来，再把这个圈收紧，直到黎明行者号粉身碎骨，成为碎片，葬身海底。瞧吧！这个圈正在变得越来越紧，越来越小——这正是那条海蛇现在干的！照这样继续下去，这个蛇的大圈越来越紧，越来越小，被这条蛇缠住的那些地方，船将会一点儿一点儿地破裂，最后变成一块一块的碎片，漂浮在海面上。在这之后，船上的人会一个接一个地被弄得落到海中去，海蛇的阴谋也就得逞了。在这十万火急的关键时刻，仅有的唯一的机会就是把这

个蛇圈推到船的后面去，直到船的尾部全部安全地从这个圈中
穿过。换句话说（问题只是从另一个角度），就是把蛇推到后
面去，把船推到前面去，这样做的目的也同样是要钻出这个
蛇圈。

里佩直甫最初是单独作战的。一点儿都不错，举起一个如
此之重的庞然大物的机会是少见的。为了挽救黎明行者号，里
佩直甫几乎献出了自己的生命。在最关键的时刻，人们把他推
到了一边去。在战斗进入白热化的时候，除了露西和那只老鼠
（里佩直甫现在已昏厥了过去），所有的人都沿着船的两舷排成
了两队，每一个人的前胸都紧紧地顶住了前面一个人的背。这
样一来，这长长的一队人的全部的力量就全部集中到了紧贴着
海蛇的那个人的身上。大家都拼上了自己的生命，用上了自己
最大的力量朝前推去。最初的那段短暂的时刻（这段时刻仿佛
有好几个钟头）让人感觉讨厌极了。尽管全体船员拼尽全力，
但结果却证明，丝毫作用也没有。人们的关节似乎已经挤得
开裂，汗水在不停地往下落，有的人屏住了呼吸，有的人在喘
着粗气，有的人在发出呻吟声。尽管最初似乎没有作用，可是
现在看来，也许是大家的工夫没有白费，人们还是已经感觉到
那条船终于还是动了起来。大家看到了那条巨大的蛇圈开始渐
渐离船的桅杆远去。不过，大家也同时发现，那条蛇的圈也在
变得越来越小。现在，真正的危险才刚刚来到面前。大家能把

这条船从这蛇的圈中推出去吗？这蛇的圈是不是已经勒得相当紧，船已经不能通过了？事实上，确实有这么一点。现在，缠在蛇的圈中的是船的后部的那条尾巴。现在，所有的问题都出现在了这条船的尾部。面对危机，大家都一股脑儿地到了船后面的船尾楼去。真是太妙了，那条海蛇的身体现在已经变得相当低了，大家可以把这支队伍横在船尾楼，肩并肩地朝后来推这东西。成功的希望越来越大，越来越大。到了后来，人们才发现还有一个相当要紧的问题。依旧是在船尾，就是那个在海面上高高扬起来的、雕刻出来的黎明行者号的龙一样的尾巴。往日里神采奕奕的龙的尾巴，现在成了渡过难关的最后障碍。这条龙的尾巴几乎没有可能从这条蛇的圈中通过。

"斧子！"凯斯普在声嘶力竭地高声喊道，"继续用力推！"露西差不多知道船上所有的东西放在什么地方。这个时候，她正站在船的主甲板上，密切地注视着船尾的动向，凯斯普的喊声她听到了。在相当短的时间里，她快速地冲到了船的下层，取来了一把斧子。接着，她又迅速地冲上了通向船尾楼的梯子。不过，当她来到甲板上的时候，突然传来了一个巨大的、像一棵大树倒下去一样的声音。这条船咔咔嚓嚓地响着朝前走去。就在这个时刻，说不清楚是那条海蛇被推得太用力了，还是这东西打算把它的圈勒得更紧，雕刻出来的龙一样的尾巴被完全撕开，落到了大海中。船的龙尾巴脱落了，黎明行者号已经脱险，完全彻底地自由了。

　　船上的其他的人早已经筋疲力尽，根本没有看到露西看到的一切。在黎明行者号的后面几码远的地方，那条蛇的圈飞快地缩得相当小，在这之后，就消失在了茫茫大海的波涛之中。后来这件事情已经过去的时候，露西说（必须指出的是，在这样的时刻，她总是异常地兴奋。实际上，她所讲述的那一切，也许完全是她自己想象出来的），她所看到的是那个可恶的巨兽的脸上的最后的一瞥。这个最后的一瞥完全是那种愚蠢的、白痴一样的，不过倒是相当满足的神色。可是，事实上，说那个巨大的动物是相当无知又愚蠢的倒是千真万确。这是因为，它没有去继续追逐那条船，而是转过了它的头向四周环顾着。同时，翻卷着身体在水中浮动着寻觅，还在它身体的四周刺啦刺啦嗅探着，就好像它要在这里找到黎明行者号的残骸一样。不过，黎明行者号还是相当顺利地离开了它，迎着清新的风，继续前行。这个时候，船的甲板上到处都是刚才努力拼搏的船员们，他们坐在那里或是躺在那里，叹息着，呻吟着，用力地呼吸着海上的新鲜空气。到了后来，他们又马上开始谈论着这件事情，开始为这件事情而放声大笑。当朗姆酒上来的时候，大家举杯庆贺，甚至不可思议地产生了巨大的热情。每个人都去为尤斯塔斯的勇敢（尽管一点儿作用都没有）和里佩直甫的无畏而喝彩。

打这以后，黎明行者号又继续航行了三天多，期间，他们并没有见到别的什么东西，只有大海和蓝天。第四天，风向转北，海中的波浪也开始上升。到下午的时候，波涛差不多已经变成了巨浪。不过，就在这个时候，黎明行者号的左舷边开始出现了陆地的影子。

　　"请求你的允许，陛下，"查尼亚说，"我们应该用桨划到那个避风的地方，把船停在那里，等到这风过去再走。"凯斯普同意了他的意见。不过，在黄昏到来之前，他们用那长长的桨来对付那巨大的海浪并不是十分容易的事情，这条船并没有到达他们想到达的那个地方。靠着夜幕落下前的最后一点儿余光，黎明行者号转舵驶进了另一处天然的海湾，把船停泊在了这个地方。不过，在这天晚上并没有人上岸。早晨到来的时候，大家发现身处一个绿茵茵的小海湾中。岸边是一道荒凉偏僻的、倾斜着的山坡，一直通到了那个由岩石组成的峰顶。在北面的多风的地带，云雾缭绕的山顶那一边，一股溪水飞快地奔流着。黎明行者号上放下了一条小舢板，装上了几只已经空了的盛淡水的桶。

　　"我们到哪条河里去弄水，查尼亚？"凯斯普说着，坐在了小舢板尾部的位置，"看来这个地方有两条河流入了海湾。"

　　"这倒有点儿出乎我们的预料，陛下，"查尼亚说，"不过，我是在想，船右边的那一条河离我们更近——也就是东边的那一条。”

“瞧，下起雨来了。”露西说。

“我早就已经想到，天应该下雨了！”埃德蒙说，其实，这个时候雨已经下得相当地大了，完全可以把它称作瓢泼大雨，“我说，我们还是到另一条河那边去，那里有些树，我们可以避一避雨。”

“一点儿都没错，就应该这样，”尤斯塔斯说，“没有什么比躲雨更重要的了。”

不过，查尼亚仿佛没有听到他们的话，他操着舵，一直朝着右舷方向前进，这种情况就仿佛某个不怎么招人喜欢的人正在开车，尽管你在向他解释说车子是在一条错误的道上，可是他依旧以每小时四十英里的速度继续向前行驶。

“他们是正确的，查尼亚，”凯斯普说，“为什么你不调转船头，到西面的那条河去？”

“那好吧，只要陛下愿意。”查尼亚似乎不怎么情愿。仿佛昨天那样的天气一直在困扰着查尼亚。他刚才的所作所为，是因为他根本不愿意那些初次航海的人对他指手画脚。尽管这样，到了后来，他还是改变了路线，驾驶着船，驶向了树林子的那一边。不过，后来的事实证明，他做的确是一件相当不错的事情。

大家装完水后，雨已经过去了。凯斯普、尤斯塔斯、帕文西兄妹和里佩直甫一致决定到那座山顶去，看看在那个地方究竟能够见到些什么东西。这是一座峻峭的、相当不容易攀登的山坡。他们走过的是一些相当杂乱的、粗糙的草，还有一些石楠植物。除了海鸥，他们根本没有见到任何人，也没有见到其他的什么动物。当他们终于登到山顶的时候，他们发现这是一座相当小的岛，面积不会超过二十英亩。站在山顶上，他们所见到的海比他们在黎明行者号的甲板和观测台所见到的显得更加开阔和孤寂。

"太荒凉了，你知道吗，"尤斯塔斯对露西说，他的声音相当低，眼睛看着东方的地平线，"就这样往前航行吧，我们好像根本就没有计划。"他这样说，仅仅是出于他的习惯，并不是往常的那种他经常干的令人讨厌的事情。

山梁上实在是太冷了，根本就不可能久留。来自北方的非常清新的风，一直在不停地吹着。

"我们别从来时走的路回去了，"大家转过身来的时候，露西说道，"我们顺着那边下去，靠着那条河，就是查尼亚要去的那一条。"

对这条建议，大家表示一致同意。大约十五分钟之后，他们来到了另外一条河的源头。和他们的预期相比，这是一个相当有趣的地方，一个深深的、相当小的山间湖泊。湖的周围是悬崖，朝向大海的一面有一个相当窄的山洞，水就是从那个地方流出来的。到了后来，大家从风中走了出来，坐在了覆盖在悬崖上的石楠植物丛中小憩。

大家差不多一起坐在了那个地方，不过，有一个人（这个人是埃德蒙）又非常快地站起身来。

"这个岛上的石头怎么这么尖利？"他说道，伸出手来在身边的石楠中摸索着，"我倒要看一看，这讨厌的东西在哪儿？嗯，我终于找到它了……唉！这根本不是什么石头，这是一个剑柄。不，我打赌这是一把完整的剑，上面还有这么多的锈。我敢肯定，这东西待在这个地方已经有相当长的时间了。"

"纳尼亚，可能吧，看到这情景。"凯斯普说。大家都围了过来。

"我也坐到了一个相当特别的东西上，"露西说道，"这是一种相当硬的东西。"结果证明，这是残余的某种盔甲的一部分。于是，每个人都跪在那里，趴在地上，在厚密的石楠植物中到处仔细地摸索着。一个接一个，大家找到了许许多多的东西，有头盔、短剑，还有几枚硬币。这些硬币不是卡罗尔门的那种新月式的，而是纳尼亚时期的"狮子"式的和"树神"式的。就仿佛在某一天，你在海狸水坝或比露那的商业市场可能会见到的一样。

"看着这些东西，也许是我们的那七位领主中的某一个人留下来的。"埃德蒙说。

146

"这也正是我在想的，"凯斯普说，"我在琢磨着，到底应该是哪一位呢？短剑的上面根本没有任何标记。我也在琢磨着，他是怎样死去的呢？"

　　"我们应该怎样为他复仇。"里佩直甫加上了一句。

　　埃德蒙是这个小团队中唯一读过一些探险小说的人，这个时候，他也在精心地分析着。

　　"大家看，"他说道，"这有许多地方非常可疑。他不可能是在战斗中被杀掉的。"

　　"为什么这么说呢？"凯斯普问道。

　　"因为没有尸首，"埃德蒙说道，"一般来说，敌人可能会带走盔甲，把尸体留下。可是，谁听说过有哪个家伙会在打赢了仗之后把尸体拿走却留下了盔甲？"

　　"也许，他是被一只荒野中的动物给杀死了。"露西提示说。

　　"那肯定是一只非常聪明的动物，"埃德蒙说，"还能把一个人的盔甲扒下来放在这个地方。"

　　"也可能是龙？"凯斯普说。

　　"这根本不可能，"尤斯塔斯说，"龙根本干不了这种事，我很清楚。"

　　"好了，让我们离开这个地方吧，不管怎么说。"露西说。打从埃德蒙提起尸骨的事以后，露西就再也没有坐下来的兴致了。

"随大家的便吧,"凯斯普说着站起身来,"我想,这里没有任何有价值的东西可以拿走。"他们从山崖上走了下来,曲曲折折地走到了一处相当小的开阔地。就是在这个地方,河水从湖的里面流了出去。大家站在这个地方,凝视着悬崖环抱之中的湖水,在大家的感觉中,湖水似乎很幽深。假如天气十分好的话,毫无疑问,这个地方幽静的湖水和峭立的山崖肯定会有一种挡不住的诱惑,人们一定会在这个地方像模像样地洗上一个澡,美美地喝上一顿。实际上,恰恰就在这个时刻,当尤斯塔斯弯下腰来打算捧起一捧水在手中的时候,里佩直甫和露西几乎是在同一时刻异口同声地喊了起来;"看哪!"于是,尤斯塔斯就忘记了喝水这码事,朝着水中看去。

在这一泓湖水的底部,是一些相当大的宝蓝色的石头,湖水清得无以复加。大家看到,在湖的底下趴着一个人形的东西,外观上看起来明显地是用金子做成的。这个人形的东西脸朝下,俯卧在那个地方,两只手臂伸展到头上去。真是非常凑巧,就在大家看着这东西的时候,天上的云开始渐渐地散开了。太阳闪烁着明亮的光,湖底的这个和人一样的东西也开始变得灿烂起来了,从头到脚,完全闪烁着金色的光芒。露西觉得,这是她见到过的最美丽的人体模型。

"嘘——"凯斯普吹了一声口哨,"这的确是一件值得好好地看一看的东西！仔细地想一想办法，我们是不是能够把它从湖里弄到岸上来呢？"

"我们完全可以潜水下去，陛下。"里佩直甫说。

"根本没用，"埃德蒙说，"至少，假如这东西真的是金子——实实在在的金子——它会相当重的，你根本弄不出来它。要是精确地说的话，这座湖水深在十二到十五英尺之间。片刻时间就完全可以到达水底。正巧，我带了一根狩猎的长矛，让我们来用它试一试，这湖水到底有多深。在我朝着水里用力的时候，你要拉住我的手，凯斯普。"于是，凯斯普拉住了埃德蒙的手。埃德蒙把身体探到了湖水的那一边去，把他的那支长矛放进了湖水的里面。

在埃德蒙的那只长矛刚刚进入水中一段的时候，露西突然说："我敢说，那个人一样的东西根本就不是什么金子。那只不过是光线的反射，看看吧，那支矛不也变成了同样的颜色吗，完全和金子一样？"

"到底是怎么回事？"另外的几个人同时问起来了。这是因为，埃德蒙拿着矛的手突然间就松开了，把那支矛丢在了那个地方。

"我已经完全拿不动这个家伙了，"埃德蒙喘着粗气说，"它已经变得实在是太重了。"

"现在，这支长矛已经到底了。"凯斯普说，"露西说的是对的。这东西看上去和那人一样，完全变成了一样的颜色，是地地道道的金子的颜色。"

就在这个时候，埃德蒙仿佛又遇到了什么麻烦，这问题出在他的鞋子上——至少，他在弯下腰去看着他的鞋子——顷刻之间，他迅速地直起腰来，马上朝着后面退去，尖声地叫着喊了起来，这声音使得在场的任何一个人不得不服从：

"退回来！赶快从水边退回来。谁也不能例外。马上，越快越好！"

大家动作相当迅速，立即照着他说的去做了，然后注视着埃德蒙。

"瞧，"埃德蒙说，"看我的靴子尖。"

"它们看上去有点发黄。"尤斯塔斯又开始开口了。

"它们是金子，千真万确，实实在在的金子，"埃德蒙打断了他的话，"仔细地看好它们，认真地感受它们。靴子上面的皮革和这片金子已经完全分离了。这东西和铅一样地重。"

"是阿斯兰的神力！"凯斯普说，"你现在的意思，是不是——"

"是的，这正是我要说的，"埃德蒙说，"这座湖里面的水可以把任何一种东西变成金子。现在，这湖水已经把那支矛变成了金子，这就是为什么它那么重。这湖水差不多已经粘到了我的脚上（幸亏我不是赤着脚的），它已经把我的靴子尖变成了金子。这个在水底的可怜的家伙——噢，你们看。"

"这么说，他根本不是一个什么模型。"露西说道，声音相当低。她已经想到了最不愿意想到的事情。

"是的，肯定就是这样，整个的事情已经变得相当清楚了。这个人是在一个相当炎热的天气里来到了这个地方的。他是在悬崖的上边——就是我们刚才待过的那个地方，脱去了衣服。现在，那些衣服已经完全腐烂掉了，或者是让那些鸟儿弄去筑巢了。盔甲依旧留在了那个地方。然后，他纵身一跃，跳到了——"

"好了，用不着再继续往下说了，"露西说道，"这简直太可怕了。"

"我们又有了一次惊险的逃脱。"埃德蒙说道。

"惊险的逃脱，一点儿不错，"里佩直甫说，"任何人的手指，任何人的脚，任何人的胡子，任何人的尾巴，一时不注意，随时都可能弄到水里去。"

"那好吧，"凯斯普说，"我们可以进一步做个实验。"他弯下腰来，折断了一根石楠树的小枝子，慢慢地把这条石楠的枝子伸到了湖水里，当他把这树枝子从水中提出来的时候，这根树枝已经变成了地地道道的、由纯正的金子做成的枝条的模型了，这东西和铅一样地沉重和柔软。

"现在，我正式宣布：纳尼亚的君王已经完全拥有了这座岛屿。"凯斯普说，他的话语相当慢，脸上泛起了令人目眩的红润，"仅仅是在一刹那，我就已经成为世界上最富有的君王之一。我宣布，这座岛屿完全属于纳尼亚，永远所有。它将被命名为'金水岛'。我要求你们大家严格保守秘密，不能让任何人知道这件事情。就连查尼亚也不能透露——违者处死，你们大家都听见了吗？"

"你这是在对什么人说话呢？"埃德蒙说道，"我不是你的下属。你是不是把事情给弄颠倒了？我也是古老的纳尼亚的四个最高统治者之一，你本来就是一个下属，应该忠于最高君王，我的哥哥。"

"你说的怎么会是这些，君王埃德蒙，真的是这样的吗？"凯斯普说。他竟然把他的手放在了他的剑柄上。

"哎，算了吧，你们两个人，这是在干些什么呀，"露西说，"你们这是最糟糕的小孩子气。完全是摆臭架子，搬弄是非，故弄玄虚，简直太无聊了——呜——"她的声音变得几乎已经听不见了。这个时候，其他的那些人也已经看到了她所看到的那个东西。

他们对面的昏暗的山坡——那个地方是灰蒙蒙的，那些石楠还没有开花——那个地方又是静悄悄的，一片沉寂。这个时候，尽管太阳依旧躲在云彩的后面没有露出脸来，不过，那个地方却闪烁起了明丽的阳光。人们能够见到的是一只巨大的狮子正在那个地方慢步行进。到了后来，当露西在描绘当时的情景时，说道："它像一头大象那么大。"在另外的一些时候，她只是说："像一匹拉车的马那么大。"至于他的大和小，并不是一件十分要紧的事。在那个时候，没有谁敢问这一位到底是怎么回事，人们都知道，那正是阿斯兰。

没有人看到他是怎么来的，是从哪儿来的，又要到哪儿去。人们只是在面面相觑，仿佛在梦境之中刚刚醒来一样。

"我们刚才是在说些什么？"凯斯普说，"我是不是干了一件非常无聊的事？"

"陛下，"里佩直甫说，"这个地方是一个充满着风险的所在。还是让我们马上回到船上去吧。要是我能有幸得到一个为这座岛屿命名权利的话，那么，我将称这座岛屿为：死水岛。"

"你代我为这座岛屿起了一个相当不错的名字，里佩。"凯斯普说，"实际上，我也正是想着这件事情，只是我还没有想明白。不过，天气看上去已经稳定下来了，我敢肯定，查尼亚会非常希望离开这个地方。我们应该告诉他的事情实在是太多了。"

不过，事实上，留在死水岛上的最后时刻，他们仿佛并没有太多的感受，一切的一切在记忆中都已经开始变得相当混乱。

"陛下的这一伙，在回到船上的时候，看上去有些心神不定。"几个钟头之后，当黎明行者号又重新开始扬帆远航，死水岛已经落在地平线下面的时候，查尼亚对莱茵斯说，"在那个地方，他们肯定遇到了什么不同寻常的事。我们唯一已经弄清楚的事情就是他们以为自己又发现了正在寻找的那些领主中的一位的尸体。"

"用不着再说那些了，船长。"莱茵斯回答说，"嗯，这是第三个，至少还有四个呢。照这个速度的话，我们回到家里，恐怕最快也得在新年之后了。这也倒不能说是一件坏事。我的烟差不多就要灭了。晚安，先生。"

9. 声音岛

　　一直从西北方面吹来的风开始从正西方面吹来。每一个早晨，太阳从大海中露出脸来的时候，黎明行者号弯曲的船头总是立在那个地方，正对着太阳的中间。一些人以为，这颗太阳要远比他们在纳尼亚见到的大，可是另外的一些人却不怎么同意这种说法。他们迎着轻柔但相当凉爽的风不停地航行。他们看不见鱼儿，看不见海鸥，也看不见船，更见不到陆地。他们船中贮藏东西的货舱又变得低起来了。人们的心中默默地产生了一种念头，那就是他们的航行也许会进行到永远。不过，这一阶段航行的最后的日子终于还是来到了。正当他们认为可以迎着风险继续朝着东方航行的时候，又一个黎明来到了。就在他们的正前方，出现的景象是冉冉升起的太阳，还有一片矮矮的陆地，这片矮矮的陆地像一片云一样飘荡在海面上，这片云就在船和太阳之间。

　　大约是在下午过了一半的时候，他们在一处宽阔的海湾中选择了一个泊船的地方，然后，大家开始登陆了。从他们所见到的东西来看，这个地方是一个非常奇妙的去处。在他们穿过那片海岸沙滩的时候，他们发现，这个地方是相当宁静的、空空荡荡的，仿佛这里是一片没有人居住的土地。不过，在远方，展现在他们面前的是一些标准的平坦的草坪。草坪上的草显得相当滑润又相当整齐、相当短，就和你在英国常常见到的那种英格兰风格的大房子的院落里面的草坪一模一样。在像这样的一个整洁清净的地方，至少应该有十个左右的园丁来进行充分认真的维护和保养。这里有那么多的树都生机勃勃地站立在那个地方，相互之间分开的距离十分均等。地面上没有腐败的树枝，也没有腐朽的落叶。一些鸽子时不时地在这个地方叽叽咕咕，除此之外，就再也没有别的什么声音了。

　　没过多久，他们踏上了一条长长的、笔直的小路。小路的路面是清一色的沙子，没有任何的杂草。小路的两边是一些树。在这条林荫道的另一端，他们见到了一座房子——这座房子相当长，相当昏暗，在下午的阳光下显得格外地宁静。

　　几乎就在他们刚刚踏上这条小路的时候，露西发现，有一颗相当小的石粒钻进了她的鞋子里。如此陌生的地方，在你从鞋子中弄出那颗石粒的时候请求别人等你一下，大概是明智的。不过，露西并没有这样做，只是悄悄地让自己落在了后面，坐在地上，打算脱下鞋子。而她的鞋带打着结。

她还没有解开鞋带，其他人已经远远地走到了前面。等她把那颗石粒弄出来又重新把鞋子穿上的时候，已经根本听不到那些伙伴的动静了。不过，就在这个时候，她却听到了另外的声音。而且，这声音绝对不是从房子的那个方向传来的。

露西所听到的，是那种很沉重的，又非常清晰的咚咚的声音。这种声音听起来就仿佛许多身强力壮的工人正在用那种相当大的木槌用尽全力地敲击着地面。顷刻之间，那些声音变得非常大，越来越近了。这个时候，露西正背靠着一棵树，这树根本不是她可以爬上去的那一种。除了一动不动地坐在这个地方，她几乎没有什么别的事情可以做。她把自己的身体朝着那棵树贴得更紧了，之所以这样做，是希望自己尽量不要被别人看见。

咚咚，咚咚，咚咚……这个时候，这声音已经离得相当近了，因为露西已经感觉到这里的地面都在抖动。尽管这种声音这样大，但令人奇怪的是，露西依旧什么也没有见到。她在仔仔细细地琢磨着，那东西——或是那些东西——肯定就在她的身后，离她不可能太远。可是，就在这个时候，一个"咚"的声音竟然来到了她面前的这条小路上。她之所以作出了这样的判断，是因为她不仅仅是听到了这个声音，她也看到了这个声音——在咚咚响的同时，眼前的地面上，沙子开始散开了，仿佛被一把相当重的木槌用力地捶打了一样。然后，所有的其他咚咚声都紧紧地停在了附近离她差不多二十英尺的地方，之后，戛然而止。接着，又出现了一个声音。

这声音给人的感觉的的确确是在梦境之中，这是因为，直到现在，除了散开的那一片沙子之外，她始终没有见到其他任何东西。宛如公园这个地方，依旧和他们最初登陆的时候完全一样，非常宁静，空空荡荡。可是，在离她几英尺远的地方，一个声音在开口说话。那声音说：

"伙计们，时候已经到了，现在，正是我们的一次重要机会。"

马上，紧接着其他的一些声音一起像合唱一样地响起来："听他说，听他说。现在是我们的一个机会？他是这么说的。到时候了，头儿，你怎么就是不说一句真话？"

"难道我说得不对吗？"最初说话的那个声音在继续说，"就是到海岸的那一边去，溜到他们和他们的小舢板中间。动员每一个有种的都去找来武器。在他们没有下海之前逮住他们。"

"嗯，就得这么办，就得这么办，"另外的那些声音在一起喊道，"你也没有一个更好的主意，头儿。说下去，头儿。没有比这再好的办法了。"

"鼓起勇气，伙计们，赶快鼓起勇气，"最初说话的那个声音说，"马上行动，走。"

"说得对，头儿，"其他的声音说，"没有比这再好的命令了。这是我们大家共同的主意。马上行动，走。"

相当迅速，那些咚咚的声音又一次地开始了——这一次重新启动的那些咚咚声，最初是相当大的，很快就变得越来越小，越来越小，最后，完全消失在了大海的那一边。

情况似乎已经非常清楚，那些发出咚咚声的、看不见的、不知道是什么东西的东西，已经到海滩的那一边去设伏，准备在那个地方袭击他们，并且在那个地方逮住他们。面对这些看不见的生灵要做的事情，露西心里明白，已经没有时间坐在这个地方胡思乱想了。于是，那些咚咚的声音刚刚消失之后，她就马上站起身来，沿着刚才她的那些伙伴走过的小路飞跑了起来，真是能跑多快就跑多快。黎明行者号的一伙必须得到充分的警告。

就在露西遇到那件事情的时候，其他的那些人已经到达了那所房子前。这是一处并不十分高的建筑——只不过有两层楼那么高——这所房子是用非常漂亮的、赏心悦目的石头建造出来的。这所房子有许多窗子，房子的有些地方覆盖着一些墨绿色的常青藤，他们见到的大概就是这些。这个时候，尤斯塔斯说："我想，这所房子可能是空的。"不过，凯斯普默不作声地朝着一个地方指了指，这个时候大家看到，从这所房子的一筒烟囱中冒出来的圆柱一样的烟。

他们找到了一处宽阔的、敞开着的门口。从这个地方走过，大家来到了一个用石板铺着地面的庭院。就是在这个地方，他们发现了这个岛上最初的奇异现象。在这座庭院的中间，立着一个汲水桶，在汲水桶的下面，放着一只水桶。这倒没什么稀奇的，汲水桶和水桶在一座庭院里面，本来就是很常见的。不过，现在的这个场面，却不能不让人感到很惊奇。此时此刻，那个汲水桶的手柄在自己上下地翻动着，却没有看到有人在那个地方使用它。

"魔法，是魔法正在这个地方起作用。"凯斯普说。

"那是机器在这个地方转！"尤斯塔斯说，"我确信，我们最终还是来到了一个文明世界。"

正在这个时候，露西在他们的后面汗水淋淋、气喘吁吁地跑进了院子里。露西用相当低的声音，尽量让大家明白她的意思。在大家差不多已经明白了露西的意思之后，他们看上去仿佛并没有什么太大的勇气对付这样的局面。

"这是一些看不见的对手，"凯斯普在默默地自言自语，"他们要在我们登上小舢板之前截住我们，在这个地方抓住我们。不能不说，这是一件相当棘手的事情，很难对付。"

"你有没有想过，他们可能是一种什么样的生灵呢，露西？"埃德蒙问道。

"那怎么可能呢，埃德蒙，那个时候，我不是根本就看不见他们吗？"

"从他们的那些咚咚的脚步声中，是不是能够听出来他们是人类？"

"我压根儿就没听到别的更多的什么东西——我听到的只是一些说话的声音——还有那些可怕的、重重的、咚咚的敲击的声音——这种敲击声就好像是一个一个特别大的木槌在用力地往地上砸，就是这些。这样一来，我就根本确定不了他们是不是人类。"

"我就不信，"里佩直甫说，"你把剑刺进那些家伙的身上去，看他们还是不是隐形的？"

"现在看起来，我们务必得侦察明白这些家伙到底是怎么回事，"凯斯普说，"不过，现在我们得马上离开这座院子。根据我们的观察，在汲水桶的那一边，有一个他们的同伙。那个上下翻动着汲水桶手柄的，就是他们的同伙。所以，在这个地方，我们所说的一切，那家伙完全可能都会听见的。"

于是，凯斯普一行从院子的里面走了出来，回到了大家来到这个地方时走过的那条小路上。因为那些立在小路边的树可能会为他们做一些隐蔽，使他们不再那样明晃晃地暴露无遗。"这真的根本一点儿用处都没有，"尤斯塔斯说，"想在这个地方藏起来让人家看不见，这根本就办不到。他们完全可能就在我们的身边，就在我们的周围，离我们非常近。"

"喂，查尼亚，"凯斯普说，"要是我们失去了登上登陆小船的机会，我们到另一处海湾去，在那个地方给黎明行者号发一个信号，让他们把船靠到这一边来接应我们上船，怎么样？"

"这个地方，除了我们现在泊船的那个地方，别的地方没有那么深的水，陛下。"查尼亚说。

"我们可以游泳过去。"露西说道。

"陛下，还有各位，"里佩直甫说，"听我说，我确信，面对自己的敌人，悄悄地溜走或偷偷摸摸地隐藏起来并不是明智之举。要是那些畜生引诱我们去战斗，他们肯定会成功的。不管怎么说，我们马上冲过去，和他们面对面地进行较量，总比他们抓住我们的尾巴强。"

"我衷心认可里佩这一次的建议，他是对的。"埃德蒙说。

"一点儿不错，"露西说，"要是莱茵斯他们在黎明行者号上看到我们在岸上战斗，他们一定会想办法过来接应我们的。"

"可是，要是他们也和我们一样看不见那些人，他们可能不明白我们是在战斗，"尤斯塔斯忧心忡忡地说，"他们可能会以为我们在空舞着剑，是在玩耍。"

一阵令人相当不舒服的寂静。

"好了，"凯斯普终于又开口了，"就让我们这么办吧。我们现在必须到海滩的那一边去，勇敢地去面对那些家伙。来吧，大家拉一拉手——箭要上弦，露西——拔出你的短剑来，谁也不能例外——现在，下定决心吧。这个时候是狭路相逢，我们需要的是勇气。最好的可能，也许他们会提出来谈判。"

在他们朝着海边重新返回去的时候，那些草坪和大树的样子依旧显得那样地平静。这样的情形使人感到相当地奇怪和迷惑。在他们走近海滨的时候，已经清清楚楚地看到，他们的那条登陆小舢板依旧非常平静地停在原处。在海边松软的沙滩上，他们根本连一个人影也见不到。无论是任何一个人都不得不怀疑，刚才露西告诉他们的一切是不是完全是一种想象。不过，在他们还没有走到沙滩前的时候，一个声音从空中传来了。

"不要靠得太近了，头儿。现在，不要靠得太近了，"这个声音说道，"我们会先和你们开口说话的。我们有五十个人在这个地方，我们的手中都拿着得心应手的武器。"

"听他的，听他的，"另外的其他人在一齐说，"他说的话都是靠得住的。他和你们说的都是实话，都是真话。"

"我根本就没有看到这个地方有什么五十个战士。"里佩直甫似乎在提示说。

"这就对了，这就对了，"那个头儿的声音说，"你们根本看不见我们，为什么呢？因为我们是隐形人。"

"接着说，头儿，接着说，"另一个声音在说，"你说话怎么总是慢条斯理？他们不会要求有比这更好的回答。"

"安静一点儿，里佩，"凯斯普说，然后，大声地加上了一句，"你们是隐形人，你们到底要我们做些什么？我们到底做了什么才引起了你们对我们的敌意？"

"我们需要那位小姑娘。只有她才能够帮助我们。"这是那个头儿的声音（那些另外的声音，一起跟着他们的头儿解释说，这正是他们大家想说的话）。

"什么小姑娘！"里佩直甫说，"这位夫人是纳尼亚的一位女王。"

"我们根本不知道什么是女王，"那个头儿的声音说，"我们不再那样说了，我们不再那样说了。"那些另外的人，像在合唱似的一起说："可是，我们想做的事情，只有那个小姑娘才能做到，全都要靠着她了。"

"这到底是怎么回事呀？"露西问道。

"你们要干的事情，会不会影响到女王陛下的荣誉和安全？"里佩直甫又加上一句，"你们会惊奇地看到我们临死之前会杀掉多少人，然后，我们才能离开。"

"嗯，"那个头儿的声音说，"这件事情说起来要花费相当长的时间。我们大家是不是能够都坐下？"

那些另外的声音都非常热心地表示赞成，不过，纳尼亚的这一伙依旧站在那个地方一动也没动。

"好了，"那个头儿的声音说，"肯定不会错的，就是像现在的这个样子。这座岛屿打从太古以来就是一个充满着魔法的地方，它属于一位伟大的、相当了不起的、技艺超群的魔法师。哦，我们大家——嗯，也许吧，我们是在用一种很文明、很礼貌的方式在说话。我可能会说，我们大家都是——实际上就是——他的奴隶。是的，就是这样，完全是这样，肯定是不会错的。好了，不能这么说，还是让我们长话短说，把话说得短一点儿，越短越好。这位大魔法师就是我现在正在说着的这一位。他吩咐我们大家去做的事情，我们一点儿也不喜欢。为什么这么说呢？他所吩咐的是我们根本就不需要的，我们压根儿就不想这么干，我们根本不喜欢做这些事情。那么，好了，由于我们根本不喜欢他的吩咐，这样一来，这个魔法师立刻陷入了极度的疯狂之中。就是因为我们不愿意去干他吩咐我们干的那些事情，他就怒火万丈，雷霆大发，不可遏止。不过，我还是应该告诉你们，他自己已经完全拥有了，或者可以说，是完全占有了这座岛屿。他自认为只有他自己才是这座岛屿的主人，是这座岛屿的真正主宰。他根本不习惯于超越和自拔，也就是说，他刚愎自用，骄横跋扈，目空一切，根本听不进去任何一点儿的逆耳忠言。他是那样地坦白直率，那样地坚定不移。这一点你们必须得知道，必须得清楚。我说到什么地方了？噢，没错儿，就是这个魔法师，就是他，我说到了这个魔法师。就这样，他到楼的上面去了（你们务必清楚，他把他的巨大的魔力留在了那个地方。我们这一伙都生活在他的摆布之下），我是在说，他到楼上去了，把魔法的咒语念在了我们的身上。这是一种使人变得相当丑陋的咒语。要是你们能够看见我们的话，就在这个时候，就在我现在的这个位置上，你们可能会马上想到，你们是多么地幸运，你们又是多么优秀。可是，我们和你们根本不一样，你们根本不会相信我们在变得丑陋之前会是个什么样子。你们根本不会相信的。就是那个魔法师，施了魔法在我们的身上，这样一来，我们的容貌被改变了，我们的俊俏和丰满已经一去不复返，往日的风采已经烟消云散。现在，就是这样地丑陋了，丑陋到了无以复加的地步。我们自己人相互之间甚至都不敢看上一眼。那么，我们到底做了些什么呢？好吧，我肯定会告诉你们，我们是怎么做的。我们一直在等待着，耐心地等待着，不厌其烦地等待着。直到后来，这个魔法师在午后小睡的时候，我们就悄悄地爬到了楼上去。我们是冲着他的那些有关魔法的书籍去的。我们就像赝品珠宝那样地鲁莽、大胆和厚颜无耻。我们要看一看，在解决丑陋这个问题上，我们能够做点儿什么。我们也要看一看，该怎样对待一个破坏别人外观形象的人。我们的目的只有一个，就是要找到解决我们丑陋问题的那句咒语。只是，我们都已经尽了我们最大的努力，却收效甚微。生怕老先生可能醒过来，我们竟然在发抖，在战栗，在担心。你们得明白，我肯定不会欺骗你们。不过，不管你们是相信我还是不相信我，我可要真心实意地向你们保证，在解除丑陋用的咒语方面，我们一无所获。随着时间一分一秒地流逝，我们也开始越来越害怕起来，这位老先生每时每刻都有醒过来的可能。我们慌张忙乱，焦躁不安，心绪如麻，大汗淋漓。记住，我是不会欺骗你们的——好吧，长话短说，无论我们做得对还是错，到头来，我们终于还是找到了那种能够把人隐藏起来的咒语。我们大家一致认为，隐藏起来总比让人家看着自己那么丑陋强得多。难道不是这样吗？是的，丑陋和隐身，我们更喜欢成为现在这个样子——变作隐形人。于是，我的小姑娘，她刚好和你们的这位小姑娘年龄差不多，在她还没变得丑陋之前，正是青春靓丽的花季之年，尽管如今，现在——还是少说为佳——我是说，我的小姑娘，她说出了我们发现的咒语，必须得是一个小姑娘说出这句咒语才会有效。不然，也得那个魔法师本人说出来才会有效。我不知道你们是不是明白了我的意思，就是说，要不是这样的话，那咒语是不会有作用的，也就是说不会灵验。为什么会没有作用呢？这是因为可能会什么变化都没有。于是，是我的小姑娘克里鲁西说出了这句咒语。只是，我本来早就应该告诉你，她念得相当甜美，相当圆润，相当动听。在过去，她就一直非常重视自己的容颜。这样一来，我们大家都如愿以偿，变得谁也看不见谁了，成了隐形人，这可能就像你们预料到的一样。我完全可以向你们保证，我们彼此之间已经看不见自己的脸了，应该说，这至少是一种安慰。无论你怎么说，这是最重要的。开始的时候，我们大家的感觉都相当不错。可是到了后来，也就是到现在这个时候，总的来说，我们大家对隐形起来已经相当厌倦了。不过，还有另外的一件事情，我们也从来没想到，这个魔法师（就是我正在给你们说着的这一个）也会隐形起来。于是，就这样，打从那个时候起，我们就再也没有见到他。这样说来，我们根本就不知道他的任何情况，他的衣食住行，他的蛛丝马迹，我们一无所知。于是，我们仅仅只能猜想，他可能已经死去了或者已经离开了这个地方；或者现在他正坐在楼上，谁也看不见他；或者也可能他已经从楼上走下来了。同样，我们谁也看不到他。无论如何，请各位相信我吧，用不着那样一动不动地站在那个地方文文静静地听着。在过去，他总是赤着脚到处逛悠，那声音几乎还没有一只大猫踩在地上的那么大。我非常直率地告诉你们，先生们，这使得我们的神经根本就忍受不了了。"

这就是那个头儿的声音所讲述的故事。不过，在这个地方，我们已经把它处理得相当短了，我已经省略了那些其他声音的插话。确切地说，这个头儿的声音至少说到六句，要么七句的时候，他的那些同伙就会插嘴表示赞同或者是鼓励。这样一来，就不能不使得这些纳尼亚人因为性急而焦躁不安。等到这个故事终于讲完了的时候，出现了一阵长长的沉静。

"可是，"露西终于还是开口了，"你说了这么多，我们到底能够帮助你们干点儿什么呢？我真的还没有弄明白。"

"嗯，请原谅，是不是我还是没有把我们的事情说清楚，疏漏了最重要的问题？"那个头儿的声音说。

"正是这样，正是这样，"那些另外的声音非常焦急地说，"没有什么人能比你说得更清楚，接着说，接着说。"

"好吧，我用不着再把这件事情从头再说一遍了。"那个头儿的声音说。

"是的，完全没有这个必要了。"凯斯普和埃德蒙说。

"那好吧，我就单刀直入了，"那个头儿的声音说，"我们一直等待，等待了相当长的时间，等待着一位从另外的一个世界来的非常出色的小姑娘。这个小姑娘也许应该和你一样，小姐——她应该到楼上去，去找到一本有关魔法的书——在那本书的里面发现那句咒语——这句咒语能够解除我们的隐形并恢复我们的本来面目，然后，再由她把这句咒语念出来。我们早就发过誓，最初登上这座岛屿的陌生人之中，当然应该有一位非常出色的小姑娘，这是我的意思，要是没有的话，那就另当别论喽。除非他们做到了我们所要求的，也是我们最渴望的事情，要不然，我们绝对不能容忍他们活着离开这座岛屿。这就是为什么我们要在这个地方等着你们的原因，先生们，要是这位小姑娘不能到楼上去帮助我们，我们就会毫不犹豫地割断你们的喉咙。这是我们这些隐形人义不容辞的责任。小姑娘把它念出来，这本来就是非常简单的事情，不会有任何的什么麻烦，也不会是一种罪过，这就是我希望的。"

"我根本看不见你们还有武器，"里佩直甫说，"它们也是隐形的吗？"他的话几乎刚一说出口，大家就听到了"嗖"的一声，紧接着，一支矛就插在他们身后的一棵树上，不停地抖动着。

"这是一支矛，是的。"那个头儿的声音说。

"正是的，头儿，一点儿没错，"那些别的声音在呼应着，"你投得实在是太好了。"

"这支矛是从我的手中飞出去的，"那个头儿的声音在接着说，"在它们从我们的手中离开的时候，你们就可以看见它们了。"

"可是，你们为什么非得要我去做这件事呢？"露西问道，"你们自己的人为什么不去呢？难道你们就找不到一个女孩子？"

"我们不能，我们不能，"所有的别的声音在说，"我们不能再到楼上去。"

"换句话说，也就是说，"凯斯普说，"你们要这位女士去面对的事情是相当不安全的，是充满风险的，难道你们不正是不敢请你们自己的姐妹或者女儿去做这样的事情？"

"一点儿不错，一点儿不错，"那些声音一起在满腔热情地说，"你们不要再说这些了。嗯，你们都是受过教育的、有教养的人，一点儿不错，这谁都能看得出来。"

"哼，这简直是太阴险了——"埃德蒙说。不过，露西打断了他的话。

"要我到楼上去，是在夜晚还是在白天？"

"噢，当然是在白天，当然是在白天，这是肯定的。"那个头儿的声音说，"不是在夜晚。没有人要求你去这样做。在黑暗中到楼上去？不可能。唔。"

"好了，那么，我完全可以来做这件事，"露西说，"是的，"她转过身来对另外的人说，"别想阻拦我。你们能说这一点儿用处也没有吗？他们在这个地方有许多人。我们不能和他们争斗。再说，这也是一次机会。"

"可是，那个魔法师！"凯斯普说。

"我当然清楚，"露西说道，"不过，他未必像他们说的那样糟糕。难道你们还没看出来吗？这些人难道不是些胆小鬼？"

"他们看上去倒是真的不十分聪明。"尤斯塔斯说。

"听我说，露西，"埃德蒙说，"我们真的不能让你来做这样的事情。问一问里佩吧，我肯定，他也会这样说的。"

"可是，这是在拯救我自己的生命，也是在拯救大家的生命，"露西说，"我比别的任何人更希望那些隐形人的剑不要伤害到我们，哪怕是一点点。"

"女王陛下说得对，"里佩直甫说，"要是我们有任何的必要靠着战斗来解救她的话，那么，我们应尽的责任也就再清楚不过了，现在，在我看来，完全没有这个必要。他们向陛下请求的援助，不会损坏她的荣誉和声望，倒会使她显得更加高贵和卓越，具有英雄本色。假如女王陛下已经下定决心去冒这个风险，去面对那位魔法师，我是不会持反对意见的。"

在过去，没有人听说过里佩直甫害怕过什么事情，他总是一往无前，奋不顾身，没有退缩的时候，这样一来，今天听到他的这番话，根本没有人认为有伤大雅，反而非常具有权威性，相当有说服力。不过，里佩直甫的勇敢和无畏也总是使那些常常因为某些事情而胆怯的男孩子变得脸颊通红了。尽管如此，这一次，他们还是明显地作出了让步。当露西的决定宣布了之后，那些隐形人爆发了一阵响亮又热情的欢呼声。那个头儿的声音（得到了所有的其他声音的强有力的支持）热情洋溢地邀请这些纳尼亚人到他们的那个地方去和他们一起共进晚餐，度过夜晚的时光。尤斯塔斯不同意接受这样的邀请，不过露西说："我可以肯定他们没有恶意，不是那种不可靠的家伙。他们不会像你过去在孤独岛上遇到的那些人那样。"其他人也都表示了同意。于是，伴随着巨大的咚咚声（在他们到达了那个用石板铺起来的院子的时候，那些回声就显得更加大了起来），大家重新回到了那所房子。

10. 魔法书

    隐形人招待客人的宴会相当地豪华、富丽又堂皇。当然，这个宴会也同样别开生面，饶有风趣。无论什么人，看到那些盘子和碟子没有人端着就能够自己到桌子上面去的时候，都不能不感到非常新奇。你一定会想象，这些盘子和碟子移动的时候和地板的距离总是应该保持在同样的一个高度上，而端着这些盘子的正是那些完全看不见的无形的手。其实根本不是这副样子。这些被人们端起来的盘子和碟子是在一连串的起伏跳跃之中，朝着这个相当长的餐厅行进的。在这一连串的起伏跳跃行列的最高点，那只盘子要跳跃上升到空中去，大约十五英尺那么高，然后又落下来，在距离地面大约三英尺的地方突然停下来。当这盘子和碟子里盛着的是一些汤、炖菜之类的东西的时候，那情形看上去真是糟糕透顶。

    "我觉得这些隐形人真是相当地古怪，"尤斯塔斯小声地对埃德蒙说，"你认为他们都是人类吗？我看他们更像是那些巨大的蚱蜢和青蛙，我说就是这样。"

"他们可能真和你说得差不多，"埃德蒙说，"不过，你可别让露西也认为他们是大蚱蜢。她对昆虫可没有太大的热心，尤其是那些特别巨大的。"

这个宴会本来应该是相当令人愉快的，只是这个地方实在是太纷乱了。另外，宴会的交谈中，任何一个议题都毫无非议，这样的交谈也不能不让人感到大失所望。在他们交谈的过程中，所有谈到的事情结论总是千篇一律，意见总是完全一致，这也不能不影响到人们的兴致，更使人感到大为扫兴。本来在人们交谈的过程中应该你一言我一语，你来我往，有序互动，有所争议，有所异议，有所非议，这样的交谈才会有滋有味。事实上，在同这些隐形人进行交谈的过程中根本不是这个样子，那些隐形人似乎对任何事情都没有异议，意见始终一致。实际上，他们的大多数对一些事物的评论，细听起来也当然是非常正确，几乎没有任何的瑕疵。"我不是在说嘛，那个家伙，在他饿了的时候，喜欢用一些吃的东西填饱肚子。"还有什么"现在，天晚了之后，天就肯定会黑的，这毫无疑义。一般来说，天总是要黑的，每天黑一次嘛，至少一次，明白了吧"，要么就是"嗯，你们都是从水里上来的，水是一种非常湿的东西，是不是？"。在宴会和交谈的过程中，露西当然避免不了要去观察一下那个通往楼梯间脚下的进入楼上去的那个昏暗入口——从她现在坐着的这个地方可以清清楚楚地看见那里——在自己的心里，露西仔细认真地揣摩着，当她明天早晨从那个地方走上那些楼梯的时候，在那个地方，她究竟会发现些什么东西呢。不过，现在这个地方有相当不错的美餐，这里的菜肴多种多样，有蘑菇汤、煮熟了的小鸡，还有热乎乎的煮熟了的火腿和醋栗，小粒红色无籽葡萄干、凝乳、冰镇奶酪、牛奶，还有蜜酒。其他人看上去相当喜欢蜜酒。不过，当尤斯塔斯喝了一点儿之后，却仿佛感觉相当不舒服。

露西醒来的时候已经是第二天的早晨了，这种醒来的感觉和平常是完全不一样的。这种感觉就好像是学校的一个考试日或者是你要去见牙科医生的那一天。这一天真的是一个相当不错的日子，晨光清丽明亮，暖洋洋的，和煦可亲。小蜜蜂们在嗡嗡地叫着，从露西的开着的窗子的外面飞进来，然后再飞出去。从窗子的里面朝着外面望出去，院子里面，草坪的周围，特别像英格兰的某个地方。露西起床了，穿上了衣服，尽量做到在早餐时一边说点儿什么，一边吃点儿什么，这就像平常一样。用完了早餐之后，那个头儿的声音就过来嘱咐她在楼上应该怎样行动。于是，她和其他的人说了声再见，其他别的什么都没有说，就走到了楼梯的下面，之后就开始走上了楼梯，再也没有回过头来看。

这个地方相当明亮，看着相当不错。实际上，这是一扇直接对着她的窗户，就在她的正前方。现在，她正在第一段楼梯的尽头，在这里，露西能够听到挂在大厅下方的那架老爷钟发出滴答滴答的声音。在这之后，她来到了楼梯间，转向左面，然后走到了下一段楼梯。之后，她就再也听不到那钟声了。

现在，她已经来到了楼的最顶层。露西静静地站在这个地方，朝着前面小心仔细地望着。眼前是一条相当长、相当宽阔的走廊。这条走廊有一扇相当大的窗户，开在相当远的另一边的尽头。现在，这个地方给人的感觉似乎这条走廊和这整个的房子在长度上是完全一样的，房子有多长这条走廊就有多长。走廊的两边墙壁上镶着各种各样的装饰板，走廊的地上铺着一层地毯，走廊的两面有着许许多多的门，每扇门都敞开着。起初，露西静静地站在那个地方，一动也不动。不过，这个地方相当安静，几乎一点儿声音都没有，仿佛是一个无声的世界。她根本听不见老鼠穿来穿去的吱吱啾啾的声音，或者苍蝇飞来飞去的嗡嗡的声音，或者窗帘迎风摇曳摆动的唰唰的声音。可以说，这个地方什么声音都没有——只有自己咚咚心跳的声音。

"在走廊左手边，最后一道门。"露西自言自语地说。从这一边走到那一头可能会有些困难。从她现在站着的这个地方起步走到那一头，露西务必得走过一个接着一个的房间。这条长长的走廊可能是一条危机四伏的路，这个地方可能充满着一些陷阱、圈套或者其他风险。在这些房间的任何一间屋子中都完全可能有那个不可一世的魔法师——他现在可能正睡在那个地方或者根本没有睡，是完全醒着的。也可能现在正隐起形来，也可能已经死去了。不过，正在做这样事情的时候，想着像那样的事情绝对不是一件好事，肯定不行。露西决心心无旁骛，什么都不去想，打算心平气和地继续朝前走路。铺在走廊地面上的地毯相当厚实，露西走在上面，几乎没有一点儿声音。

　　"这个时候，差不多已经证明，不管怎么样，这个地方还没有什么值得害怕的东西。"露西又一次自言自语。说实在话，这里真的很安静，悄无声息。不仅如此，这还是一条洒满阳光的走廊，充满温暖、平和与安详。美中不足的是，这里有一种说不出来的寂静，不管怎么说，还是有点儿太静了。假如那些门上没有画着那些相当古怪的、颜色鲜红的东西的话，那么，这个地方给人的感觉还是相当不错的。那些画上的那些东西都是扭曲的、异样的，相当复杂。这些东西盘根错节、犬牙交错、缠缠绵绵地纠结在一起。显而易见，这些东西都有其特殊的含义，尽管其含义可能是完全不怎么遂人心愿的。墙上挂着各式各样的面具，如果没悬挂着那些面具，这里也许会让人感到更加舒服。这些面具，实实在在地说，是相当丑陋的——不过，还不能说是最丑陋的那一种——那些面具上面一个一个的空洞的眼睛看上去倒真是古怪。只要你的心里相当放松的话，你一准儿就会马上想象到，只要你一转过身去，这些面具就可能在你的身后下手干点儿什么。

在走过了第六个房间之后，露西第一次被吓了一大跳。她十分真切地感受到，就在一瞬间，有一张令人讨厌的、相当小的带胡子的脸突然出现在了墙上。这张相当小的带胡子的脸竟然直截了当地对着她做了一个鬼脸。这样一来，露西就不得不停住脚步，朝着那张小脸仔细认真地看着。其实，这根本就不是什么带着胡子的脸。实际上，这是一块很小的镜子，这块小镜子的尺寸和露西的脸刚好一般大。镜子的上面是一些毛发，镜子的下面朝下垂着一些胡须。这样一来，当你照镜子的时候，你的脸就刚好装在了那些毛发和胡须之间，仿佛这毛发和胡须已经完全属于了你自己了。"在我从这个地方走过的时候，我的眼睛的余光刚好扫到了照在镜子中我的样子。"露西自言自语，"事情就是这样，根本就无所谓。"不过，她压根儿就不喜欢自己脸上出现那些毛发和胡须。于是，她继续朝着前面走（我确实不知道，这装着胡须的镜子到底是干什么用的，毕竟我不是魔法师）。

在她到达左手边的最后一道门之前，露西开始琢磨起来了，自从她走上这段路程，这条走廊到那个地方是不是最长，这个地方是不是仅仅是魔法房间的一部分。不过，到了后来，她还是朝着那个地方走了过去，这间房间的门同样是完全敞开着的。

这是一间相当宽敞的屋子。这间屋子有三个相当大的窗子。那些书就从地板一直摞到了天花板，大多数的书都是露西以前根本没有见到过的：那种极小的小书，肥嘟嘟、矮墩墩的；还有那些相当大的书，这种书比你曾经见过的教堂中的任何一本《圣经》都要大。所有的书都是用皮革包裹起来的。这些书给人的感觉是里面都有着相当深奥的知识，也充满着无边的魔力。不过，根据隐形人那个头儿的提示，露西根本用不着费心去寻找那本魔法书。因为那本书——她所需要的那本魔法书——就放在屋子中央的那个书桌上。露西已经明白，她不得不站在那个地方来看这本书了（因为这屋里压根儿就没有什么椅子）；另外一件事情是，她不仅得站在这个地方看书，而且，她还得把自己的背对着门。于是，她马上转过身去把屋子里的门关上了。

一般来说，在这种情况下，门是不应该关上的。

许多人可能会不赞成露西的做法，不过，我却始终认为她是非常正确的。她说，在是不是应该关上门的这个问题上，自己是并不怎么介意的。不过，在一个像这样的地方，这样的时候，不得不站在这里，让一座打开的门在你自己的后面，肯定是一件令人心神不安的事。我深有同感，只是实在是没有别的更好的办法可想。

最使露西感到烦恼的是这本书中的那些具体内容。那个隐形人的头儿的声音根本就没有跟她说起那个能够让隐了形的东西再现原形的咒语在书的什么位置。当露西问到这件事情的时候，那个隐形人的头儿似乎相当吃惊，竟然一头雾水。他只是希望露西能够在书中慢慢地、一点儿一点儿地找，直到找到为止。他绝对没有想过还有别的什么方法可以在这本书中更快地找到那个地方。"可是这样一来，可能会使我用掉几天甚至几个星期的时间。"露西说。现在，她正在看着那本相当大相当厚的书。"我已经感觉到自己仿佛已经在这个地方待了好几个钟头了。"

露西走到了书桌的前面，把手放到那本书的上面。可是，当她的手刚一按到那本书上的时候，那本书仿佛充满了电流，她的手指竟然有些刺痛的感觉。露西试图把这本书打开，可最初却怎么也办不到，她用了很大的劲儿，可是就是打不开，无论如何也打不开。不过，这并没有太大的关系，事情确是简单得不能再简单，因为只是有两只浅黑色的扣子把书紧紧地扣了起来。当露西把这两个扣子解开之后，书就被轻而易举地打开了。我的天呀，这是一本什么样的书呀！

这本书竟然是手写体，根本不是印刷体。尽管是手写的，字迹却非常清楚。书法也相当不错，下笔的笔画比较粗，收笔的笔画却比较细。每一个字都写得相当大。这些手写的大字和那些印刷的字比较起来，读起来倒是容易多了。书法水平相当高，每一个字都写得相当漂亮。这样一来，露西有一阵子光顾着看那些美丽漂亮的字了，竟然忘了读书里面的内容。纸张相当新相当光滑，还有一种相当美妙难以名状的味道不断地从书中散发出来。在每一个咒语的开头的彩色大写字母的周围，还有书的页边空白的地方，是一些图画。

　　这本书没有扉页，书里面的正文也没有题目，每个咒语都是开门见山。书的开头似乎并没有什么特别重要的内容。这些咒语都是些关于治疗疣子（很简单，并不复杂，日光下，在一只银盆子里洗你的手）、牙痛、抽筋的。还有一个咒语，是怎样才能弄到一群蜜蜂。那些图画中画的那个牙疼的人，真是和活着的真人一模一样，活灵活现，栩栩如生。要是你长时间盯着他的话，那么，你就会觉得自己的牙也跟着开始疼起来了。在第四个咒语的周围，那些图画是一些星星点点的、金色的蜜蜂，只要你看上片刻，它们仿佛真的就要飞翔起来似的。

　　露西真心不愿意把第一页翻过去，不过，当翻过第一页之后，接下来的内容就显得更加丰富更加有意思了。"我一定要继续往下翻。"露西对自己说。于是，她就继续往下面翻。这样一来，一直朝着下面翻了三十几页。要是她能够记住这些内容的话，这些内容应该是教给她：怎么去发现那些被人家藏起来的珍宝，怎样能想起那些她已经忘记了的事情，怎样忘掉她不打算记在心里、需要忘掉的那些事情，怎样使一个人说出她的真心话，怎样呼唤（或者是阻止）风、雾、雷、雹和雨，怎样施魔法于一个睡着了的人，怎样为一个人安上一颗驴的头（只要他们有恶劣的根基）。露西看的时间越长就越觉得有意思。那些图画也和真实情景一模一样，一幅一幅地出现在她的面前。

之后，露西又翻到了新的一页。在这一页之中，那些插图简直就像正在燃烧着的一团火，灿烂辉煌，光彩夺目。这样一来，熊熊燃烧的烈火中，文字就似乎非常不容易被发现了。虽然这是非常不容易被发现的——可是，露西终于还是找到了那上面最初的记载。在这一页上，竟然非常肯定地声称这是一句绝对可靠的咒语。这句咒语说的是可以使一个平平常常的人变得靓丽起来，这种靓丽完全超过了那些普普通通的人，使人变得惊艳绝伦，美貌超群，鹤立鸡群。露西在默默地静悄悄地看着那幅画。她的脸离那幅画实在是太近了，画在她的面前似乎显得有些拥挤，甚至有些模糊。不过，露西继续往下看的时候，她以为这幅画里面的内容表现得还是非常清楚的。她开始看到的第一幅画画着一位姑娘，这位姑娘站在一张书桌前，正在读着一本相当大的书。姑娘的穿着和打扮和露西一模一样。在接下来的第二幅图画的里面，露西（在这幅图画中书桌边的那位姑娘似乎就是露西自己本人）正站在那个地方，她的嘴大大地张开着，她的表情显得特别奇异。她仿佛在歌唱着什么，要么就是在背诵着什么。在第三幅图画中，一张美丽的面容似乎已经开始超越了所有的那些平平常常普普通通的人，这幅图画让人觉得有些不可思议。最初，这图画是相当小的，可是渐渐地，画面开始变得越来越大了。最后，图画中的露西和现实中的露西完全一样大了。图画中的露西和真正的露西就这样相互对视着。这样一来，几分钟以后，真正的露西不得不把目光从那个图画中的露西的身上渐渐地移开了。因为那个图画中的露西的美丽已经完全不可思议，不能不使她惊讶不已。当然，她其实不好意思看着自己的样子变得如此漂亮，美貌超群。现在，这图画又开始发生变化了，而且非常快，画面的书面出现了相当多的人。她看到自己已经坐在了卡罗尔门盛大的马上比武大会的宝座上，世界上所有的君王都在为了她的美貌超群而努力拼搏，大显身手。接着，比武马上变成了真正的战争，君王们不仅仅大显身手，他们还要大打出手。整个纳尼亚——阿尔赤兰德、台尔马尔、卡罗尔门、夏尔马还有台尔滨萨，已经民不聊生，生灵涂炭，哀鸿遍野，一片荒芜。这完全是那些君王、公爵和大领主为了得到漂亮露西的偏爱，争夺美貌超群的她而产生的疯狂和暴戾行为所致。在这之后，画面又开始发生变化了。露西已经重新回到了英格兰，她依旧是一位与众不同、鹤立鸡群的佳丽。苏珊（在自己的家庭当中，她一直是一位相当美丽的主儿）已经从美国回到了英格兰的家。图画中的苏珊看上去是真正的苏珊，只是她的模样已经大为逊色，和以前的那个苏珊比较起来显得有些不大招人喜欢。苏珊对于露西令人目眩的美貌超群感到相当妒忌，不过，这根本就什么关系都没有，因为在人们的目光中，她不但已经大为逊色，甚至已经黯然失色。现在这个时候，有了露西的相貌，已经没有什么人再去注意什么苏珊是怎么一回事。

"我会说到这句咒语。"露西说，"我根本不介意，我不管那些。我一定会这样做的。"她嘴上说根本不介意那些的时候，暗中却心猿意马，占有主导地位的是一种非常古怪的感觉，那就是她正在担心自己根本不可能做到这一点。

尽管如此，露西还是重新来过，去寻找这句咒语开头的那些词句。这本大书的这个地方正是在这本书的中间部分，露西非常确定，这里原来根本什么画都没有。可是，就在她仔细寻觅的时候，却看到了一张巨大的狮子的脸，这正是那只狮子阿斯兰。阿斯兰的眼睛正在一眨也不眨密切地注视着露西的眼睛。狮子仿佛是油漆刷过的一样，异常明亮，颜色金黄，活灵活现，仿佛正在从纸中走出来。实际上，在这件事情过去以后，露西怎么也记不起当时那些情况的细节，问题的关键是，在那个时候，那只狮子是不是真的动了一下。无论如何，那个时候，狮子脸上的表情还是相当真切的。狮子正在吼叫着，你可以清清楚楚地看到他那张大张着的巨大的嘴，嘴里利齿森森。面对这样的情境，露西的心中有些害怕，因此，她就马上把这一页翻了过去。

片刻之后，露西翻到了新的一页。写在这一页上面的是怎样才能知道你的朋友对你的真实看法的咒语。实际上，露西本来非常想说出那句使你自己变得更加美丽的咒语，可是由于她的犹豫不决，最后还是没有说出来。所以，她觉得，为了补偿刚才没有及时说出来那句美丽咒语的遗憾，她务必不能继续犹豫不决，必须迅速把现在的这句咒语说出来。在十分匆忙和混乱之中，为了防止自己的脑子可能会改变想法，她旋即说出了这句咒语（我不会告诉你们它们究竟是什么）。然后，她静静地等在那个地方，看着到底会出现什么样的情形。

在什么事也没有发生之后，她开始紧紧地盯着那幅画。相当快，她见到了一个非常重要的情形，也正是她所期望的——画面当中是一列旅客列车中的一节三等车厢，列车正行驶在铁路线上。车厢里有两个女中学生正坐在那个地方，露西马上认出了她们，她们是玛乔丽·普雷斯顿和安妮·苏莱斯顿。只是，现在这个时候，她们看上去不仅仅是图画，而是实实在在的活生生的人。露西完全可以看见车窗外面铁路线上两边的电线杆子在那里轻轻地掠过。渐渐地（就像收音机刚刚"打开"

的时候一模一样，声音渐渐地由小到大），她可以清清楚楚地
听到她们说的话。

"我可以问你一点儿这个学期的什么事情吗?"安妮说,
"我是说,你还一直和露西·帕文西相处在一起吗?"

"你说的相处在一起是什么意思?"玛乔丽说。

"噢,不,你自己应该完全清楚。"安妮说,"上个学期,
你对待她几乎着迷了。"

"不,我不是这样的,我根本就不是这样的,"玛乔丽说,
"不过,她还不能算是一个相当糟糕的小孩子。到上个学期要
结束的时候,我就已经对她厌倦了。"

"好吧,下个学期你连这样的机会也没有了!"露西十分气
愤地大声喊道,"两面三刀的小崽子。"可是,她自己的声音只
是在提醒她自己不过是在对着图画讲话,和她的那两位同学一
点儿关系也没有,人家根本听不见她的大喊大叫。她的那两位
同学对她不理也不睬,分明若无其事。在画面中,那个真正的
玛乔丽正在渐渐地远去,到另外的一个世界里去了。

"算了吧,"露西在对着自己自言自语,"她给我的印象原
本比这好多了。上个学期,我对她做了那么多的事呀。在别的
那些女孩子不理她的时候,只有我还在主动去接近她。这些她
自己是应该知道的,还有那个安妮·苏莱斯顿,还有所有的
人,大家都是非常清楚的!我真的弄不明白,难道我的所有的

朋友都和她一个样子吗？这本书里还有这么多的图画，不，没意思，真没劲，我再也不去看了。我不看了，我再也不——"露西鼓起巨大的勇气，把这一页义无反顾地翻过去，不过，在还没有完全翻过去这一页的时候，那些委屈和愤怒的眼泪就已经溅在了那本书的书页上。

在接下来的一页里，露西看到的咒语是"怎样净化一个人的灵魂"。这页中的图画不是那么多，但是相当精美。露西在阅读这些东西的时候似乎已经感觉到，与其说这些东西是咒语，还不如说它们更像是故事。露西继续朝着前面翻了三页。这一页，在她还没有从上面读到底下的时候，她竟然几乎已经完全忘记了自己是在读书。书中所讲述的事情生动鲜活，丰富多彩。现在的这段时光，露西几乎已经完全生活在了这些故事的里面，就好像这些故事都是真实的，所有的画也都是真实的。露西从第一页开始已经翻到了第三页，这个地方就是这一段的最后。在读到结尾的时候，她说道："这是我一生中所读到的最好的故事。将来也许很难再读到这么好的故事了。我真的希望能够接着读下去，读上十年。至少，我应该再把它重新读上一遍。"

令人遗憾的是，就在这个时候，这本奇怪的魔法书的魔法角色又开始上台演戏了。这本书的一个重要的与众不同之处就是你必须朝着书的前面一直往前看，根本不能返回去反复看，也就是说，只有书的右手边的一页才能够翻得过去。朝着前面翻的这一面，是可以看的，而左手边的一页，就是已经看过的并且已经翻过去的这一面是不可以重新翻回去的。

"噢，真丢人！"露西说道，"我可真的是想把它们再重新读上一遍。可是，至少，我务必得记住它们。让我们来看一下……这差不多……差不多……噢，我的天哪，故事里面的一切都已经开始变得模糊起来了，就连最后的这一部分也已经变得完全一片空白。这真是一本古怪的书。我怎么竟然会把它们给忘了呢？那个故事的里面，有杯子，有剑，有树，还有绿色的小山，我知道的可能已经很不少了。可是，只有这么多，别的东西我怎么想也想不起来了，我该怎么办呢？"

事实正是如此，露西永远也不会重新想起来了。从那一天开始，直到现在，这个忘了魔法师书中故事的故事，就成了露西心目中最美好的一个故事。

现在，露西又一次把这本书打开了，使她惊奇的是，这本书的这一页上面压根儿就没有什么图画，不过，开头的第一句话就是一句咒语，这句咒语就是怎样使已经隐形起来的东西现出原形。已经非常清楚，这句咒语正是那些隐形起来的声音所需要的。露西仔细认真默读了这句咒语，并且认真确定了这句咒语的每一个艰涩难读的字，力争做到一字一句万无一失。然后，她大声地念出了这句咒语。顷刻之间，露西就发现这句咒语已经迅速开始起作用了，在她念咒语的时候，她发现书页的上端已经开始渐渐地出现了一些大写字体，这些字体一出现就开始慢慢地改变颜色。那些图画又开始出现在了书页码边缘的空白地带。书的上面变化的这副情形，就像你操作使用隐形墨水写上去的什么东西，用火来烤使它们重新显现出来一样。这个过程是慢慢地、渐渐地，取代了那些暗淡的、柠檬汁一样的颜色的墨水（这是最常见的隐形墨水的颜色），显现出来的颜色是一片金黄、淡蓝和粉红。现在的书中是一些非常古怪的图画，这些图画中已显出了相当多的斑斓多彩的形象，而这些东西的样子都是露西所不喜欢的。露西在想："我差不多已经把我周围所有的东西都现了原形了，绝不仅仅是那些走起路来咚咚作响的家伙。在像这样的一个充满魔法的地方，可能还有许许多多数也数不清的各种各样的东西，像这样现了原形的，在这个地方的周围游荡徘徊。我真的确定不了，在我的周围是不是能够看到这些游荡和徘徊的东西。"

就在这个时候，她听到了一个相当轻柔但非常有力的脚步声。脚步声就在她的身后，沿着那条长长的走廊，朝着她的这一边走了过来。与此同时，毫不奇怪的是，她很快就已经想起了她曾经被告知的有关那个魔法师赤着脚走路，那声音比一只猫还要轻的话。以往的经验告诉人们，当有什么东西从你的身后悄悄地运动过来的时候，你最好马上转过身来。露西正是这样做的。

在这之后，露西的脸在那个地方一直扬起了片刻（不过，她自己肯定没有注意到这些），她现在的这副样子和那幅图画中的另外的一个露西一样地好看又可爱。她伸开了双臂，轻声地呼唤着，朝着前面跑了过去。站在门口的正是阿斯兰，那只狮子，君王中的君王。他稳稳当当地站在那个地方，那样地真实，那样地亲切，那样地温暖。他在心平气和地接受露西的吻，让露西把自己的头和脸深深地埋到了他的鬃毛里。从他的胸膛中发出的深沉的、地震一样的轰鸣声使得露西想到，他这是在像猫一样高兴的时候才发出的呼噜声。

"噢，阿斯兰，"露西说，"你来了，我可真的非常高兴。"

"我一直就待在这个地方，"阿斯兰说，"不过，正是你的咒语让我现了原形。"

"阿斯兰！"露西说，她甚至有几分责备，"别开我的玩笑了，就好像我真的使你现了原形似的。"

"一点儿都不错，真的就是这样，"阿斯兰说，"你可曾想过，我竟然会不服从自己的法则吗？"

短暂的宁静之后，阿斯兰又开口了。

"孩子，"他说，"我想，你已经偷听到了一些东西。"

"我偷听到什么了？"

"你已经听到了你的两位同学在背后议论你的那些事情。"

"噢，是吗？我可从来也没有想到，那竟然就是偷听，阿斯兰。难道那不是魔法吗？"

"用魔法来暗中监视一些人和用别的方式来监视他们，完全是一回事。我务必得十分清楚地告诉你，你已经完全错怪了你的那位朋友。你必须清楚，她毕竟是一个弱者，不过，她非常爱你。你以为这位同学伤害了你，这是因为她在比她年长的姑娘面前相当怯懦，所以，她没有说真话，而是说了违心的话。这是她不得已而为之的。你应该理解她，不能责备她。"

"我想，我不应该忘记我听到的她所说的那些话。"

"不，你不应该这样做。"

"噢，天哪，"露西说，"我把事情弄糟了吗？事情要不是这样的话，你是说，我们还可以继续成为朋友——成为真正的、最好的朋友——我们的交往可能会——我想，那是根本不可能的。"

"我的孩子，"阿斯兰说，"没有人跟你说将来到底会发生什么样的事情，我不是早就已经跟你说过了吗？"

"是的，阿斯兰，你确实曾经说过，"露西说，"我相当遗憾。可是——"

"接着说，亲爱的。"

"我还能听到那些故事吗，就是我在那本书中看到的，现在已经根本记不起来的那些？你能和我再讲起它们吗，阿斯兰？噢，讲吧，讲吧，讲吧。"

"其实是这样的，这些故事我会不断地和你讲下去。不过现在，来吧。我们务必得去见一见这所房子的真正的主人了。"

11. 独脚愚人的快乐

露西跟随着伟大的狮子从屋子里走了出来，进入了走廊。没过多长时间，她就看到了一位老人。这位老人正在朝他们走过来。他赤着脚，穿着一件红色的袍子。老人雪白的头发上戴着一顶橡树叶子编织而成的头冠。他的胡须已经垂到了他的腰间。老人手中拄着的是一根奇怪的带着一些装饰的拐杖。在见到阿斯兰的时候，他深深地鞠了一个躬，说道：

"非常欢迎，先生竟然能够光临这个微不足道的地方。"

"我把这些愚笨的下属放在了这个地方交给你来统领，考拉肯，你怎么会变得越来越厌倦起来了呢？"

"不是的，"魔法师说道，"他们一个一个真是显得非常愚蠢和笨拙，不过，他们并没有真正地有要伤害他人的想法。我早就已经开始喜欢这些怪物了。是的，有些时候，我甚至有些没有耐性，不过，我一直在等待着，总会有一天，他们会被智慧引导着，而不是靠着这些非常简单的魔法。"

"一切都会变得好起来的，考拉肯。"阿斯兰说。

"是的，时机一旦到了也就好啦，先生，"魔法师回答说，"你真的想把你自己完全展现在他们的面前吗？"

"不仅仅如此。"那狮子说。他的话语中夹杂着一些吼叫，实际上，这意味着（露西是这样想的）他是在笑，"在他们的臆想当中，我的样子会把他们吓得真魂出窍。在你的麾下管理的人们改变了现在的这种样子，准备开始接近新生活的时候，恐怕还会有许多星辰都会开始变得非常苍老，他们都要在这些岛上来修身养性，在岛上打发他们的残余时光。今天，在太阳还没有落下之前，我务必得去造访查普肯，他现在正在凯尔帕拉威尔期待着他的主人凯斯普能够回到自己家中的那一天。我要对他说起你所有的经历，露西。不要那样伤感，我们很快就会再一次见面的。"

"请问，阿斯兰，"露西说，"为什么你会说是很快呢？"

"在我的时间表中，一切都是相当快的。"阿斯兰说。相当快，他变得无影无踪了。这个地方只剩下了露西和那个魔法师。

"现在，他已经走了！"魔法师说，"每逢这个时候，你和我总是感到相当沮丧。他一直就是这个样子。你绝对留不住他。他看上去根本不是一只温顺的狮子。你真的对我的那本书非常感兴趣吗？"

"书里有很多知识，对我来说是非常有用的，"露西说，"你始终知道我在这个地方吗？"

"是的，一点儿没错，在我让这些蠢货变得隐形的时候，我就已经知道你肯定会过来把那句使他们显出原形的咒语弄走。只是，我还不能精确地知道这件事情应该发生在哪一天。今天早晨，我也并不是专门来监视这件事情。你得明白，他们也使得我变得隐形了。一个人隐形起来的时候，总是相当疲倦，想睡觉。啊——哈——啊。你看我，是不是又开始打哈欠了。你是不是已经饿了？"

"是的，也许或多或少有一点儿，"露西说，"不过，我根本不知道现在是什么时候。"

"好了，来吧，"那位魔法师说，"对于阿斯兰来说，所有的时间都是短暂的。在我自己的家中，所有的饥饿感发生的时间都算是在一点钟。"

魔法师领着露西走了一段相当短的路，来到了一处走廊。在这个地方打开了一道门，他们来到了屋子的里面，露西发现自己来到了一间令人赏心悦目的屋子里。这间屋子充满了明丽的阳光和芳香四溢的鲜花。在他们走进屋子的时候，那张放在屋子中的桌子是空空的，不过，请放心，这是一张充满魔法的桌子。在这位魔法师随便地说了一句话之后，桌子的上面就开始神奇地出现了那么多的各种各样的东西：桌布、银器、盘子、碟子、玻璃杯子，还有许许多多吃的东西。

"我希望你会喜欢这些东西。"魔法师说，"我早就想给你一些吃的东西，这些东西不是你最近可能得到的，倒更像是你自己家里的一样。"

"这实在是太好了。"露西说。事实也真的是这样：这里有吱吱啦啦正在作响的热气腾腾的鸡蛋、凉的羔羊肉、绿绿的豌豆、草莓冰激凌、加了柠檬汁的牛奶，还有一杯泛着原味的巧克力汁。尽管这里吃的东西十分丰富，不过，魔法师只是喝了一点儿酒，吃了一点儿面包。需要说明的是，在魔法师的身边，你完全可以无忧无虑，根本不需要有任何的警觉。没用多久，露西就已经和他谈得相当深入了，他们就好像老朋友一样。

"这句咒语应该在什么时候起作用？"露西说，"那些愚人会马上现出原形吗？"

"嗯，是，现在，他们已经现出了原形。不过，他们大概依然在睡着大觉。一般来说，他们总是在每天中午的这个时候进行休息。"

"既然他们已经现了原形，你能够让他们不再那样丑了吗？你可以让他们和以前一样吗？"

"嗯，这可是一个不怎么好回答的问题。"魔法师说，"你得明白，只不过是他们自己以为他们的模样在过去的时候看上去相当不错。他们自己声称他们是被别的人弄得丑陋了。不过，我倒是根本不这么认为。许多人都会这么说，变化一下是为了能够使他们更好。"

"他们这些人是相当地自负吗？"

"一点儿不错。至少，那个愚人的头儿应该是这个样子，他还教唆那些其他的人也成为这个样子。那些愚人对他们头儿的话深信不疑。"

"我还真的没注意到这些呢。"露西说。

"是的——在某种程度上可以说，要是没有他的话，大家可能会相处得更好。当然了，我完全能够让他变成另外的一种东西。我可以对他用上一句咒语，这句咒语能使那些愚人不再相信他们的头儿所说的话。不过，我只是不想那样做。我认为，让那些愚人钦佩他们的头儿，总比他们没有什么人可以钦佩的好。"

"他们对你很迷信吗？"露西问道。

"嗯，不是的，"魔法师说，"他们根本不会迷信我。"

"为什么你要把他们弄得那么丑呢——我的意思是，为什么他们说他们是被弄丑了？"

"嗯，他们根本不会做人家告诉他们的任何事情。他们的工作是照看花园，种一种粮食——这不是为了我，像他们自己猜想的那样，而是为了他们自己。要是我不亲自去摆布他们，他们就根本干不明白这些事。花园嘛，肯定离不开水。在离花园大约半英里的那个小山坡上，有一处相当漂亮的泉水。从这泉水中，有一条小溪流出，这条小溪刚好从花园流过。我一直在告诉他们，要从小溪里面取水。实际上，事情非常简单，既省时又省力，相当方便，根本不需要辛辛苦苦地跋涉到山上的泉水中取水。令人遗憾的是，这些愚人对这些话根本听不明白。这些家伙还是非得用水桶到山上去取水。这样一来，每天到山上的泉水中去取水就要往返两三次。在返回来的路上，桶里面的水还要溅出去差不多一半。不管你怎么苦口婆心，他们就是听不进去。到了后来，他们竟然干脆完全拒绝我的劝阻。"

"他们真的愚蠢到了这种不可思议的地步吗？"露西问道。

魔法师深深地叹了一口气："你根本不会相信我和他们在一起的时候遇到的那些麻烦。就在几个月以前，他们竟然在还没有吃饭之前，就开始洗刷那些吃饭用的盘子、刀子和叉子。到了后来，他们竟然洋洋得意地说这样做能够节省很多时间，吃完了饭以后就用不着再忙活这些事情了。我还曾经看见他们把那些已经煮熟了的土豆种到地里面去，过些时候，再把它们挖出来用于做菜，他们说，这样就可以不用再把它们弄熟了。有一天，有一只猫钻进了牛奶棚子里，他们二十多人把所有的牛奶都搬了出去，就没有一个人想到把那只猫赶出去。好了，我看你已经吃完了。让我们去看一看那些愚人，现在已经可以看得见他们了。"

他们来到了另外的一间屋子里，这间屋子里装满了一些擦得相当亮的仪器——这些仪器似乎都是相当奇妙的——这是一些诸如观象仪、太阳系仪、测时器、诗歌检测器、韵律的长短短长格测试仪、经纬仪之类的东西。在他们走到窗户边的时候，魔法师说："瞧吧，这就是你要看的那些愚人。"

"可我什么也没看见呀，"露西说，"这个地方有这么多的蘑菇，这是怎么回事呀？"

露西所指着的这些东西，东一个西一个，稀稀疏疏地散布在平坦的草地上。这些东西看上去真的非常像是一朵一朵的蘑菇，只是它们实在是太大了——这些蘑菇的梗大约有三英尺那么高，而蘑菇的伞的长度，从这一边到另一边，也差不多有蘑菇的梗那么长。在露西更加仔细地看上去的时候，她发现那些蘑菇的梗不是长在蘑菇伞的正中间，而是在伞的一边，这样一来，给人的印象仿佛有些不太对称不太平衡。这里还有一些相当有趣的东西——这些蘑菇的下面都有一只底座。这只底座像是一包或者是一捆东西——这些东西就摆在草地上。那些蘑菇的梗就是一根一根地从每一个底座的上面伸展起来的。事实上，露西盯着这些东西的时间越长，就越是发现这些东西根本不像蘑菇。这蘑菇的伞的那一部分根本不是像她自己最初想象的那样像一般的蘑菇一样圆圆的。实际上，这些伞是扁而长的，一头比另一头要更宽一些。这些蘑菇摆在草地上，有相当大的一片，至少也得有五十朵之多。

这个时候，钟声敲了三下。

顷刻之间，一件相当奇妙的事情发生了。每一朵蘑菇都上下两头儿一齐颠倒了过来。这些巨大的蘑菇根本不是人们想象的那样是一种植物，他们实际上是一种非常有趣的动物，一种生命力非常鲜活的精灵！那个原来趴在地上作为蘑菇梗的底座的那一部分，现在竟然变成了脑袋和身体。原来蘑菇的那根梗现在已经是他们的腿。与众不同的是，每一个身体的上面都不是像一般的动物那样至少两条腿，而是一条单独的腿。令人感到非常惊奇的是，这些一朵一朵的蘑菇一样的精灵，竟然是一个一个的人！每一个人身体的下面都是一条单独的腿，每一条单独的腿都相当粗壮（这条腿，不是像一条腿的人那样在身体的一边或者说是一侧），这条腿的下面是一只单独的、相当大的脚——一只有着宽宽的脚趾的大脚。脚上面的那些脚趾微微地有些卷曲，看上去非常像一叶精巧玲珑的独木小舟。露西在那个地方看了一看，自己琢磨着，他们为什么会看上去像是一朵一朵的蘑菇呢？原来，在这些精灵睡觉的时候，他们每个人都是靠着他们的背平坦地躺在那个地方，他们的那条单独的腿直截了当地伸到了空中去。那只宽大的脚就在那条腿的上面伸展开来。这只宽大的脚，正是人们看到的那张蘑菇的伞。到了后来，露西才搞清楚，这只不过是他们的非常平常的一种休息方式。那只大脚举在身体的上面，可以真的像一把伞那样避开炎热的太阳和那些淅淅沥沥的雨。一个单独的人躺在他们自己的大脚下面，差不多就像躺在一顶小巧精致的小帐篷的下面。

"噢，太有趣了，真是太有趣了。"露西在大声喊道，随之，这喊声开始变成了笑声，"是你把它们变成这个样子的吗？"

"是的，是的，是我把这些愚笨的家伙变成了独脚人。"魔法师说。说完了这句话，他自己也同样大笑了起来，直到笑得泪水从脸颊上流了下来。"还是看一看他们吧。"他又多加上了一句。

这确实是非常值得一看的事情。这些一只脚的人不能像我们一样地那样走路和奔跑。他们只不过是靠着跳跃来朝着前面行进，这种情形就像跳蚤和青蛙一样。看一看吧，他们的跳跃，是多么有意思呀！就好像每一只大脚的下面都有一团非常有力的弹簧。他们在跳跃的时候，力量是相当大的，这正是昨天露西听到的那种让她感到迷惑不解的咚咚声。现在，这些独脚人正在草地上不停地跳来跳去，欢呼雀跃。他们彼此之间在大声地喊叫："喂，伙计们，我们终于又现了原形了！"

"我们真的又现了原形了。"一个头顶上戴着一顶有流苏装饰的红色帽子的人说，很明显，他就是那些独脚人的头儿。

"我说的一点儿不错，我们大家现了原形，所以，我们谁都可以看得见谁了。"

"是的，一点儿不错，一点儿不错，头儿，"另外的那些人在一起喊道，"就是这一点，你的脑袋比谁都清楚，你不该把这件事情弄得这样明白。"

"小姑娘能够抓住他，那个老头儿那个时候正在那个地方打瞌睡，就是那个小姑娘，"独脚人的头儿说，"这一回，我们可是把他彻底打败了。"

"这正是我们大家想要说的。"其他的人在异口同声地应和着，"今天，你正在比以往任何时候都变得强壮，头儿。接着来吧，接着来吧。"

"他们怎么竟然敢这样随意地来评论你呢？"露西说，"昨天，他们看上去都已经让你给吓破了胆。难道他们在说这些话的时候不知道你可能会听到吗？"

"对于这些愚人来说，这正是一件非常正常的事情，也是一件非常有趣的事情。"这位魔法师说，"一会儿，他们说我好像能驾驭所有的事情，凌驾于所有的事情之上，是绝对不可能战胜的；过一会儿，他们又以为我根本无所谓，不值一提，只要用一点儿小小的诡计就能把我蒙骗得一塌糊涂，而这些小小的诡计，实际上是连小孩子都能明白的——可怜的人们，让老天保佑他们吧！"

"这些人还能变回他们原来的那种样子吗?"露西问道,"嗯,我真的不希望他们是现在的这副样子,他们现在的样子给人看起来简直太让人伤心了。他们真的不怎么特别介意吗?这些人看上去并不像我想象的那样特别幸福。我是说——他们正在跳跃时的那种样子。以前,他们是个什么样子呢?"

"不过是一些平平常常的小矮神,"魔法师说,"他们根本不像你在纳尼亚看到的那些那么出色。"

"把他们改变回去,成为原来的样子,应该完全是一种怜悯。"露西说,"他们真是太有趣了,他们应该是相当优秀的。你真的以为要是我和他们说了这些,把我所想的告诉给他们,他们就会有所不一样吗?"

"我敢肯定,一点儿没错——要是你把你的这些想法灌输到他们脑袋里的话。"

"你可以帮我过去试一试,陪着我过去吗?"

"不,不,不可以。没有我,我不过去,你自己过去和他们说可能会做得更好一些。"

"非常感谢你的午餐。"露西说着飞快地转过身来,走开了。她迅速地跑下了楼梯。她就是从这个地方,在那天早晨,心惊肉跳地爬到了楼上来。现在在楼梯的底下,她刚好撞上了埃德蒙。其他人都和埃德蒙在一起,在这个地方等候。看到大家那一张张期待的脸,露西的心似乎受到了某种谴责。她马上明白了，自己已经把大家忘了好长的一段时间了。

"没什么，"她喊道，"一切进行得都相当顺利。那位魔法师是一个非常慷慨的人——我还见到了他——阿斯兰。"

在见到了埃德蒙他们之后，露西又很快离开了他们，像一阵风一样跑出了这所房子，来到了外面的花园当中。在花园里，大地似乎在摇晃，空气仿佛在摆动，这些都是因为那些独脚人的高声呼喊。在那些独脚人见到了露西的影子之后，那摇晃的大脚和那摆动的空气似乎都变得越来越起劲了。

"她来了，她来了，"那些独脚人在高声呼喊着，"为小姑娘三声欢呼吧，嗨！只有她的话才能说服那位老先生，只有她。"

"我们相当遗憾，实在是太不幸了，"独脚人的头儿说，"你看着我们的时候，心情肯定是相当不愉快的，要是我们还没被弄丑之前，你肯定不会相信，那完全是另外的一副模样，和现在完全不一样的。这都是真的，不能否认，现在我们真是已经丑陋到了极点。所以，我们说的都是真的，一点儿水分都没有，绝对不会欺骗你。"

"嗯，这就是我们，头儿，这就是我们。"其他的人都在异口同声地应和着，他们跳跃时的样子像是许许多多的玩具飞船，"你已经把它说出来了，你已经把它说出来了。我们的心里话，我们的心里话。"

"可是，我是在想，你们根本就不是那个样子，像你们自己说的那样，你们看上去一点儿都不丑，"露西在大声地喊着，至少使她自己能够听得到，"我想，你们看上去相当不错。我觉得你们的样子非常好看。"

"听她的，听她的。"那些独脚人一起在说，"你说的都是真的。我们看上去相当不错，夫人。你再也看不到比这更漂亮的人了。"他们在说这些话的时候没有任何的惊奇，似乎非常平静，你也看不到他们心里的想法到底有什么样的变化。

"她是在说，哦，"那个独脚人的头儿评论道，"我们在没被弄得相当丑之前是相当好看的。"

"你说的是真的，头儿，你说的是真的，"他们在交头接耳，"那正是她说的，我们大家自己都已经听明白了。"

"我根本不是那个意思。我压根儿就没有那么说，"露西在高声叫喊着，"我是在说，你们现在的样子看上去相当漂亮。"

"这是她说的，这正是她说的。"独脚人的头儿说，"她是在说，我们变丑之前相当漂亮。"

"听他们两个的，听他们两个的。"那些独脚人在一起说，"他们两个是天生的一对。事情总是这样，他们一贯正确。他们不能说得比这再好了。"

"可是，我们两个说的意思是完全不一样的。"露西说。她已经开始变得不耐烦起来，在地上使劲地跺着自己的脚。

"是这样的，一点儿没错，是这样的。"那些独脚人在说，"根本没有什么不一样，你们两个接着往下说。"

"任何一个人都会被你们弄得发疯。"露西说，她根本不想再继续说些什么了。可那些独脚人反倒显得相当满足，春风得意。露西发现，她和那些独脚人的交谈居然莫名其妙地获得了预想不到的成功。

这天晚上，在大家还没有上床去睡觉之前，还有另外的一些事情使得这些一条腿的先生对他们独脚的生活现实感到格外地满意。一旦有了机会，凯斯普和其他所有的纳尼亚人就尽快前往海岸边，把他们所听到的新的消息告诉莱茵斯和留在船上的其他人。到这个时候，他们显然已经表现出了相当地焦虑。当然了，那些独脚人也和他们一起来到了海边。这些独脚人走路的时候，就像一只一只的足球在地上跳动着，一边跳着，一边大声地叫喊着。到了后来，尤斯塔斯说道："我真希望那些魔法师能够把他们变成无声的，而不是隐形的。"他说出这句话之后，很快就后悔了。这是因为，他还不得不解释这无声的意思就是你根本听不见什么，尽管他费了九牛二虎之力，可那些独脚人还是弄不明白。最使他恼火的，是那些独脚人到头来对他说的话："哼，我们的头儿，绝对不会把事情弄出这个样子。你得学着点儿，年轻人。仔细听听他说的。他会让你来看看，怎么来讲清楚一件事情。对于你来说，那才是个真正的说法。"在到达海湾边的时候，里佩直甫想到了一个相当绝妙的主意。他把他的那只轻便小舟放了下来，自己站在里面，在海水中划了起来，一直划到那些独脚人对这件事情产生了非常浓厚的兴趣。然后他站起身来，说道："了不起的、聪明绝顶的独脚人们，你们根本不需要什么船，你们每个人都有一只脚，这只脚就完全可以代替船。尽你们的可能，轻轻地跳到水中去，看一看会怎么样。"

那个独脚人头儿有些踌躇不前，犹犹豫豫的。他警告其他的那些人，他早就已经发现，水是相当湿的东西。可是，有那么一两个年轻的独脚人还是马上试了一下。然后，又有几个人学着他们的样子下水了。到了后来，所有的独脚人都下了水。这场面看起来相当精彩，那些独脚人的巨大脚真是像一只天然的筏子或者小船。在里佩直甫教完了他们怎样正确砍出一双简陋的桨并且能够正确地使用后，所有的独脚人都在海湾里面围绕着黎明行者号划了起来。整个场面相当壮观，就仿佛是一支小小的舰队，这支小小的舰队是由独木舟组成的，每一条船的尾部都站着一个肥嘟嘟的矮神。没过多久，独脚人的划水演变成了一场竞赛。从大船的上面丢下来的细颈瓶子成了他们的奖品。大船上的水手们站在船上朝着下面看着，他们在不停地大笑，直到笑得肚子疼了起来。

这些愚人对他们独脚人这个新名字非常喜欢。对于他们来说，这名字实在太辉煌了。当然了，他们永远也搞不清楚这里面的含义，更是念不清楚它们的发音。"这才是我们，"他们大声地喊叫着，"独脚人，人独脚，脚独人，这就是我们每天挂在舌头尖上的，我们自己的名字。"可是并没过多久，他们就把自己的这些新名字和那个老名字愚人弄混在了一起。到了后来，他们干脆把他们自己叫作独脚愚人——于是，这个名字到了后来，可能被叫上了好几个世纪。

这天晚上，所有的纳尼亚人都跟着魔法师到楼上去用晚餐。现在，楼顶上的所有的东西在露西看来已经和昨天晚上大相径庭了，她现在对它们已经不再感到害怕了。门上的那些神神秘秘的东西依旧是那样地神神秘秘，只是它们现在给人的印象是相当熟悉的，相当亲切的，就连那个带着胡子的镜子现在看上去也相当有趣，根本没有任何吓人的感觉。大家用的晚餐靠的完全是魔法，这些东西正是大家最愿意享用的。晚餐之后，魔法师为他们展示了一段相当有用又相当精彩的魔法。他在桌子上铺上了两张空白的羊皮纸，然后让查尼亚准确地向他讲述直到现在他们的航行所经过的路程。随着查尼亚的讲述，他所描述的每一件事情，都非常清晰准确地出现在羊皮纸上。到头来，每一张羊皮纸，都成了一张相当精美的东方大洋的地图。在地图的上面，显现出了戛尔玛、台勒滨萨、七群岛、孤独岛、龙岛、火烧岛、死水岛，还有愚人岛本身。所有的内容，都出现在它自己精确的尺寸和精确的位置上。在黎明行者号最初离岸起航以后，这是第一次制作出来的航海图，这张图远远地好于过去制作的没有使用魔法的图。在这航海图上那些城镇和山脉，最初看上去的时候，就和那些平平常常的地图差不多。不过，当魔法师把放大镜借给大家之后，你就会看到，在航海图上是一些和真实情景几乎完全一模一样的小小的图画。于是，你就能够看到奈寮海文的街道，那些城堡，还有奴隶市场。尽管它们看上去相当遥远，但却相当清楚且非常真切。这就和你通过望远镜从大头朝着小头望过去的情景几乎一模一样。航海图的唯一不好之处就是上面的那些海岸线，这些海岸线大部分都是不怎么完全的。这是因为，图上展现的仅仅是查尼亚用自己的眼睛亲眼看到的那些东西，那些没有进入他的视野的内容就没有表现出来。在大家看完了这航海图之后，魔法师自己留下了一份，另外的一份作为礼物送给了凯斯普——现在，这张航海图依旧悬挂在凯尔帕拉威尔的仪器陈列室。对于继续向东航行的海洋和陆地情况，魔法师并没有什么更多的东西可以奉告。不过，魔法师告诉大家不必担心，在远方的大海和陆地上不会有什么太大的麻烦。尽管如此，他还是向大家讲述了一段往事：七年前，有一艘纳尼亚的船停泊在了他的水域。那艘船的上面有领主莱威廉阁下、阿尔戛兹阁下、马伍拉门阁下、娄伯阁下，依此来判断，他们在死水岛上的水中所见到的、那个俯卧在死水里面的那个金子人，肯定就是领主拉斯台马尔。

第二天，魔法师用他的魔法，令人惊奇地修好了黎明行者号的船尾那个被海蛇弄坏了的地方。同时，还给黎明行者号装满了最有用的礼物。中午过去之后的两小时，黎明行者号又起航了，这是一场充满无限深情的依依惜别。所有的独脚朋友都紧紧地跟随着这条船，一直把这条船送出了海湾。他们在不停地欢呼着，直到后来船上的人已经完全听不到他们的喊声。

12. 黑暗岛

在完成了这一次的探险之后，黎明行者号又朝着南方稍微偏东一点儿的方向，借助温和平稳的风航行了十二天。在这些日子里，风自始至终都非常平和，天空显得格外地明朗，空气显得非常清新、温暖。不过，他们没有见到鸟儿，也没有见到鱼。尽管如此，有一头鲸出现在右舷的海面上，喷出一条长长的水柱。在这段时间里，露西和里佩直甫差不多一有工夫就在下棋。在第十三天，埃德蒙在黎明行者号的战斗桅楼上发现了仿佛是一座巨大的、黑暗的山峰。这座黑暗的山峰正在从海面上渐渐地静静升起。

于是，黎明行者号改变了航线，朝着这片土地驶了过去。不过，他们差不多只有靠着划桨了。海上的风分明不支持他们朝着东北方航行。在夜幕降临的时候，他们还是在这条长长的路上行进，整个夜晚他们都在一直划行。第二天早晨到来的时候，天气开始变得格外地好，一切依旧那样地平静。横卧在黎明行者号前方那黑蒙蒙的一团，显得越来越近，越来越大。尽管如此，它依旧是那样地朦胧模糊，幽静窈冥，深不可测。这让一些人以为它还是相当遥远，而另一些人却以为似乎已经进入了这团漆黑的云雾之中。

这天早晨九点钟左右，突然之间，这团漆黑就似乎已经离得相当近了。人们发现，这种东西根本不是一片陆地，绝对不是。仅仅靠着一些平平常常的感觉，人们轻而易举地就会发现，这是一团迷雾，一团非常黑暗的朦胧。这种情形是相当难以描述的。不过，你完全可以想象一下这种情形，就和你自己进入了某个铁路的隧道口之中差不多——这条隧道并不是很长，但却相当弯曲，根本看不到远方另外那一头的光了。你完全应该知道那应该是个怎样的情形。隧道口外面几英尺远的地方，宽阔的阳光中，你会看到那些钢轨、枕木，还有那些石砾。然后，到隧道里面就进入了一处朦朦胧胧的地段，接下来，也就是在非常突然之间，你所见到的那些隧道口的东西，什么钢轨呀、枕木呀、石砾呀，完全消失了。当然了，在光明和朦胧之间并没有非常明显清晰的界限。一切仿佛都混混沌沌凝聚在了一起，进入了一片光滑的、流畅的、平静的、完全的黑暗中。这个地方的情形现在就是这副样子。在距离黎明行者号船头几英尺远的地方，他们可以看得见那些平和稳定的、丰满鼓胀的、闪烁着光芒的、绿蓝相间的海水。在这绿蓝相间的海水的那一边，他们可以看到那个地方的水的暗波，这些水的暗波灰白、昏黑、阴森，仿佛是进入夜晚之后的样子。再往前就是完完全全的黑暗了，就好像在那个地方没有月亮，没有星光，是漆黑一团的夜晚的边缘。

凯斯普大声命令，掌帆长立即停止前进。除了划桨手之外，船上所有的人都一齐拥到船头，朝着前面望了过去。不过，在他们的视野中，除了黑暗之外，并没有看到其他任何东西。他们的后面是宽阔的大海和明亮的阳光，他们的前面是一片阴森恐怖的黑暗。

"我们是不是应该到里面去？"到了后来，凯斯普问道。

"不能，我来看的话。"查尼亚说。

"船长说的应该是对的。"好几个船员都在悄声地这么说。

"我几乎也是这么认为。"埃德蒙说。

露西和尤斯塔斯都没有开口说什么。不过，他们的内心都感觉相当高兴，毕竟，举棋不定的事情马上就要有个着落了。这个时候，里佩直甫非常清楚的声音打破了这短暂的沉寂。

"为什么不能？"他说道，"有谁能向我作出解释，为什么不能？"

没人想作出什么解释，于是，里佩直甫接着说：

"假如我是在对着一些农民或者是奴隶讲话的话，"他说道，"那么，我完全可以猜想，这个不想继续前进的建议可能是出于胆小或者是恐惧才提出来的。可是，我真的非常希望，在今后的纳尼亚，不应该有这样的传说流传下去。在这一行当中，一些高贵的、有身份的、身强力壮的人中间，就是因为害怕黑暗、恐惧朦胧而在像鲜花一样年龄的时候就卷起了他们的尾巴，逃之夭夭。"

"可是，在这个时候，我们历尽辛苦和风险驶进一片黑暗，对我们来说又有什么用处呢？"查尼亚问道。

"有什么用处？"里佩直甫反问道，"说到有什么用处，船长，要是你说的有用处是为了装满我们的胃或者是我们的皮箱，我完全可以断定，那就一点儿用处也没有。据我所知，我们扬帆远航并不是要寻找什么有用处的东西，实质上，我们是在为了寻找荣耀和荣誉才来到这个地方进行探险。现在，我们面临的是一次闻所未闻的、伟大的探险，就在这个地方，一点儿没错。要是我们调转船头返回去，那么，我们大家的荣耀和荣誉就会受到不小的谴责。我们的希望就会付诸东流，我们会变得臭名昭著。"

许多船员在压低了声音咕哝着："荣耀和荣誉算个什么，怎么能够和自己的生命过不去？不过仅仅是吹上一口气。"然而，凯斯普说道：

"嗯，打扰你了，里佩直甫。我真希望当时把你留在了家中。没错！既然你已经指出了这条路，我想，我们不得不继续往前走了。露西是不是相当不情愿？"

露西感觉她相当不情愿，不过，她高声地说出来的却是："我士气正旺。"

"陛下，至少你应该下一道命令，点上灯吧？"查尼亚说。

"尽我们最大的努力，"凯斯普说，"深入其中，去看一下吧，船长。"

这样一来，三盏灯，一盏在船尾，一盏在船头，一盏在桅顶，全部点燃了起来。查尼亚还另外安排了两只火把，放在了船的中央。这些灯在明亮的阳光中显得相当地苍白，相当弱小，简直微不足道。紧接着，除了那些正在划桨的人，其他人都奉命全副武装，进入了自己的战斗岗位，每个人都已经剑出鞘。露西和两名弓箭手进入了观测台。他们的弓已经拉开，箭已搭到弦上。拉依奈夫站在了船头，打算用绳子测量水深，随时准备对付出现的紧急情况。里佩直甫、埃德蒙、尤斯塔斯还有凯斯普已经穿上了盔甲，这些盔甲闪闪发光。他们站在拉依奈夫的身边，陪伴着他。查尼亚紧紧地把住了船舵。

"现在，以阿斯兰的名义，前进！"凯斯普喊道，"慢一点儿，划得稳定点儿，大家要保持肃静，竖起耳朵，听好命令。"

在人们重新划起桨来的时候，伴随着嘎嘎吱吱、隆隆轰轰的响声，黎明行者号开始朝着前面慢慢地、小心翼翼地前行。

露西在船上面的观测台上非常精确地看到了这船进入黑暗之中的那一个非常难忘的瞬间。船头在明亮的阳光下已经不见了踪影，留下的只有船尾。她一直在仔细认真地看着船的每时每刻的行进。在最初的一段时间里，金色的船尾，绿绿的大海，还有蓝蓝的天空，都是在宽阔的、明亮的阳光里。接下来，大海和蓝天消失了，在船的尾部，灯开始变得明亮了起来——在船进入黑暗之前是很难看见的——现在，灯光是船的尾部唯一能看到的东西。在船尾灯光的前面，露西可以看见查尼亚在弯着腰掌着舵。露西的下面，在那两只火把的照耀下，有两片相当小的光斑落在甲板上。在这两片相当小的光中，闪烁着剑和头盔的影子。再往前，船的前甲板上还有一片光。除了这些灯光之外，观测台上靠的是桅顶的灯光，这也是露西头顶唯一的一处灯光，这一处光也是属于露西自己的、唯一的一处有光的小天地。这个小天地就飘荡在这孤单的、黑暗的世界中。现在的情形就好像在光天化日之下，一个错误的时间里，在根本不需要灯的时候，不得不点上了灯。不过，这些光看上去总是让人感到有点儿阴森森、黑魆魆，不太自然。这个时候，露西才注意到已经相当凉了。

到了后来，驶入黑暗的航行到底要花费多长时间根本没有人能够知道。除了船桨架的吱吱嘎嘎的响声和桨落到水中唰啦唰啦的划水声，再也没有其他任何的迹象表明这艘船在朝着前面运动。埃德蒙在船头密切地注视着周围的一切，不过，在他的面前除了那些落在水中正在跳跃着的灯光，他几乎什么也看不见。反射在水中的灯光的跳跃没有一点儿光的灵动，反而显得死气沉沉。船在行进的过程中，船头荡起的涟漪显得相当沉重，相当渺小。随着时间一分一秒地过去，除了那些划桨手之外，每个人都因为寒冷打起战来。

猛然间，从某个地方——到这个时候，还没有人能够非常清楚准确地感觉到究竟是在什么地方——传来了一个撕心裂肺的喊叫声。这种叫声可能根本不是一个人的声音，也可能是一个人在一种极端可怕的环境中吓破了胆所发出的那种难以想象的声音。

凯斯普一直想开口说点儿什么——尽管如此，他的嘴实在是太干燥了——就在这个时候，响起了里佩直甫那尖尖的、高高的声音，这个声音打破了以往的沉静，谁都听得见。

"是什么人在喊？"这个声音相当尖，"要是你是敌人，我们根本不害怕你，要是你是朋友，你的敌人将会领受到我们的教训，他会非常害怕我们。"

"发发慈悲吧！"那个声音在大声喊道，"发发慈悲吧！当然，哪怕你们仅仅又是一场空空荡荡的梦，也务必发发慈悲。你们是我唯一的希望，是最慈悲的人。把我弄到船上去，救救我吧！当然，你们可以把我打死。可是，以慈悲的名义，你们千万不要走开，不要把我丢在这个可怕的地方。"

"你在哪里?"凯斯普喊道，"赶快过来，到船上来，非常欢迎。"

接下来，又传来了一声喊叫，船上的人根本都不清楚这声音中是兴奋还是恐惧。这个时候，有一个人朝着他们的船游了过来。

"靠近他，把他拉上来，伙计们。"凯斯普说。

"遵命，遵命，陛下。"水手们说。几个人不由分说，带着绳索挤到了船的舷窗口。有一个人拿着一只火把远远地朝着外面探出了身子。一张充满野性的十分苍白的脸出现在了昏黑的海水之中。接着，伴随着一阵稀里哗啦扑扑通通的攀爬声，许多只充满了友情的手伸向了大海里面的那个人，把这位陌生人拉到了船上。

埃德蒙以为，他从来也没见到过如此充满野性的人。尽管从另一方面来看，他并不是非常苍老。他的头发杂乱无章，像一根邋里邋遢的拖把。他的脸非常瘦，极度地疲劳和憔悴。至于衣服，只不过是几块湿漉漉的破布挂在了他的身上。最引人注目的，还是他的那双呆滞绝望的眼睛。这双眼睛在大大地睁开，看上去仿佛根本没有眼睑。他在深深地凝视着，目光中仿佛充满了无限的痛苦和恐惧。他的脚刚刚一踏上甲板，就开口说:

"赶快逃离！赶快逃离！就在你们船的周围，赶快逃！划呀，划呀，划，拼命地划。为了你们的生命，赶快离开这块该死的属地。"

"你自己先冷静下来，"里佩直甫说，"告诉我们这个地方到底有什么麻烦，我们根本用不着逃跑。"

这位陌生人战战兢兢地朝着老鼠叫声的方向注视着，以前，他可是根本没有注意到这个东西。

"不管怎么说，你们务必得从这个地方马上离开。"陌生人气喘吁吁，喘着粗气说，"这个鬼地方就是梦想成真岛。"

"就是这座岛，我已经找了相当长时间了，"一个水手说，"我敢肯定，要是我们可以在这个地方着陆的话，我就可以和南希姑娘结婚了。"

"我就可以发现，汤姆舅舅又重新活了起来。"另一水手说。

"蠢货！"陌生人十分愤怒地跺着脚说，"正是这种说法把我弄到了这个地方来，我最好是能够被淹死，或者是压根儿就不应该出生。你们听到我说的了吗？这就是一个做梦的地方——梦幻，难道你们还不明白吗？这是一个梦境变成现实的地方，这是一个梦境变真实的地方，这个地方就是一个梦想成真的地方。清醒过来吧，回到现实之中吧。不要继续白日做梦了——那真的是梦。"

在沉寂了大约半分钟之后，伴随着巨大的盔甲武器的稀里哗啦的响声，所有的船员都以他们最快的速度拥到了主舱口，挤向了桨架边，一起划了起来，尽管他们当中有些人根本没有划过船。查尼亚转过身来操起了舵，立即调转船头。水手长以最快的速度完成了他的操作。所有这些，在航海史上都是闻所未闻、见所未见的。就在刚刚大约半分钟的沉寂中，船上所有的人都回忆起了他们那些自己曾经做过的、真实的梦——这些梦曾经使你再也不敢去睡觉——这就使他们相信了，在这个梦想成真的国度里，收住脚步究竟意味着什么。

依旧站在那个地方一动不动的，恐怕只有里佩直甫。

"陛下，陛下！"他说，"难道你就默认了这种背叛？难道这不是怯懦、胆小、临阵脱逃？这太可笑了，这是惊慌失措，这是手足无措，这是溃不成军。"

"竭尽全力，全速划船，"凯斯普在大声地喊叫着，"尽我们最大的努力。船的方向对吗，查尼亚？你愿意说什么就说什么吧，里佩直甫。这里的情形，是任何一个人都不能够面对的。"

"不错，然而我的好运就是我没有成为一个人。"里佩直甫回答说，他站在那个地方，非常呆板地鞠了一个躬。

露西在船的上方把所有的一切都听得清清楚楚、真真切切。就在相当短暂的一段时间里，露西的一个梦忽然重新回到了她自己的脑海里，这个梦是她早就已经打算全力忘掉的。现在的这个时刻，这个梦近在咫尺，就好像露西刚刚从这个梦中醒来一样。于是，露西终于完全明白了，在后面的这座岛上，在这无边的黑暗之中，要是停留下来的话会是一个什么样子！在最初的一段时间里，她试图到下面的甲板上去跟埃德蒙和凯斯普待在一起，可是，这又有什么用呢？要是人们心中的那些梦此时此刻真的开始变得真实起来，梦想真的可以成真，就在她来到他们面前的时候，埃德蒙和凯斯普也完全可能进入他们自己的十分可怕的梦境，这和她自己本人眼下的处境是完全一样的。想到这里，露西紧紧地抓住了观测台上面的栏杆，想把自己稳定下来。大家正在竭尽全力，试图迅速摆脱黑暗，朝着光明划回去：再继续坚持一段时间可能也就没事了。可是，噢，最艰难的事情就在面前，只要眼下的这个时刻能够一切都顺利就好了。

尽管船桨划水的声音是巨大的，可是丝毫也代替不了黎明行者号周围那死一般的、无比沉闷的寂静。船上所有的人都知道，现在最好的办法就是不要去听，不要竖起耳朵去听那无边的黑暗中的任何的动静。但是，每个人都避免不了一定要这样做，肯定会听到一些他们根本不想听到的任何什么东西。莫名其妙，没过多久，所有的人都在侧耳静听着，而每一个人所听到的声音，都是千差万别、各不相同的。

"你听着那声音了吗……这个声音，像一把巨大的剪刀已经张开了，现在，又正在合上……难道不是在那边？"尤斯塔斯问拉依奈夫。

"小点儿声！"拉依奈夫说，"我能够听到，它们正在爬向船的一边。"

"它好像正要安顿在桅杆上。"凯斯普说。

"哎哟！"一位水手说，"有铜锣声敲起来了。我早就已经知道，肯定会这样的。"

凯斯普什么都不想看（他特别不想看船的后面是怎么回事），他走到了船的尾部，到查尼亚那里去。

"查尼亚，"他说，声音相当低，"我们进来的时候，划了多长时间？我是说，我们划到救起那个陌生人的时候。"

"五分钟，差不多是这样，"查尼亚小声地说，"你要我做点儿什么？"

"这是因为，我们往回划的时间已经超过了五分钟这个时间。"

查尼亚的撑着舵柄的手，马上开始颤抖起来了，一条冰冷的汗水流淌在他的脸颊上。船上所有的人顷刻之间就完全地明白这到底是怎么回事。"我们永远也出不去了，永远也出不去了。"水手们在哀叹着，"他把舵给我们把错了，现在已经迷失了航向。我们正在一圈一圈地转圈子。我们永远也出不去了。"

那位被他们救起的陌生人，现在就躺在甲板上蜷曲作一团。听到人们的这些话，他马上坐了起来，突然爆发了一声可怕的、尖声的大笑。

"永远也出不去了！"他在喊着，"就这样，一点儿不错。我们永远也出不去了。我是多么地愚蠢，我怎么会认为他们会相当容易地把我带出去呢？完了，完了，我们永远也出不去了。"

露西依旧在观测台上，她把头探了出去，小声说着："阿斯兰，阿斯兰，要是你真的非常爱我们的话，现在，快来帮帮我们吧。"在露西刚刚说完这些话的最初，黑暗岛里边的黑暗，依旧是那样地黑，仿佛没有什么大的变化，不过，露西感觉到有一点——这仅仅是相当小相当小的一点点——相当相当微小——这感觉给人的印象真是相当不错。"当然了，直到现在这个时候，对于我们来说，毕竟还没有真正地遇到任何一点儿麻烦。"露西在心里想。

"快看哪！"就在这个时候，从船头的方向传来的，正是拉依奈夫的嘶哑的声音。这个时候，一点光出现了，仅仅只是相当小的一点光。这一点很小的光就出现在黎明行者号的前面。在拉依奈夫喊的时候，人们已经开始注意到，那一片很小的光从一开始的一点点开始变成了一片相当大的、相当宽阔的光。在这片光开始洒到了船上的时候，它还没有能够从根本上改变船周围所有的黑暗。可是，这些光却使得整艘船都开始变得明亮起来了。这种情形就像一只探照灯一样。凯斯普情不自禁地开始眨起眼来，他在密切地朝着四周环顾着。终于，他看到了他的那些伙伴的一张一张的脸，每一张脸的上面都充满无限热切的渴望。这个时候，每一个人的目光都在同一时间转向了同一个方向；每一个人的后面都留下了一片黑暗，这片黑暗影子的界限显得特别地鲜明。

露西沿着那一片光继续细细地看着，根本没有用太长的时间，她已经十分清楚地看到了，在这片光的里面是有些深刻的奥秘的。在最初，她看到的仿佛是一个静静的十字架；在这之后，她看到的又仿佛是一架银白色的飞机；接下来，她看到的仿佛是一只正在飞行的风筝；到了最后，这东西竟然嗖嗖地鼓起了它的翅膀，飞到了他们的头上来。原来，这竟然是一只信天翁。这个时候，信天翁围绕着黎明行者号的桅杆绕了三个圈，然后落在了船头的那个金色龙头的头冠上。信天翁叫出了非常响亮的、清澈悦耳的声音，这声音仿佛是在说话，不过没有人能够听明白这话语的意思到底是什么。在这之后，信天翁展开了它的翅膀升上了天空，在靠近船右舷的海面上朝着前方慢慢地飞去。查尼亚紧紧地跟在它的后面，小心翼翼地撑着舵，毫无疑问，这是一个相当不错的出色向导。没有人知道，在信天翁围着桅杆盘旋的时候，他小声地对露西说："鼓起勇气，衷心地祝福。"这个危难之中的声音，在她的感觉中，肯定就是阿斯兰。伴随这个声音的还有扑面而来的芳香四溢的他的甜美而温馨的气息。不过，所有这些，除了露西之外，是没有任何人知道的。

在最初的一段时光里，前方的无边的黑暗只是渐渐地、一点一点地，由昏灰变得微白，然后，几乎出乎所有人的想象，就在一刹那，眼前就出现了绚丽的阳光。人们的面前又一次出现了一片温暖的空气和蓝蓝的世界。就在一刹那之间，每个人的心里都明白根本没有什么值得害怕的了。那无边无际的黑暗已经一去不复返！黎明行者号上的乘客们甚至干脆就认为那无边无沿的黑暗根本就没有出现过。刚刚从黑暗中走出来的人们在不停地眨着自己的眼睛，在非常新奇地环视着周围的一切：灿烂的阳光，蓝蓝的海水，清新的空气。黎明行者号明亮的船体使大家惊奇不已。在这个时候，他们原本以为雪白、碧绿、金黄的船体可能会沾上那无边的黑暗残留下来的可怕泡沫或污垢。开始是一个人，后来是所有的人，一起发出了爽朗的笑声。

"我肯定，我们自己做了一件相当愚蠢的事情。"拉依奈夫说。

露西急忙来到了下面的甲板上，发现大家正围在那个新来者的身边。在相当长的一段时间里，他实在是太高兴了，连话也说不出来了。他只是在那个地方静静地若有所思，凝视着大海、太阳、天空，在感受着船舷、桅杆、缆绳。仿佛他是在一本正经地确认自己是不是真的醒来了，回到了现实世界当中。两行滚滚的热泪流下了他清瘦苍白的脸颊。

"谢谢你们，"到了后来，他终于开口说道，"你们救了我，这是从……不过，我用不着再说那些了。现在，让我来知道你们是一些什么人吧。我是纳尼亚的台尔马尔人，在我还是一位贵族的时候，大家都叫我娄伯阁下。"

"那么，我，"凯斯普说，"我是凯斯普，我是纳尼亚的君王。我正是在远航，出来寻找你，寻找你的那些伙伴，你们都是我父亲的朋友。"

听到这些，娄伯阁下马上跪了下来，亲吻着君王的手。"陛下，"他感慨万千地说道，"你就是世界上我最想见到的人，赐给我一点儿慈悲吧。"

"为什么？"凯斯普问道。

"千万不要再把我带回那个地方去！"他说道，并惊恐万状地指着船的尾部，人们一齐朝那个地方望了过去。只是，人们看到的仅仅是那明丽的、蓝蓝的大海，明丽的、蓝蓝的天空，那座黑暗岛，还有那无边无沿的黑暗，已经永远地消失了。

"怎么，这是为什么？"娄伯阁下大声喊道，"你们已经完全彻底地把它毁灭了！"

"我想，应该不是我们。"露西说道。

"陛下，"查尼亚说道，"现在的风最适合向着东南方向航行。我们是不是让我们的可怜的老伙计重新振作起来，继续扬起风帆？然后，大家抽出空来，到吊床上去休息一下。"

"完全可以，"凯斯普说，"让我们喝起格落格酒吧。嗨，嗬。我决定，我早就已经该睡觉了，生物钟把我死死地缠住了。"

这样一来，整个午后都是在一片喜悦和轻松之中，黎明行者号凭借相当适合的风朝着东南方向航行。不过，信天翁到底是在什么时候离开的却没有人知道。

13. 三个沉睡的人

　　海上的风一直没有消失，只是变得相当温柔了。海浪也开始变得相当小，甚至还不如涟漪那么大了。就这样，黎明行者号一个小时接着一个小时在海面上轻轻地航行，就好像航行在平静的湖面上一样。每天晚上到来的时候，大家都能够看到从东方的天际升起的新的星座。像这样的星座，在纳尼亚是没有人见过的。也许就像露西在自己的心里认为的差不多，这样的星恐怕就是最有活力的眼睛也没有见到过。露西是带着愉悦和敬畏的心情来想这件事的。那些新星都相当大又相当明亮，这里的夜晚也非常温暖。这样一来，大多数的船员都睡在甲板上，他们往往一直谈到深夜，或者徘徊在船两边的甲板上，在这个地方看着船头犁开的海水卷起的浪花和泡沫在星空下跳跃着的闪闪的亮光。

　　这是一个令人惊奇的、非常迷人的黄昏。太阳在身后面下落，粉红色的、玫瑰色的晚霞在天空中伸展蔓延，世界仿佛变得更加宽广和辽阔。这个时候，在船右舷的前方出现了一片陆地的影子，并慢慢地变得越来越近了，黄昏里的霞光使这片新发现的土地中的海角和陆岬看上去仿佛燃烧在熊熊的大火之中。没过多久，黎明行者号就沿着这片陆地的海滩开始朝着前面航行。陆地上西面的海角在船的尾部高高升起，黑黝黝地对着后面的红彤彤的天空，仿佛是镶在天空上的一块巨大的硬纸板。接着，大家又看到了这块陆地的更加鲜明的景象。这个地方根本就没有什么特别大的山，有的仅仅是一些不太陡峭的小山。山上的那些相当缓的坡看上去和枕头差不太多。在这片陆地上，有一种特别诱人的香气扑面而来——露西说，这是一种"黯淡的、紫色的、皇族的相当高贵的味道"。埃德蒙说（这也是莱茵斯认为的），这是一种枯燥的、腐朽的、凋零的味道，而凯斯普则说："我完全明白你们所说的都是什么意思。"

他们航行在相当不错的水面上，行驶过了一个地方，又到另外的一个地方，希望能够找到一处更加理想的、水更深一点儿的泊船的地方。到了后来，他们只找到了一处相当开阔的、相当浅的海滩，不过，对于这个地方，大家还是相当满意的。尽管这个地方看上去相当平静，在海岸线上还时不时地有海浪拍打在岸边的沙滩上。不过，这个地方的海水的深度，依旧不能把黎明行者号带到他们期望的那么远的地方。黎明行者号在离海滩恰当的地方抛了锚。然后，人们从船上下水，划着小艇去登陆。尽管大家的身上已经淋上了一些水，但还是跌跌撞撞地上了岸。娄伯阁下依旧留在了黎明行者号上，因为他根本再也不希望看到海岛了。在他的心里，那个岛屿的撕心裂肺的声音一直响彻在耳边。

两个人留下来照看着小艇，凯斯普领着其他的人到岸上去。可是，他们不会走得太远。因为对于探险来说，天色显得有点儿太晚了，光亮很快就要消失。不过，这个地方也用不着走太远的路就会遇到相当惊险的一幕。海滩的前面是一处平坦的河谷，那个地方看上去没有道路，也没有车马的轨迹，更没有任何人居住的痕迹。他们的脚下是星罗棋布的、相当富有弹性的草。与此同时，还生长着一些相当低矮的灌木，埃德蒙和露西以为这些是石楠。尤斯塔斯对植物学是相当有研究的，他认为这些东西不是石楠。也许他说的是正确的吧，其实，这东西确实是和石楠相当近似的一种植物。

在大家走到了离海滩将近一箭之地的时候，查尼亚说道："快看！那是什么？"于是，每个人都收住了脚步。

"那是些相当大的树吗？"凯斯普说。

"好像是一些塔，我想是。"尤斯塔斯说。

"这可能是些巨人。"埃德蒙说，他把声音压得相当低。

"要想弄明白，就得到他们中间去仔细地看一看。"里佩直甫说着，拔出了他的剑，轻快地走到了其他人的前面去。

"我想，这个地方是一片废墟。"距离这些东西相当近的时候，露西说。到这个时候为止，她的这种猜测大概是最接近事实的了。实际上，他们现在看到的是一处相当开阔的长方形的空地。这里的地面是由一些光滑的石头铺成的，周围是一些灰白的柱子。不过，这儿没有屋顶。一张长长的石头桌子纵贯空地，桌子上铺着紫红色的鲜艳桌布，桌布几乎已经垂到了铺地的石头上面。桌子的另一边有几只石头椅子，其雕刻相当华贵，上面放着丝绸垫子。至于桌子的上面，是一餐精致漂亮的宴席，如此这样的宴席，是谁也不曾见过的。就连最高君王皮特在凯尔帕拉威尔款待他的宫廷官员们时，也没有见过如此这般的盛宴。桌子的上面放着的是火鸡、鹅、孔雀，还有一些雄野猪的头。在一些鹿肉的边上放着一些馅饼，馅饼的样子看上去像是那些扬帆起航的船，要么就是像龙或者大象。另外还有一些冰点布丁、闪闪发光的龙虾、玲珑剔透的鲑鱼，以及一些坚果、葡萄、菠萝、桃子、石榴、甜瓜、西红柿。桌子的上面还放着一些金质的和银质的细颈瓶，制作精细的玻璃杯。那些酒和水果的味道不断地朝着黎明行者号一行人飘逸过来。这样的情景多么像是一种非常幸福的郑重承诺。

"瞧！"露西说。

大家走得越来越近了，所有的人都是静悄悄的。

"这样丰盛的宴席，可是，客人在什么地方呢?"尤斯塔斯问道。

"我们可以做他们的客人陛下。"莱茵斯说。

"往这个地方看!"埃德蒙尖声地喊道。现在，大家实际上是来到了柱子之间，站在铺着石头的道上。所有的人都朝着埃德蒙指着的地方看去。这些椅子根本不是空的。在桌子的一头还有它的两边，确实有些东西——或者说，可能是三个东西。

"这些都是些什么东西呀?"露西小声问道，"他们看上去好像是三只坐在桌子上的海狸。"

"要么就是三个大鸟巢。"埃德蒙说。

"对于我来说，这看上去好像一个大干草垛。"凯斯普说。

里佩直甫跑到了前面去，跳在了椅子上，然后从椅子上跳到了桌子上，顺着桌子朝前跑去。他的足迹好似一条细线，像跳舞一样地轻盈。他就跳跃在那些珠光宝气的杯子、高高挑起的像金字塔一样的水果堆，还有那些和象牙一样白的盐碟之间。他一直跑到了桌子一头那一堆神秘的、灰蒙蒙的东西前。他在悄悄地看着，又轻轻地摸了一摸，然后喊道:

"这根本就没法进行战斗，我是在这样想。"

这个时候，大家一齐靠拢过来。他们发现，坐在三把椅子当中的竟然是三个人。当然，如若不是离得相当近的话，你根本就辨认不出来他们竟然就是人。他们的头发是灰白的，长得已经盖过了他们的眼睛，几乎把脸也全部遮盖了起来。长长的胡子已经伸到了桌子上，像攀缘植物一样地攀爬，缠住了那些盘子，缠住了那些高脚杯，甚至像荆棘一样缠成了篱笆。这些篱笆一丛丛一簇簇地伸展到了桌子边，又从桌子边伸展到了地面上。他们的头发从头上垂到了背后去，又从背后垂到了椅子上。这样一来，这些胡子和头发就把他们完全隐藏了起来。事实上，这三个人差不多就是一团相当大的毛发。

"他们已经死去了吗？"凯斯普说。

"我想还没有，陛下。"里佩直甫说着，撩起了那些毛发，用他的两只爪子举起了其中一个人的一只手，"这只手是温暖的，他的脉搏还在跳动。"

"这一只手也是这样，还有这一只。"查尼亚说。

"很有意思，难道他们只是在睡觉？"尤斯塔斯说。

"要是在睡觉的话，他们肯定已经睡了相当长的时间了。"埃德蒙说，"所以，他们的头发才长成了现在的这副样子。"

"这肯定是一种被施了魔法的睡眠，"露西说，"有一阵子，我差不多已经感觉到，这一次，我们正是登陆在一个充满了魔法的岛屿上。噢，你们以为，既然我们已经来到了这个地方，是不是可以为他们解除这些令人非常困惑的睡眠？"

"我们完全可以试上一试。"凯斯普说。于是，他开始动起手来，摇晃起这三个熟睡者中离他最近的一位。一开始，大家都以为他会获得成功，这是因为，这位先生的呼吸开始加重了，还在咕哝着："我不能够再继续往东方去。操起桨吧，朝着西方，去纳尼亚。"可是，很快，他又进入了梦境，比刚才睡得更加深沉了。他那沉重的脑袋又朝着桌子耷拉过去几英尺。任何人要把他弄醒的努力都是毫无用处的。至于第二个人嘛，也和第一个差不多完全一样。"不是命里注定，像动物一样地活着。到东方去，在那个地方，会有机会——太阳的后面，是陆地。"接着，又坠入了梦境。第三个人说得更简单，仅仅说了一句："芥子粉，请来一点儿。"睡得更香了。

"操起桨，去纳尼亚，是吧？"查尼亚问道。

"是的，是这样说的，"凯斯普说，"你说得没错儿，查尼亚。我是在想，我们的寻找和探险到了这个地方已经到了尽头，该结束了。让我们来看一看他们的指环吧。没错，这上面有他们的图案。这一位是莱威廉阁下，这一位是阿尔戛兹阁下，这一位嘛，马伍拉门阁下。"

"可是，我们根本没有办法弄醒他们，"露西说，"我们究竟该怎么办呢？"

"陛下，请多多谅解，"莱茵斯说，"趁着大家讨论的这个时候，为什么不尝一尝这些东西呢？像这样的晚餐，可不是每天都能够见到的呀。"

"不至于一辈子见不到吧！"凯斯普说。

"说得对，说得对，"有几个水手在迎合着说，"这个地方充满了魔法。我们应该回到船上去，越快越好。"

"依照现在的情况看，"里佩直甫说，"正是因为吃了这些东西，这三位贵族才在这个地方熟睡了七年。"

"我可不想吃这些东西来填饱我的肚子。"查尼亚说。

"这个地方的光线已经变得相当不寻常了，赶快。"拉依奈夫说。

"回到船上去，回到船上去吧。"一些人在低声地咕哝着。

"我真的认为，"埃德蒙说，"他们是正确的。我们完全可以明天来决定怎样对待这三位熟睡者。我们也不敢吃这些东西，更没有理由留在这个地方来过夜。这里到处都充满着魔法的气息——充满着危险。"

"君王埃德蒙的高见是完全正确的。"里佩直甫说，"尽管如此，这只是就一般的船员来说。不过，至于我嘛，我要坐在这张桌子的上面，直到明天早晨太阳升起来。"

"这到底是为什么呀？"尤斯塔斯说。

"这是因为，"那老鼠说道，"这是一个非常伟大的探险，而且对我来说并没有什么危险，任何危险都是微不足道的。同时，我也最清楚，在我回到纳尼亚之后，因为害怕或者是恐惧，把这个秘密留在了我的身后，这才是不得了的事情。"

"我会和你一起待在这个地方，里佩。"埃德蒙说。

"我也如此。"凯斯普说。

"还有我呢。"露西说。在这之后，尤斯塔斯也成为一名志愿者。这是他的一个非常勇敢的行动，这是因为，直到加盟黎明行者号之前，他从来也没有在书本中读到过类似这样的东西，甚至根本连听都没听说过。和其他人比起来，对于他来说，这应该是更加不同寻常的举动。

"我请求陛下——"查尼亚开口说。

"不用了，我的爱卿。"凯斯普说，"你的岗位是在船上，在我们五个空闲的时候，你已经忙碌一天了。"经过了一番激烈的辩论之后，凯斯普的意见还是被采纳了。其他船员在越来越黑的天色中启程返回岸边之后，留下来的五位观察家当中，除了里佩直甫，没人心中不觉得有些胆寒。

他们花费了点儿时间来选择在这张危机四伏的桌子边的座位。也许，黎明行者号一行中的每一个人都有一个共同的想法，不过，谁也没有大声地把自己的想法说出来。这是因为，留在这个地方真的是一项令人不愉快的任务，这是一种充满着危险的选择。事实上，道理真的是这样，一个人很难有胆量在一个深沉的晚上始终坐在那几个可怕的、毛烘烘家伙的身边。在一个人通常的感觉中，你根本弄不明白坐在石头桌子边的三位先生归根到底还能不能算是真的已经死去了，至少，按照常规中的一般的印象，他们也许不能算是真正地活着的。另一方面，假如你坐在离他们相当远的一边的话，随着夜晚变得越来越深沉，越来越黑暗，你会对他们看得越来越不清楚。这样一来，你就更是弄不明白他们是不是还可能会继续行动。也许过了后半夜的两点钟之后，你就根本看不见他们了——算了吧，根本不必去想他们了。于是，这几位观察家就开始围着这张桌子一圈一圈地闲逛了起来。一边闲逛着，他们还一边不停地在嘴里咕哝着："这个地方情况怎么样？"或者："也许坐得有一点儿远了吧。"要么就是："为什么不坐到这边来？"到了后来，他们终于在大约处于中间的位置安顿了下来。这个地方离这些熟睡者当然要比离另一头更近一些。这个时候，大约已经是十点钟了，天色已经变得相当黑暗。那些陌生的新星座已经出现在了东方的天际上。如果它们是纳尼亚天空中那些雄豹星座，或者是大船星座，或者是别的那些老朋友，露西会感到更加喜欢的。

大家裹着航海用的宽大的斗篷，静静地坐在那里，耐心地等待着。起初，他们试图谈点儿什么，可是，也没有谈得太多。于是，他们就这样地坐着，坐着……只有海浪拍打海岸的声音在一直伴随着他们。

几个钟头的时间过去了，却仿佛过了好几年。一会儿，大家突然变得非常清醒了，他们知道自己刚刚打了一个小盹。那些星星从他们最初的记忆中已经完全改变了它们原有的位置。

除了东方的那一片隐约的灰蒙蒙之外，天空几乎一片漆黑。现在这个时候，大家感觉到相当冷。每个人都有些渴，有些僵硬。不过，一直没有人开口说话，这是因为这个地方的情景终于还是发生了变化。

在他们的前面，那些柱子的那一边，有一处低矮的小山坡。现在，山边的一道门打开了，门口出现了一束光亮，一个人的身影从里面走了出来，门在那个人的身后关上了。这个影子拿着一盏灯，这盏灯其实是他们现在可以看到的最清楚的一件东西。这个人影走得相当慢。灯光越来越近了，越来越近了，最后竟然直截了当地走到了他们的面前，并且站在了桌子边。这样一来，黎明行者号的一行人可以清楚地看到，这是一位个头儿相当高的姑娘，她只穿着一件长长的、非常合身的蓝色外套，两只胳膊露在外面。她没有戴帽子，一头金黄色的头发垂到了她的背后去。大家在注视着她的时候，人们发现，在过去大概他们根本就不知道什么是美丽。

她手中拿着的光亮是一支蜡烛，装在一只银质的烛台之中。现在，她把那支蜡烛放在了桌子上。要是夜晚的早些时候，海上的风吹到这里来的话，现在那些海风已经完全消失了，否则这灯可能就会熄灭了。现在，这烛光一直相当明亮，笔直地挺立在那个地方。就仿佛这烛光一直在一间屋子的里面燃烧着，这间屋子的窗户是完全关上的，窗帘是拉起来的。桌子上的金质的和银质的杯子瓶子在烛光中闪闪地放着光芒。

这个时候，露西已经开始注意到，桌子上的一边有一件很长的东西放在那个地方。刚才这东西并没有引起她的足够注意。刀，这是一把刀，一把石头做成的刀。尽管这是一把石头做成的刀，但看上去竟然和钢刀一样锋利。在人们的印象中，这是一件相当可怕的、恐怖的、残忍的、古色古香的东西。

现在这个时候，还没有任何一个人首先开口说话。在这之后——第一个是里佩直甫，第二个是凯斯普——大家都一起站了起来。这是因为，每个人都感觉到这是一位非同寻常的女士。

"你们已经来到了阿斯兰的桌子边，来自遥远地方的旅行者们，"那位姑娘说，"可是，你们为什么不享用这些东西呢？"

"夫人，"凯斯普说，"我们是在担心这些食物。因为我们认为，这些东西已经使我们的朋友陷入了无比着魔的沉睡之中。"

"他们根本就没有品尝这些东西。"那位姑娘说。

"请问，"露西说，"他们到底是怎么回事呢？"

"七年以前，"这位姑娘说，"他们乘着一条船来到了这个地方，船帆已经成了一块一块的破布，船的骨架木已经开始分裂垮掉。和他们一起来到这个地方的还有另外一些人，他们是一些水手。当他们来到这张桌子边的时候，其中有一个人说：

'这是一个相当不错的地方。让我们不要再继续做那些扬帆收帆、划桨收桨的事情了。我们需要的只是坐在这个地方，在平静中继续我们剩余的时光。'第二位说道：'不，让我们重新上船，扬帆去纳尼亚，去西方，也许，马尔扎兹已经死了。'不过，第三个人，他是一个傲慢、专横的人，跳了起来，说道：'不，苍天在上，见鬼去吧。我们都是堂堂正正的男子汉，是台尔马尔人，不是下流坯子，不是畜生。我们究竟应该干些什么，难道我们不应该去寻找，去探险，一个接着一个地探险？无论什么样的结局，我们剩下的时光已经不多了。让我们把剩下的时间去用于探索太阳升起的后面那个无人居住的世界。'在他们进行激烈的争论之后，他突然抓起了那把放在桌子上的石头刀，准备和他的同伙们格斗。去碰那把石头刀，对于他们来说真是非常不幸。就在他的手接触到刀柄的时候，无比深沉的昏睡轰然之间就降落在他们三个人的头上。这样一来，他们一直在昏睡，魔法不解除，他们将会永远地昏睡下去，永远也不会醒来。"

"这把石头刀是怎么回事呢？"尤斯塔斯问道。

"你们当中谁也不知道它吗？"那位姑娘说。

"我——我想，"露西说，"我以前好像见过和这差不多的东西。那是在很久以前。这把石头刀就放在那个石头桌子边。无血女巫，在那个石头桌上杀害阿斯兰，用的和这东西非常相像。"

"正是同一把，"那姑娘说，"它被带到这个地方来，是为了能够在世界终结的时候作为一个纪念。"

在最后的这几分钟里，埃德蒙看上去越来越不舒服了。现在，他开始开口说话了。

"大家瞧，"他说，"我希望，我不应该是一个胆小鬼——我说的是吃这些东西。我的意思是——我不想让你认为我是粗鲁的，或者是无礼的。在我们这一次的航海探险中，我们已经遇到了各种各样的、古古怪怪的事情，并且许多事情不是像表面上看上去的那个样子。可是，还没有遇到你说的这种事情。在我看着你脸的时候，我不可避免地要相信你说的话——可是，这也正是一个迷人的女子，给人造成的一种不可抗拒的错觉。我要说的是，我们怎样才能够知道你是朋友呢？"

"你是根本不会知道的，"那姑娘说，"你只能是相信——要么是不相信。"

片刻静止之后，人们听到了里佩直甫的相当小的声音。

"陛下，"他对凯斯普说，"承蒙您的好意，劳您大驾，请从那只细颈瓶中倒酒，斟满我的酒杯。这只瓶子对于我来说实在是有点太重了，我举不起来它。我要用这只杯子，为这位尊贵的夫人干杯。"

凯斯普答应了，为里佩直甫的杯子斟上酒。这只老鼠站在桌子的上面，用他的两只相当小的爪子捧着那只金质的杯子，说："夫人，我向你敬酒。"然后，吃起了凉盘中的孔雀。没有多大工夫，所有的人都照着他的样子做了起来。现在，纳尼亚一行中的每一个人都已经非常饥饿，就是这样，大家迅速享用起了大餐。这不是那种大家最需要的、相当早的早餐，这是货真价实的非常晚的晚餐。

"这桌子为什么被叫作阿斯兰的桌子？"露西很快问道。

"阿斯兰的桌子被放到这个地方，是依照他自己本人的命令。"那姑娘说，"人们到达这个地方来已经是相当遥远了，这张桌子就是专门为那些来自远方的人准备的。人们都把这座岛屿叫作世界尽头。尽管你们还依旧可以继续朝着前面向远方航行，可是这个地方却是世界尽头的开端。"

"那么，这些吃的东西，该怎么才能保留下来呢？"尤斯塔斯似乎相当有见识地问道。

"每天都要把它吃掉，每天都要换一次新的，"那姑娘说，"这你会明白的。"

"对这几位熟睡者，我们到夜间该怎么办呢？"凯斯普问道，"在我们的这些朋友来的那个世界里（说到这个地方的时候，他对着尤斯塔斯和帕文西的兄妹点了点头），流传着一个故事。一个王子或君王来到了一座城堡，里面所有的人都因为魔法而沉睡不醒。在这个故事中，王子要吻了那位公主才能解除魔法。”

“不过，在这个地方，”那姑娘说，“情况就完全不一样了。只要他不解除这沉睡的魔法，就不可能吻那位公主。”

“可是，”凯斯普说，“依照阿斯兰的名义，请告诉我，怎样才能很快来做好这件事情呢。”

“我的父亲会教给你的。”那姑娘说。

“你父亲！”大家说，“他是谁？他在什么地方？”

“看。”那姑娘说，转过身来，指着山边上的那道门。现在，大家轻而易举地就看到了那道门，这是因为在他们交谈的时候，那些星星已经开始变得暗淡，一大片白色亮光出现在了灰蒙蒙的东方的天空中。

14. 世界尽头的开端

那道门慢慢地打开了，一个人影从门的里面走了出来。人影的个头儿和那姑娘一样地高，不过，他的体形不像那位姑娘那样苗条。这个人没有拿着灯，尽管如此，仿佛有些光正在从他的身边散发出来。在这个人走得离这里足够近的时候，露西看到，他好像是一位老人。他生着一大把银白色的胡须，这胡须长得相当长，已经垂到了他赤着的脚的脚背上。他生着一头银白色的头发，这些头发从他的背后垂下去，一直垂到了他的脚后跟上。他身穿一件袍子，也是银白色的。这件袍子是用银白色的、柔软的羊毛编织出来的。这位老人给人的印象相当温和、庄重、平易近人、和蔼可亲，这样的感觉使得这些旅行者肃然起敬，大家不得不又一次站起身来，静静地站在那个地方以示尊重。

可是，老人并没有对这些旅行者说些什么，只是不动声色地站在了桌子的另一边，这个位置刚好和他的女儿相对。然后，他们两个人把双臂举到了面前，转过身来面对着东方。就这样，他们站在那里，开始放声歌唱。我真的希望能把这首歌写下来，可令人遗憾的是，没有哪一个人能够把它们马上牢牢地记在心中。露西后来回忆说，那歌声音调高亢，非常尖厉，甚至有些刺耳，不过，那确实是一支非常优美的、相当动听的歌。"那还是一种非常清爽的歌，是清晨的早些时候的那一种。"在他们唱歌的时候，东方天际的云开始渐渐地向上升腾，天色开始变得斑斓陆离。星星点点的白色开始越来越大，越来越大，一直变得完全白了。苍茫的大海开始闪烁着银色的光。相当长的一段时间以后（父女俩的歌声，一直在唱着），东方开始泛起了红色。到了后来，云彩已经变得无影无踪，太阳从大海中隆重地升了起来。它那长长的、平平的光芒射到了整个桌子上，射到了那些金器、银器还有那把石头刀上。

在过去的时候，这些纳尼亚人曾经有过那么一两次，非常纳闷，为什么现在这个海面上升起来的太阳，看上去不如家里看到的那么大。这一次，他们完全可以确定，他们根本就没有错过任何一个可以仔细分辨的机会。太阳放射出的光芒照射在露珠上，照射在桌子上，比他们曾经见到过的任何的一个早晨的阳光都显得遥远。正如埃德蒙后来说的："尽管在旅途中我们遇到了数也数不清的、相当有趣的事情，不过，这个太阳出升的时刻才真的是最激动人心的。"这是因为，到这个时候，他们差不多已经非常清楚，大家是真的来到了世界尽头的开端。

接着，在太阳升起的中心地带，看上去有什么东西正在朝着他们飞了过来。当然了，在像这样的方向，直接对着太阳，没有哪一个人能够看清楚那到底是些什么。顷刻之间，空气中充满了声音——这声音，远远地高于那位夫人和她的父亲正在唱着歌的声音。不过，这种声音和歌声是一种相当默契、天衣无缝的应和交响。尽管如此，这种声音中的言语没人能够听懂。可是，关系不大，并没有用多长的时间，这声音大家就已经完全清楚了是什么。一些白色的鸟儿，一些相当大的鸟儿发出来的声音。它们都是一尘不染、地地道道的白色。这些鸟儿成百上千，落得到处都是。它们落在了草地上，落在了铺路石上，落在了桌子上，落在了你的肩头，落在了你的手上。到了后来，看上去仿佛就像下了一场鹅毛大雪一样，正在连绵不断地徐徐降落。说这些鸟儿像雪是因为这些鸟儿不仅使得到处变得一片洁白，而且还使得到处变得朦朦胧胧，此时此刻的天地万物，眼睛几乎已经看不清楚。不过，从正在她头上飞翔着的鸟儿的翅膀的缝隙中，露西看到鸟儿群中有一只鸟儿正在朝着那位老人飞了过去。鸟儿的尖尖的嘴中衔着一个东西，这东西像是一颗小小的水果，还像是一颗正在燃烧着的火炭。这东西相当相当明亮，你的眼睛根本就不敢去看。鸟儿把它衔着的这个东西放在了老人的口中。

在这之后，那些鸟儿不再继续歌唱了，开始在这长桌子边忙碌了起来。在这些鸟儿重新在桌子上起飞的时候，原来放在桌子上的那些东西，什么吃的、喝的，已经被一扫而光，变得无影无踪了。一餐之后，升起的鸟群又重新开始变得成百上千，铺天盖地，接天连宇。这些鸟儿带走了那些不能吃，也不能喝的东西，像那些骨架了，什么东西的皮和壳了。现在，因为这些鸟儿不再歌唱了，所以，它们的翅膀鼓起了呼啦呼啦作响的风，这些风仿佛使得整个世界都已经开始动荡了起来。桌子的上面已经被收拾得干干净净，这个时候看上去也显得有些空空荡荡。纳尼亚的三位老贵族依旧静静地坐在那里，睡得相当深沉。

这个时候，这位老人终于转过身来，对这些旅行者表示欢迎。

"先生，"凯斯普说，"你能够告诉我们怎样才能够把这三位一直昏睡之中的纳尼亚贵族从魔法中解脱出来吗？"

"我非常愿意把这些告诉给你们，我的孩子，"那位老人说，"要想把这个魔法解开，你们必须朝着东方继续航行，到达世界的尽头，或者是尽你们最大的努力航行到世界尽头处，越近越好。不过，你们必须返回来，同时留下你们当中至少一个人在那个地方。"

"留在那个地方的那个人到底会怎么样呢?"里佩直甫问道。

"他必须一往无前,彻底进入东方,永远不会重新返回这个世界。"

"这正是我最渴望的。"里佩直甫说。

"现在,我们距离世界的尽头是不是已经相当近了,先生?"凯斯普问道,"你了解比这个地方更远的东方吗?那里的大海和陆地的情况怎么样?"

"那是在很久很久以前,我曾经见到过它们,"那位老人说,"不过,那仅仅是在相当遥远的高空。一个航海家想知道的东西,我还没有办法完全告诉给你。"

"你的意思是说,你曾经飞翔在空中?"尤斯塔斯不假思索地说。

"我确实是在空中,和大地的距离实在是太遥远了。我的孩子。"那位老人解释说,"我是拉门杜。我看你们相互注视的目光,你们根本没听说过这个名字。毫不奇怪,终止我的星辰生涯的那一天离现在已经相当久远。那个时候,你们当中的任何一个人都还没有出生,更不要说懂事了。现在,所有的星座早就已经发生了相当大的改变。"

"我的天哪,"埃德蒙屏住了呼吸说,"他竟然是一颗退了位的星。"

"你还能重新成为一颗星吗?"露西问道。

"我是一颗正在休眠的星,我的孩子,"拉门杜回答说,"在我最后一次就位的时候,我就已经是一个老朽了,老得你们根本就无法计算了。于是,我被带到了这座岛上了。现在,我和那个时候比起来已经不是那么老了。每天早晨,那只鸟儿从太阳升起的峡谷里为我送来一颗燃烧的浆果,每一颗燃烧的浆果都会从我的身上带走一些我老去的岁月,每一颗燃烧的浆果都会使我变得年轻一些,当我年轻得像昨天刚刚出生的孩子一样的时候,我就又要开始升空了(这是因为,我们是在大地东方的边缘),重新活跃在宇宙的大舞台上。"

"在我们的世界上,"尤斯塔斯说,"一颗星实际上是一颗巨大的发光的气体球。"

"即使是在你们的世界,我的孩子,那也不是真正的星,那只不过是他的构成。在这个世界里,在这之前,你们已经见到过一颗星,我是在想,你们曾经和考拉肯相遇过。"

"他也是一颗休眠的星吗?"露西问道。

"嗯,情况不是完全一样,"拉门杜说,"他不能完全算是一颗休眠的星,他是被派到这个地方来管理那些愚人的。你们可以把那叫作一种处罚。要是一切顺利的话,他可能会在南方冬日的天空中闪烁成千上万年。"

"他到底都干了些什么不恰当的事情呢?"凯斯普问道。

250

"我的孩子，"拉门杜说，"这对你来说完全没有必要，亚当的儿子。想知道一颗星的过错可能本身就是一种过错。好了，谈到这些东西难免有些离题，太浪费时间了。你是不是还打算解救他这三位呢？你们是要朝着东方继续航行，到更远的地方，然后再返回来，同时留下一个人在那个地方不再返回，解开这个沉睡不幸的魔法？还是打道回府，朝着西方航行？"

　　"完全可以确定，先生，"里佩直甫说，"这难道还能成为一个问题吗？这是非常清楚的，继续我们的探索，把这三位贵族从魔法中解救出来。这是我们远航计划的一个重要组成部分。"

　　"我也是在这样想，里佩直甫，"凯斯普说，"要是不能够这样的话，假如我们不驾驭黎明行者号去接近世界的尽头，我的心就会破碎的。可是，我不得不为这些船员考虑。在黎明行者号起航之前，我们已经对他们作出过承诺，我们的远航是寻找这七位贵族，不是要到大地的边缘，远航到天涯海角。要是我们从这个地方开始继续朝着东方航行，我们就会发现大地的边缘或者是大地的尽头，这也完全是朝着东方的最远的地方。没有人知道那个地方究竟有多远。船员们都是些相当勇敢的伙伴，可是，我已经察觉到，有迹象表明，他们当中有一些人已经厌倦了航海，渴望我们调转船头，重新朝向西方，进入纳尼亚。我的意思是，我真是不想在他们不了解情况和没有同意的情况下就把他们带到远方去。另外，还有那个可怜的贵族，娄伯阁下。他是一个相当不幸的人。"

"我的孩子，"那颗星说，"尽管你已经作出了承诺，不过，你带领的人，在他们不情愿或者说是在被欺骗的情况下航行到世界的尽头，对于破除魔法，解救你沉睡中的朋友，一点儿作用都不会有。这样做根本不行。这是一件非同小可的事情。他们必须知道要到什么地方去，为什么要到那个地方去。不过，你说的那个不幸的万念俱灰的人是什么人？"

凯斯普把娄伯阁下的故事，讲给了拉门杜。

"我可以给他最需要的东西。"拉门杜说，"在这座岛上，睡觉是没有限制的，也可以说是没有尺度的。据说，在这种甜美酣畅的梦境中，连最轻微的脚步声也根本不会听到。你们可以让他过来，坐到这三位先生的身边，喝上个一醉方休。这样一来，他就完全可以忘掉所有的苦恼和悲伤，长醉不醒。直到你们重新返回。"

"嗯，就让我们这么办吧，凯斯普，"露西说，"我肯定，这正是他所喜欢的。"

正在这个时候，一些脚步声和说话声打断了他们的谈话：查尼亚和原来留在船上的那些人朝着他们走来了。在看见拉门杜和他女儿的时候，他们都惊讶得情不自禁地收住了脚步，相当明显，在他们的心目中，这两个人是真正地非同凡响的，所有的人都把帽子摘了下来以示敬意。另外一些水手看到放在桌子上的空空的杯子、盘子，还有那些细颈瓶，眼睛中流露出了一种遗憾和抱怨的目光。

"我的爱卿，"君王对查尼亚说，"请派两个人回到黎明行者号，给贵族娄伯阁下报个信。告诉他，他的最后的那些船上伙伴都在这个地方睡觉——这个地方的睡眠是没有梦的——他可以到这里来，共享这样的快乐。"

在这件事情办完了以后，凯斯普请其余的人一起坐了下来，把目前整个的形势摆在了大家的面前。他说完了之后，出现了相当长时间的沉寂，一些人在小声地说话。到了后来，前桨手的头儿站起身来，说：

"好长时间了，我们当中的一些人想要知道的就是：陛下，我们调过头来怎样回家。我们是不是在这个地方转过头来，或者是到别的什么地方去调头。一路上，除了偶然的一些风平浪静的情况外，始终是西风或者是西北风。如果这种情况不改变的话，一直就是这样的风向，那么，我们非常想知道，重新看到纳尼亚的希望是在什么地方。一路上，我们要一直划下去，而且能够得到补给的机会也是不多的。"

"这完全是一种陆地上人的说法，"查尼亚说，"这些海域，在夏季的晚些时候西风自始至终总是占优势，在新年之后情况也总是发生变化。朝着西方航行，我们有些相当理想的风——

这远比我们想象的要好得多。"

"这是真的，一点儿都不错，船长，"一位老水手说，他出生在戛尔马，"从东方产生的恶劣天气是在一月和二月份。尊贵的阁下，请勿见怪，恕我直言，要是我在指挥着这条船的话，依照这种船的情况来看，我认为我们可以到这个地方来越冬，在三月份开始启航回家。"

"在这个地方过冬该吃些什么呀？"尤斯塔斯说。

"就靠这张桌子，"拉门杜说，"每天太阳落山以后，这张桌子的上面就会装满最好的宴席。"

"这可是你说的，听起来相当不错！"好几个水手说。

"陛下，先生们，女士们，"拉依奈夫说，"这正是我要说的一件事。在这次旅行中，我们所有的伙计，没有哪一个是被迫的。大家都是志愿者，每个人都是自告奋勇来到这里。现在有一些人正在目不转睛地盯着这张桌子，心里在想着令人垂涎的美味佳肴。正是这些人，当初在凯尔帕拉威尔扬帆启程的时候，对探险活动调门唱得最高，发誓不找到世界的尽头绝不回家。那个时候还有一些人正站在码头上，看当时的情形，宁愿舍弃自己的一切也要跟着我们过来。那个时候能在黎明行者号上弄到一个男服务员的位置也被看作是非常荣耀的事情，甚至把它看得胜过扎上骑士的绶带。我还不知道，你们是不是明白了我说的是怎么一回事了。我的意思就是，我是在想，我们的一些伙计所说出来的、所表现出来的就和那些独脚愚人一样的愚蠢——难道，在我们回到家里的时候，我们就说，我们已经到了世界尽头的开端，却没有心思到更远的地方去了？"

一些水手在为他说的话欢呼，一些水手却说怎样怎样才是最好的。

"这本来不应该成为一个玩笑，"埃德蒙小声地对凯斯普说，"要是有一半的水手犹豫不前，那么，我们该怎么办？"

"等一下，"凯斯普也在小声地回答说，"我还有一张牌要打。"

"你还有什么想说的吗，里佩？"露西在悄悄地说。

"嗯，除了陛下期望的，我还能说什么呢？"里佩直甫回答说，他的声音相当高，差不多所有的人都能听得到，"我自己的个人计划早就已经制定完毕。只要我可以，我就跟着黎明行者号扬帆东方。要是它抛弃了我，我就划起我的轻便小舟，继续冲着东方进发。要是我的轻便小舟沉没了，我就靠着我的四只爪子游泳，继续朝着东方前进。在我不能游泳的时候，我没有办法到达阿斯兰的领地，或者是没有越过世界尽头的某个巨大的瀑布，我会沉到水中把我的鼻子朝向太阳升起的地方。皮佩奇克将成为纳尼亚的会说话老鼠的首领。"

"听听，听听，"一位水手说，"我也是这么说，除了那只轻便小舟。那个东西可没法把我送走。"他又小声地加上了一句："我可是没有办法能够超越一只老鼠。"

说到这个地方的时候，凯斯普突然跳起脚来。"朋友们，我想，你们还没有完全理解我们的决心。你们所说的，听起来就好像我们的帽子托在我们的手中，乞求各位船员帮我们戴上。事实上并不是这么回事。我们，还有我们皇家的兄弟和姐妹，还有他们的亲属，里佩直甫先生，一位相当出色的骑士，还有贵族查尼亚，我们有一个共同的职责，就是必须到达世界的尽头。我们非常愿意在你们这些志愿参加航海的人当中，选拔我们认为更加适合参与高贵风险的人才。同时，我们根本没有说，任何人都可以请求参与。正因为如此，现在，我将命令贵族查尼亚、船长莱茵斯来仔细斟酌，你们当中的哪些人善于战斗、精于航海、血统纯正，对我们的人最忠诚，并且一生清白，彬彬有礼。把这些人的名字放到一览表中，交给我们。"他停顿了一下，然后用相当快的话语说，"阿斯兰是不可战胜的！难道你们以为，享受见到事情的结局，像唱一首歌那么容易吗？所以，所有追随我们的人，他们的后裔，都将获得黎明行者号的荣誉，在我们返回家乡的航行中，到达凯尔帕拉威尔的时候，你们得到的将不是金子就是土地，足够终生的荣华富贵。好了——大家在岛上随便活动。我将在半个钟头之内确认，查尼亚给我的这些人的名字。"

这个时候出现了一段相当羞怯和令人难为情的沉寂，所有的船员都鞠了一个躬，耷拉着脑袋走开了。一些人走到了这个地方来，一些人走到了那个地方去，不过，都是三个一串两个一伙，相互商量着。

"好了，该轮到贵族娄伯阁下了。"凯斯普说。

在凯斯普转身到桌子一头的时候，他看到娄伯阁下已经坐在了那个地方。他静悄悄地一声不响地来到了这个地方。这个时候，大家的讨论正在继续进行之中，所以，没有人注意到他，现在，他已经坐在了贵族阿尔戛兹阁下的身边。拉门杜的女儿就站在他的身旁，好像她刚刚帮助他坐到了他的椅子里面去。拉门杜站在他的身后，把两只手放在了娄伯阁下灰白的头上。尽管是在白天的阳光之下，依旧可以看见从这曾经是一颗星的老人的手中发出了暗淡的、银白色的光。娄伯阁下憔悴的脸上露出了微微的笑意。他伸出手来，一只拉住了露西，另一只拉住了凯斯普。在一段时间里，他好像要说一点儿什么。在这之后，他的笑意显得更加明亮，仿佛他体会到了一种非常愉悦的情境，他的嘴唇中发出了一种令人满足的叹息。他的头朝前垂了下去，进入了梦乡。

"可怜的娄伯阁下，"露西说，"我真高兴，他过去肯定度过了一段非常可怕的时光。"

"让我们千万不要再去想过去的那些事情。"尤斯塔斯说。

在凯斯普讲话的时候，这座岛上的无形的魔法在悄悄地为实现他的意图帮着忙。许多曾经试图从这次航行中退出去的人得到了相当不一样的感觉。他们觉得，退出这次航行是他们的一个相当大的遗憾。这样一来，无论什么时候，只要有一个水手宣布放弃了他原来打算回家的想法，请求允许去远航，和他有同样想法但还没有说出来的人就会觉得或多或少地有点儿不大舒服，觉得自己也应该马上说出自己也有这样的请求。于是，在半个钟点的时间还没有过去之前的好一段时光里，就有相当多的人积极主动地向查尼亚和莱茵斯"谄媚"（至少，在我的学校里，人们对这种行为是这样称呼的），不停地向他们报告好消息，希望自己能够得到一个不错的评价。相当快，差不多到了最后，准备留下来并试图说服别人不要去远航的只有三个人了，而这三个人想说服别的人留下来是相当难办到的。紧接着，这三个人当中只有一个人希望能够继续留下来。到了最后，这个人也害怕自己一个人孤单单地留下来，于是也改变了自己的想法。

在半个钟头的时限到达以后，所有的人都成群结队地重新回到了阿斯兰桌子的这一边。查尼亚和莱茵斯也过来和凯斯普坐在了一起。这个时候，凯斯普已经认可了大多数的人朝着东方去远航。不过，最后改变主意的这个人没有被接受，他的名字叫作皮脱格力姆。到了后来，在人们远航去寻找世界尽头的时候，他一直留在了星岛上，不过，他的心里一直在盼望着能够和其他的人一起去东方扬帆远航。他不是那种非常喜欢和拉门杜还有拉门杜的女儿谈话的人（不是人家不愿意和他谈话）。那些日子，雨一直下得相当大。尽管每天晚上这个桌子上都有相当不错的宴席，可他对这些似乎也没什么大兴趣。他说，他只是愿意悄悄地、单独地（无论是不是有雨）和睡在桌子那一头的四位贵族坐在一起。这样一来，尽管风雨无阻，却不能不让人感到毛骨悚然，不寒而栗。在别的人从世界的尽头返回来以后，他感到自己孤苦伶仃，已经被人们抛弃，非常孤立。黎明行者号返回家里的航行中，在孤独岛，他悄悄地溜走了，到卡罗尔门去继续他个人的生活。在那个地方，他滔滔不绝地向人们讲述在世界尽头的所见所闻，真是滔滔不绝，如痴如醉，妙不可言。到了后来，至少他自己已经完全相信了他自己所讲述的这些事情的真实性。你可能会说，凭着感觉，他后来的日子肯定过得相当不错。不过，他可是绝对不能容忍老鼠。

这天晚上，大家就坐在柱子间的大桌子边，一起吃一起喝，这个地方的盛宴又神奇地重新换上了新的。第二天早晨，黎明行者号又开始重新起航。他们起航的时刻正是在那些大鸟飞过来又飞回去的时候。

"姑娘，"凯斯普说，"在我把这些魔法解开的时候，我希望我们之间还能够有机会进行交谈。"拉门杜的女儿望着他微笑了。

15. 最后一片大海的壮观

　　黎明行者号离开了拉门杜的土地，重新开始起航。过了不久，大家很快就感觉到，他们是在朝着世界的尽头航行。一切的一切都发生了相当大的变化。一件事情是，大家发现，他们只需要很少的睡眠，所以，根本不需要到床上去。在前往世界尽头的航行中，也根本不需要吃太多的东西。除了用相当低的声音悄悄说话之外，你几乎不需要进行任何交谈。另一件事情就是阳光。这个地方的阳光真是太充足了。太阳每天早晨出来的时候看上去要比平常大两倍，差不多是三倍。每天早晨（这使得露西有一种特别惊奇的感觉）那些巨大的白色的鸟儿，用人的声音以任何一个人也听不懂的语言在歌唱，优美动听的旋律像溪水一样在他们的头上掠过，然后，在船尾消失，到阿斯兰的桌子上去用他们的早餐。一会儿之后，它们又飞回去，消失在了东方。

"多么美丽清澈的水呀！"露西在对自己自言自语。这是在第二天下午的早些时候，她在船的舷窗口边把身子朝外面探了出去。

　　事情真是非常有趣。露西最早发现的是一个不太大的黑乎乎的东西，大概和一只鞋子的尺寸差不多吧，在以和这艘船一样的速度行进着。有一段时间，她以为是什么东西在海面上漂浮着。可是，就是这个时候，不知什么人从船上厨房中抛出来一块不怎么新鲜的面包，这块面包看上去仿佛要和那黑乎乎的东西撞在一起，可是它们却没有撞上。那块面包从这黑东西的上面漂走了。这个时候，露西开始想到，那黑乎乎的东西根本不是在海面上。突然间，那黑乎乎的东西变得相当大起来了，可是，一眨眼之间，它又回到了它原来的尺寸。

　　这个时候，露西以为，她现在所见到的这个东西就仿佛和在另外的什么地方见到过的那种情境差不多一模一样——要是她能够想起来那个另外的地方是什么地方就好了。露西把手举到了头上去，抚摸着自己的脸，又把舌头伸了出来，帮助自己努力地去想。到了后来，她终于还是想起来了，肯定没错，就是这样！这种情形正是你在一个阳光明亮的日子里坐在火车上所看到的那种情形。在那个时候，你会看到你自己坐在那个地方的黑乎乎的影子，以和火车一样的速度在田野上飞快奔跑。有的时候，你的这个影子竟然被剪断了，一会儿又重新出现了；一会儿，这影子沿着路边绿绿的草滩，向前奔跑，不断地闪烁着，变得越来越大，仿佛正在朝着你扑了过来；一会儿，又从这片草滩上退了下去——闪回到了原来的那个地方——又一次变得和原来一样大，黑乎乎的，沿着原野和火车一块奔跑。

"原来这是我们这条船的影子——黎明行者号的影子，"露西说，"是船的影子在海底跟着我们，和我们一起向前奔跑。影子变大，是这条船正在从海底的一座小山上走过。实际上，这个地方的海远比想象得要清澈得多！这简直太好了，肯定是已经看到海底了，这海底实际上是在下面老远老远的地方。"

说完了这些，她就意识到，刚刚见到的那些面积相当大的、银白色的、茫茫一片的东西（她并没有注意到）其实是沙子，这些沙子静静地铺陈在海床的上面。那些斑斓陆离的一片暗、一片明的东西，并不是落在海面上的光和影，而是海底下一样一样的实实在在的物体。眼前，她见到的正是一个典型的例证。黎明行者号现在正在从上面掠过去的，是一堆松柔的、略带微紫的绿色的东西。这一堆东西的中间是一些实实在在的灰白的、蜿蜒条状的东西。不过，她现在已经知道，它们是海底的东西，并且已经看得相当清楚。露西心里明白，那些颜色相当暗的，相当坚挺的，比其他东西要高的，是一些浪一样涌动着的景物。"这就像那些在风中摇曳的树一样，"露西说，

"我一点儿都不会弄错它们是什么东西。它们正是由那些海底植物组成的海底森林。"

现在，黎明行者号正在海底森林的上方。航行没过多久，那条灰白色的条纹就汇合到了另一条灰白色条纹中。"我是不是能够到达那个地方呢，"露西在自己的心里想，"那个灰白色条纹就像一条道路，这条路正在穿过森林。那个两条波纹汇合的地方就是十字路口。噢，我真希望它们实际上就是这个样子。哎！那片森林，已经到了它们的尽头了。我完全可以非常肯定地说，那条灰白的条纹就是道路了。我完全可以看见它一直穿过那片开阔的沙地，这是一些很不相同的颜色。在临界的地带，有什么东西能够把它们标记出来了——那是由一些点连成的线。也许那些东西是些石头。现在，黎明行者号正在经过的这个地方已经开始变得更加开阔了。"

其实，下面的景象并不是真的变得更加开阔起来了，而是船离它们更近了。露西之所以这样认为，是因为那条船的影子冲过去的路正在朝着她扑面而来。那条路——现在，她真的认为它是路——已经开始变得蜿蜿蜒蜒、曲曲折折。相当明显，这条路延伸到了一座相当陡峭的小山上。露西从舷窗中探出自己的脑袋望去后面时，那情形就和你站在山顶上看着下面的路几乎完全一模一样。她甚至看到了明丽的阳光落下去，穿过了深深的海水，落到了海底森林中枝繁叶茂的峡谷上面——在那些相当遥远的地方，所有的东西都已经变得像融化了一样，汇合到了那种朦朦胧胧、时隐时现、扑朔迷离的相当模糊的绿色中。不过，有些地方——那些洒满阳光的地方，露西以为——那是真正的海的蓝色。

不管怎么说，露西不会把大量的时间用于朝着后面看，因为黎明行者号的前方已经进入了更加迷人的景色之中。刚才出现的那条路，现在已经抵达了那座小山的顶峰，依然在一直朝着前面延伸。一些相当小的斑斑点点的东西在这条路上来来回回、往往复复的运动着。现在，不知是什么东西，更是有趣极了。它非常幸运地充满了阳光——在它下沉到深深的海水之中的时候，它的身上能发出多少光就发出多少光——不过，它在人们的视线之中仅仅是一刹那。那东西是一些圆圆的丘一样的，还有些高低错落，像锯齿一样，它们的颜色和珍珠一样，或许也可以说是象牙色的。露西差不多是直接从这东西的头上掠过的。最初，她几乎还辨认不出到底是什么东西。不过，在露西仔细观察这些东西的影子的时候，这些东西就变得清楚了。阳光穿过露西的肩头落下去，这样一来，那些东西的影子就在它自己的后面伸展到了那些沙子上。凭着这些东西的影子的形状，露西已经把它们看得十分清楚了。这些东西是些塔，尖尖的塔，还有圆柱形的塔。

"天呀！这是一座城市，要么就是一座巨大的城堡，"露西自言自语，"可是，为什么他们把它建在高山的顶上呢?"

在露西回到英格兰很久以后，她曾经和埃德蒙谈到了他们的探险活动，并探讨了这个问题。我真的认为，他们所找出的这个原因是对的。在大海中，要是你能够到达相当深的地方去的话，那个地方会相当黑暗又非常寒冷，海的下面，越深的地方越黑暗，越深的地方越寒冷。在又黑暗又寒冷的地方，还有许多充满危险的生灵，它们就生活在那个地方——乌贼、海蛇，还有海怪。那个地方的峡谷异常荒凉，充满深不可测的险恶，完全是一些不利于居住的地方。那些海人看待峡谷就好像我们看待崇山峻岭，他们看待崇山峻岭就像我们看待峡谷。在他们的最高的地方（或者，用我们的话说，是海中"最浅的地方"），这个地方比较温暖，也比较平静。那些海中的义无反顾的猎人，还有那些勇猛在前的骑士，都要到大海深处去拼搏，去冒险，去猎奇，然后再重新返到最高处，回到自己的家中来休息。这些海人会在这个地方静一静心，相互之间礼尚往来，召开会议，开展体育运动，举行派对，跳舞，唱歌。

这个时候，他们的船已经从那座海中城市的上方通过。在这个过程中，海床一直在继续往上升，到了现在这个时候，在船的下面大概只有几百英尺深的海水了。刚才见到的那条路，现在已经消失了。此时此刻，黎明行者号正航行在一片相当开阔的仿佛公园一样的地区。在这个地方，星星点点地生长着一些小小的颜色相当鲜亮的果树之类的植物。就在这个时候，由于兴奋，露西几乎大声地尖叫起来——她已经看到了真正的海中的人！

他们有十五人到二十人，每个人都骑在一匹海马上——这种海马不是我们在博物馆里面看到的那种相当小的海马，这种海马可比那种海马大多了。露西以为，现在她看到的这些人肯定都是皇室，要么就是贵族。这是因为她可以非常清楚地看见一些人的前额上装扮着一些漂亮的金饰，这些金饰在阳光的照耀下正在隐隐约约地闪烁着光芒。他们的肩头是那些翘起来的东西，这些东西在水中折射出祖母绿或者金橘色的光。

"噢，可怜的鱼儿！"露西说。因为就在这个时候，一群相当小的、胖乎乎的鱼快速地游到了海面上。这些鱼正处在露西和那些海人之间。尽管这些鱼的快速游动搅乱了露西的美好风光，可是接下来，却给她带来了非常有趣的情境。突然之间，一条露西以前从来也没见过的、十分勇猛的小鱼从水下飞速地冲到了水面上来，它在激烈地搅动着海水，冲到上面之后，在一个异常精彩的爆炸似的俯冲之后，一条胖胖的鱼被它咬在了口中。原来这是海人们在渔猎的时候使用的猎鱼，这种猎鱼就和有的猎人使用的猎鹰是一样的。这个时候，那些海人一个一个正乘坐在他们的马上，仰着头看着发生在他们上面的情景。这些海人好像一边在看着，一边在交谈，或者是在大笑。在这些猎鱼带着它的猎物重新返回到人群中去之前，另外的那些猎鱼又开始从海人的那个地方出发了。这个时候，露西已经注意到了那个个头儿相当大的、骑在一匹海马上的人，是他派遣或者释放了那些猎鱼。看上去，是他在管理这些猎鱼，把这些猎鱼释放出来再收回来。那些猎鱼就待在他的手中或者袖口上。

"啊，我真的敢肯定，"露西说，"这是一个渔猎狩猎队。更像是一个鹰猎狩猎队，没错，就是这样。他们把那些凶猛的小鱼控制在手中，就像我们习惯于把猎鹰控制在手中。很久以前，凯尔帕拉威尔的那些君王和女王把猎鹰架在手中，骑着马出去，不也正是这么做的吗？在狩猎的时候，放飞它们——噢，我是在想，我应该说，放那些猎鱼游出去冲向猎物——另外的那一些，怎么——"

露西突然不再自言自语了，这是因为眼前的情况发生了变化。那些海人已经开始注意到了黎明行者号的到来。作为狩猎对象的鱼群，已经被弄得分散开来，变得七零八落，朝着四面八方逃去。那些海人靠拢过来，发现了黎明行者号这个庞大的黑乎乎的东西正在他们和太阳之间。这个时候，海人们已经离海面非常近了。这些海人在海水中看上去就好像是在空中一样，而不像是在海水中。如果那些海人不是在海水之中而是在海面上，露西认为自己完全可以和他们进行对话了。这些海人当中有男人也有女人。每个人的头上都戴着头冠，许多人还戴着珍珠做成的饰品。除了佩戴着一些饰物之外，他们的身上几乎再没有别的什么衣服。这些海人的身体是古老的象牙色。他们的头发是黑紫的颜色。君王是在这个队伍的中间（谁也不会把他当成别人，只能是君王）。这个人给人的印象，相当自恋、高傲、蛮横、不可一世。他在死死地看着露西的脸，一种非常恼火的样子，还在不停地抖动着手中的矛。他的那些骑士也和他做出了同样的反应。那些夫人的脸上充满了十分惊愕的神情。露西断定，在以往的岁月里，他们根本没有见过任何的船和人类——在世界尽头的海水中，他们究竟会怎么样生活，这个地方难道从来也有船来过吗？

"你在盯着什么呀，露？"一个声音在离他相当近的地方说。

露西正在专心致志、全神贯注地看着海中的世界，听到了说话声之后，马上转过身来。这个时候，她发现自己的胳膊在航行中始终保持在一个位置上，现在有点变得"发木"了。现在，查尼亚和埃德蒙就在她的身边。

"你们赶快瞧。"她说。

他们两个都一起看了起来，不过，查尼亚马上低声地说：

"赶快转过身来，越快越好，陛下——这样一来，让我们的后背对着海。不要再接着看他们，就好像我们正在讨论着什么重要的事情。"

"为什么呀，这到底是怎么回事？"露西说，尽管如此，她还是照着查尼亚说的去做了。

"我绝对不能让我的水手们看到这些东西，"查尼亚说，"他们当中可能会有人爱上海中的女人，或者是爱上海中的世界而弃船跳水。过去，我早就已经听说过，以前在一些相当奇怪的海域，就有这样的事情发生。看见这些人，总不能算是一件幸运的事。"

"不过，过去我们经常见到他们，"露西说，"那是在凯尔帕拉威尔的古老的年代，那个时候，我哥哥皮特是纳尼亚的最高君王，在君王的加冕典礼上，他们还曾经到海面上来唱歌。"

"我想，那些和这些，肯定不是一样的种类，露西，"埃德蒙说，"你说的那些，他们可以生活在地上，也可以生活在水下。我真的认为，现在的这些是不可能生活在地上的。要是他们能够出来的话，看他们的样子，可能早就会冲出海面向我们发起攻击了。现在这个时候，他们看上去已经相当恼火。"

"实际上……"查尼亚又开口说，就在这个时候，他们听见了两个声音，一个是"扑通"的一声，另一个是从观测台发出的叫喊声。"有人跳海了！"一时间，大家都变得忙了起来。一些水手匆匆地爬到桅顶去拉帆索，把船帆放下来。一些水手匆匆地跑到船的下面去忙着操起桨来。正在值班的莱茵斯在船尾岗位上尽职尽责地撑着舵。现在，他不得不用力调整舵的方向，把船调过头来，去解救那个已经跳了海的人。忙了大半天，到这个时候，大家才终于弄明白了，那个跳海的家伙根本不是个地地道道的人，它竟然是里佩直甫。

"这个千刀万剐的该死的老鼠！"查尼亚说，"他一个人比船上所有的其他船员创造的麻烦都要多。哪个地方有打架的事，哪个地方就有他！真应该把他放在烧热的铁上——要么，用绳子把他给捆上，放在船的底下拖——或者把他丢弃在哪个荒岛上——再不，就把他的胡子拔下来。有谁能看见这个小讨厌鬼吗？"

所有这些并不意味着查尼亚不喜欢里佩直甫。事实上，恰恰相反，他对里佩直甫相当喜欢。所以，他总是喜欢把里佩直甫激怒，使得里佩直甫的脾气马上变得相当糟糕——这就像你妈妈因为你跑到了公路上小汽车的前面去和你生气一样。这种生气和一个陌生人对你生气是完全不一样的。千真万确的事实是，谁也不会担心里佩直甫会溺水，可以说，他是个最优秀的游泳健将。不过，查尼亚、露西和埃德蒙知道水的下面是怎么回事，他们担心的是那些海人手中握着的长长的凶残的矛。

在这一段时间里，黎明行者号在原地绕着圈。大家看见水里，有一个黑乎乎的斑点，这个斑点就是里佩直甫。由于极度地兴奋，他嘴里一直在喋喋不休地说着什么，可是，因为它的嘴中几乎塞满了海水，所以几乎没有人能听明白到底说的是些什么东西。

"要是我们不想个办法的话，他肯定会没完没了，把海里面的事情统统都给你说出来。"查尼亚喊道。为了结束这场风波，他冲到了船的一边去放下了一根绳子，对那些水手喊道："好了，好了。回到你们自己的岗位上去。我想我自己完全可以把老鼠弄上来，用不着别人帮忙。"在里佩直甫开始爬上绳子的时候——他显得不是相当轻松，这是由于他的皮毛，已经完全湿透了，显得相当笨重——查尼亚让他探过身去，小声地对他说：

"不要乱讲。什么都不要说。"

不过，当这只满身滴水的老鼠来到甲板上的时候，证明他对那些海人根本丝毫兴趣都没有。

"真甜！"里佩直甫尖声尖气地说，"真甜，真甜！"

"你到底在说什么呀？"查尼亚反问道，"用不着把你自己的美事，强加到我身上，行了吧。"

"我是在告诉你，这里的海水真甜，"这只老鼠说，"非常甜美，非常清新，根本不是咸的。"

一时间，大家还没有真正理解老鼠的话的重要含义。不过，就在这个时候，里佩直甫又一次重复了那个古老的预言：

有个地方，海水变甜，

　里佩直甫，一马当先，

　这里，正是东方的天边。

这个时候，大家终于明白是怎么回事了。

"给我来一桶，拉依奈夫。"查尼亚说。

水桶被递了过来，放到了水中，又提了上来。桶中的水在闪闪发着光，像水晶一样地晶莹剔透。

"也许，陛下愿意先来品尝一下。"查尼亚对凯斯普说。

君王双手捧起水桶，举到了嘴唇边，他先是抿了一点点，然后就扬起头来，大口大口地、咕咚咕咚深深地喝了起来。这些水刚一喝下去，他的脸色就开始发生了变化。实际上，不仅仅是他的脸色，还有他的眼睛，他身上的所有的部位，看上去都在闪烁着光芒。

"一点儿都没错，"他说，"真是太甜美了，这才是真正的水，这才是。我还不能断定它是不是会把我送上天堂。要是可以的话，我非常愿意选择到天堂去。不管怎么说，我已经对这些水特别喜欢了——尽管如此，到现在我还是不明白，这到底究竟是怎么回事。"

"你说的是什么意思？"埃德蒙说。

"它——这些水好像比别的什么东西都更像光。"凯斯普说。

"你可真是说到点子上了，"里佩直甫说，"可饮用的光，就是这样，这是一种可以饮用的光。现在，我们肯定已经到达了世界的尽头了。"

这个时候，出现了相当短暂的冷场，然后，露西跪在了甲板上，从桶中弄了一些水，也开始喝了。

"这是我曾经尝到过的最美好的东西，"她说，声音中带着感叹，"可是，噢——它给了我力量。现在，我们根本用不着吃什么东西了。"

船上的所有的人，一个接着一个，全部喝了这些水。在相当长的一段时间里，每个人都表现得非常沉默。人们感觉这个地方的水味道真是太好了，它给你了巨大的能量，你几乎很难说清楚这是一种什么样的感觉。没用多久，他们就又发现了另外的一件奇异的现象。这就像我以前早就说过的那样，打从他们离开了拉门杜的岛屿之后，天地就开始变得相当地明亮了——太阳特别地大（尽管并不是相当热），大海特别明亮，空中在闪烁着光芒。直到现在这个时候，那些光根本没有变弱的迹象——如果说有什么不同的话，这就是这些光。他们依然在不断地发展壮大——实际上，这个地方的所有事物，都在开始变得越来越明亮——不过，大家依旧可以接受这些。人们可以目不转睛地直接望着太阳，可以看见比以前任何的时候曾经见过的更多的光。船上的甲板、船上的帆、每个人的脸、每个人的身体，都在开始变得明亮起来，而且越来越明亮，越来越明亮。就连船上的那些绳子，可以说是每一根都在闪闪发光。第二天早晨，当太阳又一次升起来的时候，它仿佛要比前一天大上五到六倍。人们在仔细认真地望着它，在这同时，人们还可以看得见那些鸟儿从太阳升起的地方鼓起双翅，开始飞翔。

在这一整天的时光里，几乎听不见人们的话语，直到晚餐的时候（没有任何一个人需要晚餐，这个地方的海水，对于他们来说，就已经足够了），查尼亚说：

"这个地方，我真是有些弄不清楚了。这根本不是一个有风的天气。帆也没有鼓起来。这里的海像在湖中一样平静。尽管如此，我们的船却跑得飞快，就好像后面有大风推着一样。"

"我也在想着这件事情，"凯斯普说，"我们肯定，正是被一种强大的水流推动着。"

"也许吧，这个地方是边缘地带，"埃德蒙说，"要是世界有尽头，那么我们已经靠近它，这未必是什么好事。"

"你是在说，"凯斯普说，"我们可能正在——嗯，从这个地方被冲过去？"

"这就对了，这就对了。"里佩直甫叫喊着，爪子拍在了一起，"这正是我在一直想象着的事情——世界是一张巨大的圆圆的桌子，所有的海洋的水，都要从这张桌子的尽头，漫出去。船，会一头冲下去——来个倒栽葱——继续往前走——

一直往前走——相当快，顷刻之间，我们就可以看到，我们是只有越过世界的边缘——然后，往下，往下，冲下去，像飞一样快——”

“那么，你认为有什么东西在底下等待着我们，嗯？”查尼亚说。

“阿斯兰的故乡，也许是吧，”那老鼠说，他的眼睛在闪烁着光芒，“或者，也许它会永远地往下去，这个地方根本就没有什么底。可是，不管怎么说，尽管在世界的尽头，仅仅只是一走一过，那么，也是非常有价值的。”

“大家听着，”尤斯塔斯说，“这纯属一派胡言，荒唐透顶。世界是圆的——我是说，圆得像一只球，不是像一张桌子。”

“那是我们的世界，”埃德蒙说，“可是，现在的这个世界呢？”

“你是在说，”凯斯普问道，“你们三位是来自一个圆的世界（圆得像一只球），你们怎么从来没和我说起过！这对你们来说可真是太糟糕了。我过去曾经在那些优美的传说中，听说过有一个圆圆的世界，我一直非常喜欢它。不过，我却从来也没有想过会有一个是真的。不过，我一直希望会有一个，我也非常想住在那上面。嗯，我被弄糊涂了——我真的是弄不明白，为什么你们竟然会进入我们的世界，我们怎么从来也没到过你们的世界去？要是我有这样的机会该多好。住在一个像球一样的地方，肯定是一件相当不错的事！你们曾经到过那个人们颠倒走路的地方吗？"

埃德蒙摇了摇头。"根本不是像你说的那样，"他加上了一句，"你居住在一个圆圆的世界的时候，根本没有什么值得高兴的事情。"

16. 世界的尽头

　　除了查尼亚和帕文西家族的两位，里佩直甫是在场唯一一个见到海人的。在那位海中的君王舞动他的矛的时候，里佩直甫马上一头潜入了水的深处，因为在那个时候，他已经把他所见到的看作是一种威胁和挑战，只是想在当时当地暂时逃避麻烦，待时机成熟再一决雌雄。可是，新鲜、甜美的海水的新发现，使他兴奋不已，分散了他的注意力。在他还没有再一次想起那些海人的时候，露西和查尼亚就把他马上弄到了一边去，告诉他不要提起他刚刚见到的那些东西。

　　事实证明，大家的担心是完全没有必要的。到现在这个时候，黎明行者号所航行过的海域是一个根本没有人居住的地方。除了露西之外，再也没有人见到海人的踪迹。即使是露西，她也仅仅是稍纵即逝的一瞥。第二天早晨，黎明行者号都航行在平静的、浅浅的水中。水下密密麻麻地长满了丛生的植

物。刚好是在中午到来之前，露西看到了一个非常大的鱼群正
在一片相当密集的杂草中觅食。这个鱼群十分安静地觅食，鱼
群移动的时候也是朝着同一个方向。"这真像一个羊群。"露西
在心里这样想。突然，她看见了一位海中的姑娘。这姑娘大约
和露西的年龄相当，正在鱼群的中间——这是一个相当平静，
相当温和，看上去相当孤独的姑娘。她手中拿着一根弯曲的棍
子。露西马上意识到，这姑娘肯定是个牧女——或者，是个牧
鱼女。那鱼群也正是在牧场上放牧的一群。鱼群和那牧鱼的姑
娘离海面已经相当近了。刚好那姑娘来到了水相当浅的地方，
露西把头从舷窗中也探出来相当远，这样一来，她们之间的距
离就已经离得更近了。那姑娘在朝上面看着，目光已经直接望
到了露西的脸上。在这相当短暂的一段时间里，两个姑娘没有
能够说上点儿什么，那位海姑娘就被黎明行者号落到后面去了。
不过，露西却永远也不会忘记海姑娘的那张脸。这张脸上没有
露西见到过的其他那些海人脸上敌意的愤怒。露西相当喜欢那
位姑娘，并且同时还认为那姑娘也非常喜欢她。在相当短暂的
时间里，她们之间已经产生了一种难以名状的友谊。令人遗憾
的是，差不多在那个世界中，她们相遇的机会是相当少的，在
别的世界中也不会很多。要是真有机会的话，她们肯定会冲到
一起相互把手伸出来握在一起。

　　打那以后的几天里，船的横桅索上显示基本没有风，船头

也没有海水涌起的波纹，黎明行者号航行在碧波如镜的海面上轻快流畅地朝着东方挺进。向东航行的每一天、每一时刻，光线都在变得更加明亮，不过，这种明亮是每个人都可以接受的。没有人吃东西，也没有人睡觉，当然，这是因为没有人需要吃东西，更没有人需要睡觉。他们只是用桶从海中打上来那种灿烂炫目、光芒四射的水。这水比酒还有劲，莫名其妙地滋润可口，清澈透明，赏心悦目。这个地方的水是那些平平常常的水所根本不能比拟的。大家像饮酒一样默默地互相致意，尽情地喝着。当初，在黎明行者号的航海壮举刚刚启程的时候，有那么一两个水手显得有些苍老，可是现在，情况就变得大不一样，他们每一天都在开始变得年轻起来。船上所有的人心中都充满希望，每个人都情不自禁地热情洋溢，不过，这样的兴奋并没有使他们开口说话。黎明行者号航行得越远，人们的话语就越少。到了后来，几乎完全变成悄悄话了。静静的、安谧的、平静的世界最后的海一直在他们面前持续不断地展现。

"我的爱卿，"有一天，凯斯普对查尼亚说，"你在前面，看到了什么？"

"陛下，"查尼亚说，"我看见的是白茫茫的一片，这一片白茫茫的景象沿着地平线，从北到南，凡是我们所能够看到的地方完全都是一个样，一片白茫茫。"

"这也正是我所看到的，"凯斯普说，"我真想象不出来，这白茫茫的一片到底是些什么东西。"

"要是我们在高纬度的话，陛下，"查尼亚说，"那么，我完全可以说那些是冰。可是这个地方纬度并不高，这就不能确定那些东西是冰。同样道理，我们最好是让大家操起桨来，向着航向相反的方向划，顶住下面的水流，控制航行的速度。无论前方到底是些什么东西，我们都不可以用这么快的速度一头冲进去。"

大家照着查尼亚说的去做了。于是，船依旧在继续前进，只是速度渐渐地慢了下来。那白茫茫的一片，在人们渐渐接近它们的时候，依旧是那样令人难以理解。要是那个地方是一片土地的话，那么，肯定是一片相当神奇的土地。这是因为，那个地方给人的印象完全和海水一样地平稳，也是和海水在同一水平上。在他们离那白茫茫的一片相当近的时候，查尼亚用力地转了一下舵，把黎明行者号的方向转向朝南，实际上，就着水流的方向来说，船已经横了过来，船的宽的一面的侧舷正在对着涌动的暗流。然后，查尼亚又指挥划桨手沿着那白茫茫的一片的边缘稍稍朝南划了划。就在忙着这些的同时，他们偶然间获得了一个非常重要的发现，那条推动他们快速前进的海中暗流不过仅仅只有四十英尺那么宽，海水的其他部分依然和湖水一样地平静。这一重要的发现给全体船员带来了一个非常好的消息。他们早就担心在返回拉门杜岛的旅途中，一路划着桨对抗暗流将成为一项相当可怕的运动（这个重要的发现也解释了为什么那位牧羊女，在这个地方应该说是牧鱼女的海姑娘，会相当快地退到船尾去的现象。她没有处在这条快速前进的海的暗流之中。要是她在这其中的话，她会和这船以同样的速度朝着东方移动）。

直到眼下的这一时刻，也没有人搞清楚那白茫茫的一片到底是些什么东西。这个时候，船上的小艇给放了下来，人们准备用它去进行深入一步的探险。留在黎明行者号上的人们看到那只小艇轻快地朝着那白茫茫的一片冲了过去。然后，人们听到了小艇里面那队人的声音（这声音在平静的水面上听得非常清楚），他们谈话的声音相当尖锐，充满了惊奇。然后，那小艇上出现了一段相当短暂的沉静。接下来，拉依奈夫在小艇上的船头测试了一次水深。在这之后，小艇开始重新朝着大船划了过来，小艇的两边也围满了雪白的颜色。黎明行者号上的人们都靠拢过来，想听一听到底是什么消息。

"百合花，陛下！"拉依奈夫喊道，在小艇的船头站了起来。

"你在说什么？"凯斯普问道。

"盛开的百合花，陛下，"拉依奈夫说，"这个地方的百合花和在家乡的水塘中或者花园中的完全是一样的。"

"快看哪！"露西说，她正在小艇的后部举起了她湿漉漉的双臂抱着的那一大团雪白的百合花花瓣，还有那些宽宽的、平平的百合花的叶子。

"那个地方水有多深，拉依奈夫？"查尼亚问道。

"这是非常有趣的事情，船长，"拉依奈夫说，"水一直相当深。三个英寻半地深，这是非常清楚的。"

"它们不能算是真正的百合花——我们不能叫它百合花。"尤斯塔斯说。

也许不是吧，不过它们长得实在是太像百合花了。到了后来，在经过了一番商讨之后，黎明行者号又回到了涌动的海流中，继续朝着东方航行，穿过百合湖或者是银海（他们打算同时使用这两个名字，不过，银海这个名字延续了下来，一直使用到今天。在凯斯普的地图中记载的也是银海）。接下来，他们这次旅行中最精彩的部分开始了。没用多久，他们刚刚离开的那片开阔的海看上去，在西方的地平线上只不过是一片不大的、窄窄细细的、相当模糊的蓝色的线。原来的白茫茫的一片，此时此刻在闪烁着暗暗的金色的光，这些光在黎明行者号的四面伸展开去，只在船的尾部有一道被船行进中的桨划开的花海中的小巷。这道花中的小巷闪耀着绿绿的光，像水晶一样明亮、晶莹剔透、闪闪发光。现在，这最后的海的一片绿色的形象，看上去非常像是在北极。到这个时候，要不是大家的眼睛早已变得和鹰一样锐利的话，那么，那个在那一片白茫茫上方的太阳——特别是在早晨的早些时候，在它变得相当大的情况下——是没有哪个人能够忍受得了的。在每一个夜晚到来的时候，也同样是这一片白茫茫，使得白天的光亮向后拖延了相当长的时间。那些雪白的百合花看上去是没有尽头的。一天接着一天，有一种味道从那无边无沿的、花团锦簇的百合的海洋中升腾起来。露西发现，这种味道是相当难以描述的——甜蜜，相当甜蜜，不是一般的甜蜜；优雅，相当优雅，不是一般的优雅；有力，相当有力，不是一般的有力。不过，这种味道绝不是那种催人入眠的无法抗拒的，而是一种清新的、朴素自然的、返璞归真的、孤单单的味道。这味道似乎要渗透到你的脑海之中，使你感觉自己完全可以和一头大象搏斗，你完全可以奔跑着登上一座高山。露西和凯斯普在相互交谈着说："我觉得，我对这东西好像已经不能再忍受了，可是，我又完全不可能想到去放弃它。"

他们在不断地测试着水的深度。不过，就在几天以后，水变得浅了起来。并且，从那以后，水开始变得越来越浅。终于有一天，他们不得不从那涌动的海的暗流中用桨划出来。他们感觉，朝前划行的速度大概和蜗牛差不多吧。很快，事情就非常清楚了，黎明行者号已经不能向东方走得太远了。实际上，仅仅是靠着聪明颖悟的精心操作，他们才避免了船的搁浅。

"把小艇放下来，"凯斯普喊道，"把大家叫到船的尾部，我有话对他们说。"

"他要干什么？"尤斯塔斯小声地对埃德蒙说，"他的眼神，看上去相当古怪。"

"我想，我们大家看上去可能都一样。"埃德蒙说。

他们也按照凯斯普的话来到了船尾，很快，所有的人都挤到了船尾那个梯子的脚下来聆听凯斯普的讲话。

"朋友们，"凯斯普说道，"我们大家同舟共济，现在，我们已经圆满完成了我们的探险。里佩直甫先生不到达目的地决不返回的誓言已经应验，七位领主的事情已经彻底解决。当你们返航到达拉门杜的土地的时候，毫无疑问，你们会发现贵族莱威廉阁下、阿尔戛兹阁下，还有马伍拉门阁下已经醒来。至于你，我的爱卿查尼亚，我把这条船委托给你，希望你以你力所能及的速度远航返回纳尼亚，最重要的问题是，不要在死水岛上岸。请转告我的摄政王，矮神查普肯，我对全体船员所作出的有关奖赏的承诺，一定务必得到全面兑现，大家理所当然应该过上幸福美满的生活。假如我不再回去了，我的意愿是，由摄政王、卡尔奈留斯大师、查福来亨特、那位獾子，还有贵族查尼亚，协商一致，来选择纳尼亚的君王——"

"那么，陛下，"查尼亚打断了他的话，"你是要退位吗？"

"我要和里佩直甫一起去寻找世界的尽头。"凯斯普说。

在那些水手中掀起了一阵声音相当低的、惊愕、气馁、伤心失望的嘟哝声。

"我们可以用船上的小艇，"凯斯普说，"在这样平静的海面上你们根本用不着它。到了拉门杜岛上后，你们完全可以再造一只新的。好了，现在——"

"凯斯普，"埃德蒙突然相当坚决地说，"你不能这样做。"

"非常正确，"里佩直甫说，"陛下不能这样做。"

"这不实际。"查尼亚说。

"为什么不实际？"凯斯普相当尖刻地说。他向四面注视了片刻，这副面孔仿佛和他的叔父马尔扎兹没什么两样。

"请求陛下，能够原谅，"拉依奈夫在甲板上面说，"要是我们当中有人这样做的话，这会被叫作是过错，是擅离职守。"

"凭着你这样的资历，你说的话有点儿太放肆了，拉依奈夫。"凯斯普说。

"不，陛下！他是完全正确的。"查尼亚说。

"靠着阿斯兰的威力，"凯斯普说，"我早就以为，在这个地方，你们依旧是我的臣民，不是我的老师。"

"我不是你的臣民，"埃德蒙说，"我是说，你不能这么做。"

"不能再继续说了，"凯斯普说，"你们到底是什么意思？"

"呈请陛下，我们大家的意思是，请你不要这样做，"里佩直甫说，他深深地鞠了一个躬，"你是纳尼亚的君王。要是你不返回纳尼亚的话，你就自己破坏了你和你的臣民们的规矩，特别是对查普肯。你不要对这次探险活动沾沾自喜，就好像你是一个普普通通的平民百姓。你根本没必要亲自去探险，就好像你仅仅只属于你自己。要是陛下听不下去我们的劝阻的话，那么，所有的在船上的您的忠诚的臣民将追随我，解除你的武装，把你捆束起来，直到这些劝阻进入你的脑子为止。这是大家对待你的无限的忠诚。"

"这真是太好了，"埃德蒙说，"这就像尤里西斯在接近海妖的时候，人们就是这样对待他的。"

凯斯普的手，已经早就放在了他的剑柄上。这个时候，露西说："你已经郑重地对拉门杜的女儿作出了承诺，你一定要回去。"

凯斯普停顿了一下。"嗯，是的。我是这么说了。"他说。他一动不动地在那个地方站了片刻，似乎有些犹豫不决，然后用十分平常的语调，对他的全体船员喊起话来。

"好吧，听你们的。探险到此为止。我们大家一同返航。把那只小艇重新升起来。"

"陛下，"里佩直甫说，"我们不是所有的人都返航。我，应该像我以前说明的——"

"别说了！"凯斯普喊道，"我已经被教训了，可我还没有被激怒。难道就没有人能让老鼠安静下来吗？"

"陛下已经作过承诺，"里佩直甫说，"一定要善待纳尼亚的会说话的动物。"

"会说话的动物，没错儿。"凯斯普说，"对那些动物，我什么都没说，我只知道他们一直在喋喋不休地说个没完。"他非常生气，飞快地从梯子下来，进入到了船舱中，"砰"的一声关上了门。

不过，在过了一会儿之后，凯斯普重新出现。大家又一次见到他的时候，人们发现他的情绪已经改变了。他的脸似乎有些苍白，泪水正蕴含在他的眼睛之中。

"这一点儿用处都没有，"他说，"也许，我应该更平静，更理智一会儿为好，可我还是牛脾气，摆架子。阿斯兰已经对我说了。不——我是说，他不是真的在这个地方。你们知道，他那么高大，也不适合到这么小的船舱中来。可是，过去，我在墙上看到的那张狮子的脸又变得鲜活起来了，他对我说了一些事情。那是相当可怕的——他的眼睛。他不是粗枝大叶地跟我说——他是相当认真的，这是最重要的。可是，这种认真也是令人恐惧的。他说——他说——哎，我真是有些不能忍受。最糟糕的是，他终于把它说出来了，那是我最不想听到的。你们得继续往前走——里佩、埃德蒙、露西，还有尤斯塔斯。我必须得回去。主张探险的一行人就剩一个人，孤独的一个人，必须回去，并且就在马上。这是为什么，这到底好在什么地方呢？"

"凯斯普，亲爱的，"露西说，"你知道，我们必须回到我们自己的世界，至少，这是迟早的事。"

"我知道，"凯斯普说，他呜咽了起来，"可是，这毕竟有点儿来得太快了，我几乎一点儿准备都没有。"

"在你回到拉门杜岛的时候，你一定会觉得一切都是非常美好的。"露西说。

在这以后相当短的一段时间里，凯斯普的心情倒是好了一阵子，不过，分别对于凯斯普和露西他们来说毕竟是非常残酷的，是一件非常令人伤心的事情。在这个地方我就不能详细地来诉说这些了。大约在下午两点钟，食物和水（当然大家都认为，他们根本不需要食物或者是水），还有里佩直甫的轻便小舟都装在了从黎明行者号落下的那只小艇上。在这之后，小艇离开大船，划进了漫无边际的、像一张毯子一样的、铺在海面上的百合花丛中。黎明行者号打开了它所有的旗帜，挂出了他们所有的标志盾牌，为他们的离去隆重送行。在船的下面相当低的地方向上看，黎明行者号相当高、相当大，非常亲切，它的四周团团地围满了雪白的百合花。在人们还看得见它的影子的时候，黎明行者号已经转过头来，朝着西方，慢慢地划去。小艇上的一行人就这样静静地望着，直到船的影子从他们的视野中完全消失。尽管露西掉了一些眼泪，不过，你怎么也不会真正地体会到她当时的感觉。那些明亮的光，那些平和的安静，还有那些独有的银光之海的夺人魂魄的味道（这一切，都是在一种奇异之中），还有这样境界中，奇妙的孤独和寂寞，都使人兴奋不已。

现在，他们根本用不着桨了，海中的潜流在推动着他们稳定地朝着东方行进。整个夜晚，还有第二天的白日，他们都在朝着东方进发。在第三天——当黎明到来的时候，天空中依旧是明亮的光，这光对于你和我来说，即使戴上墨镜恐怕也是忍受不了的。这个时候，在他们的面前出现了一种动人心魄的奇观。在他们和天空之间仿佛有一道墙屹立在那里。这是一道充满着绿色的、虚无飘渺的、闪烁着微光的墙。这个时候，太阳开始升起来了。在它最初升起来的时候，人们的目光穿过了那道墙，看到的是它变成了相当迷人的、彩虹一样的颜色。在这之后，大家看到这墙是一道实实在在的、长长的、高高的、涌动着的海浪——这道海浪无边无际，汇合在一起，这就像你可能经常看见的一道瀑布落下去的水的幕帘。这道瀑布看上去差不多有三十英尺那么高，瀑布的水帘飞速地从上面流下。海面下的暗流正在推动他们的小艇飞速地朝着瀑布进发。在这个时候，你可能会猜想，他们是不是会担心，他们是不是有什么危险。其实，他们根本不会的。我认为任何人在他们的位置上都不会有任何危险。这是因为，此时此刻，他们看到的东西，不仅在海浪的后面，而且还在太阳的后面。要不是最后那片海中的水给了他们无比的力量的话，那么，他们现在是不敢看太阳的。所以，现在他们就可以直接看着那颗升起来的太阳了，并且非常清楚。他们还可以看得见太阳后面的东西。在东方——他们看到了什么呢——在太阳之外的那一边——他们看到的是——一座环形的山。这座山相当高，他们不是根本没看到山顶，就是把这个情景给忘记了。在他们当时的方向，没人还记得他们曾经看到蓝天这码事。那座山肯定是在当时的那个世界之外。这是因为，几乎任何一座像这么高的山，在它二十分之一的地方，就应该有冰和雪在上面。可是，在这座山的可以看得见的那些地方，依旧那么温暖、碧绿，覆盖着森林，还有瀑布。突然间，从东方吹来了微微的风，这微微的风，在浪的顶峰扬起微微的浪花，使他们周围平静的水变得涌动，荡漾起来。这个情景只不过持续了一秒钟，可就是在这一秒钟所带给他们的事情是这三个孩子永远不会忘记的。这微微的风送来的是味道和声音。这声音是音乐的声音。埃德蒙和尤斯塔斯后来从来也没有说过这件事。只有露西说过："它可以使你的心破裂。""为什么呢?""它真的那么让人悲伤吗?""悲伤? 不。"

当时，在那只小艇上的人，没有人怀疑在世界尽头的那一边，看到了阿斯兰的故乡。

就在这个时候，伴随着摩擦力的加大，小艇的速度明显开始变得呆滞，转了一个弯停在了这个地方。现在，水，对于小艇来说显得实在是太浅了。"就是在这个地方，"里佩直甫说，"此处，正是需要我单独的行动。"

几乎没有哪个人去阻止他，事情到了这个时刻，仿佛命中注定，天经地义。人们甚至有了一种早该如此的感觉。大家帮助里佩直甫放下了他的那只轻便小舟。这个时候，里佩直甫拔下了他的剑（"我已经不再需要它了。"他说），抛到了百合花海深处，那把剑落下，笔直地插在了水中，仅仅只有剑柄露在水面上。在这之后，里佩直甫和大家说了声再见。本来由于他们之间的友谊，他应该会是相当悲痛的，不过，此时此刻，他却因为相当愉快在颤抖。露西第一次，也是最后一次，做了她本来就想做的事情，她把里佩直甫抱在了怀中，爱抚着它。接着，他快速地跳进了轻便小舟，拿起了桨。这个时候，水中的暗流已经开始推动他的小舟，他离大家越来越远了。在这无边无沿的百合花海中，他看上去只是个黑点。在大海的浪的那一边，并没有生长百合花，那个地方只是一个平静的、碧绿的海面的斜坡。那只轻便小舟的速度越来越快，越来越快，最壮观的场景是他冲到了海浪的另一边去。在他们分离的最后时刻，人们看到的里佩直甫先是冲到了浪尖上，然后冲到了浪的另一边，在最高处有一个他最清晰的身影，这是里佩直甫留给人们的最后一瞥。在这之后，他消失了，变得无影无踪。打从那个精彩的片刻之后，再也没有什么人真正地说过，他们曾经见到过里佩直甫，那只优秀的老鼠。不过，我倒是确信，他平安地到达了阿斯兰的故乡，并且一直到今天他还活着。

当太阳完全升起来的时候，那些这个世界之外的大山的影子，变得无影无踪了。大海的浪依然存在，不过，在它的后面只有那蓝蓝的天空。

孩子们从船上走了下来，开始涉水——他们没有朝着海浪走去，不是朝着南方，这样一来，那堵海水组成的墙就在他们的左边了。他们不可能告诉你他们为什么会这样做，这就是他们的命运。尽管他们感觉——确实如此——他们已经长大了——这是在黎明行者号上，可是，他们所做的和这种想法却完全不一样。他们在百合花海中涉水的时候，大家都在举着手。谁也没有疲劳的感觉。这个地方的水是非常温暖的，并且一直在变得越来越浅，越来越浅。到了最后，他们竟然来到了干爽的沙地上。接着又来到了草地上——这是一片平坦的、生长着许多相当不错的浅浅的草的平原。这些浅浅的草，向着四面八方蔓延和伸展，这一片草地和那银光之海，差不多一样平坦，甚至于连一个鼹鼠丘都没有。

事情就这样，没有树木的地方始终就是这个样子，在他们一直走在这没有树木的、相当平坦的草地上的时候，仿佛天和地相遇的地方就在他们前面的草地上。可是，在他们继续朝前走去的时候，他们得到了一个非常直截了当的印象，这是在一个世界最终，也是最后的边缘。天空真的落了下来，和大地汇合在了一起——这个地方是一道蓝蓝的墙，这道墙相当明亮、真实、稳固，比其他任何东西都更像是玻璃。相当快，他们的心中，就已经相当清楚了。现在，这个地方离他们已经近得不能再近了，可以说就是近在咫尺。

可是，就在这个小队伍和天空落脚的地方之间，有一个什么东西在那里。这东西是雪白的，在绿绿的草地上。尽管大家的眼神已经变得像鹰的眼睛那样锐利，可是，他们还是很难看清楚它。他们在继续朝前走，终于还是看到了，那是一只小羊。

"过来吧，用早餐。"那小羊说。他的声音非常甜美，充满着奶水的味道。

这个时候，大家才第一次注意到，草地上有一堆燃烧着的火，还有一些鱼烤在火的上面。于是，大家坐了下来，开始吃鱼，这是近几天来他们第一次发现自己已经开始感到饥饿。这些鱼也是他们所品尝过的最美的佳肴。

"请问，小羊，"露西问道，"这个地方是去往阿斯兰故乡的路吗？"

"对你们来说不是，这条路不应该属于你们，"那小羊说，"对于你们来说，通向阿斯兰故乡的门是在你们自己的世界里。"

"你说什么？"埃德蒙问道，"通往阿斯兰故乡的路也是在我们自己的世界里？"

"进入我的家乡的路，在任何一个地方都有。"那小羊说。就在他说这些话的时候，他那雪白的颜色在闪烁着，变成了微带褐色的金黄，他的身体也变得高大起来，像一座塔一样耸立在他们面前。从他的鬃毛中，不断地闪耀着明亮的光，他正是阿斯兰本人。

"噢，阿斯兰，"露西说道，"你能告诉我们，怎样从我们的世界进入你的世界吗？"

"我总是会告诉你们的，"阿斯兰说，"不过，我不会告诉你们这路有多长有多短，只是，在那条路上，有一条横在那个地方的大河。不过，你们根本用不着害怕，这是因为，我就是一座巨大的桥。现在，过来吧，我将打开在天空中的一道门，送你们到你们自己的土地上去。"

"打扰了，阿斯兰，"露西说，"在我们离开之前，什么时候，我们还能重新回到纳尼亚？请问，能够，哦，能够，能够，能够很快吗？"

"亲爱的，"阿斯兰非常温和地说，"你和你的兄弟们将永远也不会再回到纳尼亚了。"

"天哪，阿斯兰！！"埃德蒙和露西，异口同声，绝望地说。

"你们已经长大了，"阿斯兰说，"现在，你们务必开始走近一个完全属于你们自己的世界。"

"这不应该是纳尼亚，你知道，"露西在呜咽着，"就是你。我们本不该见到你。难道我们就再也见不到你了吗？"

"不过，你会见到我的，亲爱的孩子们。"阿斯兰说。

"你——你还会出现，先生？"埃德蒙说。

"正是我，"阿斯兰说，"不过，我还会有另外的名字。你们必须通过那个名字来了解我。这就是为什么你们会被带到纳尼亚，靠的是对我在这儿的一点儿了解，你们可能会对我在别的地方了解得更多。"

"尤斯塔斯也永远不会回到这里来了吗？"露西问道。

"孩子，"阿斯兰说，"你真的要知道这些吗？来吧，我来把这天空中的门打开。"这个时候，就在一刹那，在那天空的蓝蓝的墙上拉开了一道口子（就像窗帘正在拉开），一股强烈的白光从天空的那一边扑了过来，孩子们感觉到的是阿斯兰的鬃发，还有在他们额头上的狮子的吻，然后——大家回到了英格兰，回到了剑桥艾伯塔舅妈家里的卧室中。

还有另外的两件事，必须作出交代。一件事情是，凯斯普和他的人安全地回到了拉门杜岛。睡在那里的三位贵族已经完全醒来。凯斯普和拉门杜的女儿结了婚。到了后来，他们到了纳尼亚。拉门杜的女儿成了一位伟大的王后，又成了几位伟大君王的母亲和祖母。另一件事情是，其他回到了我们自己世界的人,大家很快就开始说,尤斯塔斯怎样改变了自己的性格。"你根本不知道,他就是同一个男孩子。"只有艾伯塔舅妈说尤斯塔斯变得平淡无奇,令人讨厌,完全是受了帕文西家族孩子们的影响。